Pássaros na boca e
Sete casas vazias

FÓSFORO

SAMANTA SCHWEBLIN

Pássaros na boca e *Sete casas vazias*

Contos reunidos

Tradução
JOCA REINERS TERRON

PÁSSAROS NA BOCA

- 9 Irman
- 19 Mulheres desesperadas
- 30 Na estepe
- 39 Pássaros na boca
- 51 Perdendo velocidade
- 54 Cabeças contra o asfalto
- 66 Rumo à alegre civilização
- 81 O cavador
- 86 A fúria das pestes
- 90 Sonho de revolução
- 95 Matar um cão
- 100 A medida das coisas
- 108 A verdade sobre o futuro
- 117 A mala pesada de Benavides
- 142 Conservas
- 150 Meu irmão Walter
- 154 Papai Noel dorme em casa
- 161 Debaixo da terra

SETE CASAS VAZIAS

- 175 Nada disso tudo
- 188 Meus pais e meus filhos
- 197 Acontece sempre nesta casa
- 202 A respiração cavernosa
- 250 Quarenta centímetros quadrados
- 257 Um homem sem sorte
- 267 Sair

Pássaros na boca

Irman

OLIVER DIRIGIA. Eu tinha tanta sede que começava a sentir enjoo. Paramos num local que estava vazio. Era um bar amplo, como tudo no interior, com as mesas cheias de migalhas e garrafas, como se um batalhão tivesse acabado de almoçar e não tivessem tido tempo de limpar. Escolhemos um lugar perto da janela. Sobre o balcão havia um ventilador de pé do qual não chegavam nem notícias. Precisava tomar alguma coisa com urgência. Oliver pegou um cardápio de outra mesa e leu em voz alta as opções que lhe pareciam interessantes. Um homem apareceu atrás da cortina de plástico. Era bem nanico. Trazia um avental amarrado na cintura e um pano de prato encardido pendurado no braço. Embora parecesse ser o garçom, demonstrava desorientação, como se alguém o tivesse posto ali do nada e agora ele não soubesse muito bem o que fazer. Caminhou em nossa direção. Nós o cumprimentamos; ele apenas assentiu. Oliver pediu as bebidas e fez uma piada sobre o calor, mas o sujeito nem abriu a boca. Me deu a sensação de que lhe faríamos um favor se escolhêssemos alguma coisa simples, então perguntei se havia algum prato do dia, uma coisa fresca e rápida, e ele disse que sim e se retirou, como se uma coisa fresca e rápida fosse uma opção do cardápio e não houvesse nada a acrescentar. Voltou à cozinha e vimos sua cabeça aparecer e desaparecer nas janelas que davam para o balcão. Olhei para Oliver, ele sorria; eu tinha sede demais para rir. Passou um tempo, muito mais tempo do que o necessário para escolher duas garrafas geladas de qualquer coisa e levá-las até a mesa, e afinal o homem reapareceu. Não trazia nada, nem um copo. Me senti péssimo; pensei que se não bebesse alguma coisa naquele momento enlouqueceria, e o que tinha dado no sujeito? Qual era a dúvida? Ele parou junto à mesa. Tinha gotas na testa e marcas e manchas de suor na camisa, sob as axilas. Fez um gesto com a mão, confuso, como se fosse dar alguma explicação, mas desistiu. Perguntei o que estava acontecendo, talvez num tom meio violento. Então ele se virou para a cozinha, e depois, esquivo, disse:

"É que não alcanço a geladeira."

Olhei para Oliver. Oliver não pôde conter a risada e isso piorou meu humor.

"Como não alcança a geladeira? E como atende as pessoas, porra?"

"É que..." Limpou a testa com o trapo. O sujeito era um desastre. "Minha mulher é que pega as coisas na geladeira", disse.

"E...?" Tive vontade de bater nele.

"Ela está no chão. Caiu e está..."

"Como, no chão?", interrompeu Oliver.

"E, não sei. Não sei", ele repetiu, erguendo os ombros, as palmas da mão viradas para cima.

"Onde ela está?", disse Oliver.

O sujeito apontou para a cozinha. Eu só queria alguma coisa gelada e ver Oliver se levantar acabou com todas as minhas esperanças.

"Onde?", Oliver tornou a perguntar.

O sujeito apontou outra vez para a cozinha, e Oliver foi naquela direção, voltando-se uma e outra vez para nós, meio desconfiado. Foi estranho quando ele desapareceu atrás da cortina e me deixou sozinho, frente a frente com aquele imbecil. Tive de contornar o sujeito para poder passar quando Oliver me chamou da cozinha. Andei rápido porque previ que estava acontecendo alguma coisa. Corri a cortina e entrei. A cozinha era pequena e estava cheia de caçarolas, panelas, pratos e coisas empilhadas nas prateleiras ou penduradas. Estirada no chão, a alguns metros da parede, a mulher parecia um monstro marinho deixado pela maré. Segurava uma concha de plástico com a mão esquerda. A geladeira estava fixada mais acima, na altura dos armários. Era uma dessas geladeiras de lanchonete, de portas transparentes que ficam no chão e são abertas pela parte de cima, só que havia sido ridiculamente presa à parede com suportes, seguindo a linha dos armários, e as portas ficaram voltadas para a frente. Oliver me olhava.

"Bem", eu lhe disse, "já que veio até aqui, agora faça alguma coisa."

Escutei o barulho da cortina de plástico, e o homem parou perto de mim. Era muito menor do que parecia. Acho que eu era três cabeças mais alto. Oliver se agachou junto ao corpo, mas não se animava a tocá-lo. Pensei que a gorda podia despertar a qualquer momento e começar a gritar. Afastou os cabelos do rosto dela. Os olhos permaneciam fechados.

"Me ajudem a virá-la", disse Oliver.

O sujeito nem se mexeu. Me aproximei e agachei do outro lado, porém mal conseguimos movê-la.

"Não vai ajudar?", lhe perguntei.

"Me dá aflição", disse o desgraçado. "Está morta."

Soltamos imediatamente a gorda e ficamos observando-a.

"Como assim, morta? Por que não disse que estava morta?"

"Não tenho certeza, é só impressão."

"Disse que lhe 'dá aflição'", falou Oliver. "Não que 'é só impressão'."

"Tenho impressão que me dá aflição."

Oliver olhou para mim; sua cara dizia alguma coisa como "Vou cobrir esse aí de porrada."

Me agachei e procurei o pulso na mão com a concha. Quando Oliver se cansou de esperar, pôs os dedos na frente do nariz e da boca da mulher e falou:

"Essa aqui está mortinha da silva, vamos embora."

E daí sim o desgraçado se desesperou.

"Como assim, vão embora? Não, por favor. Não aguento sozinho com ela."

Oliver abriu a geladeira, tirou dois refrigerantes, me deu um e saiu da cozinha praguejando. Eu o segui. Abri minha garrafa e achei que o gargalo nunca alcançaria a minha boca. Tinha esquecido do tamanho da minha sede.

"E aí, o que acha?", disse Oliver. Respirei aliviado. Logo me senti com dez anos a menos e de melhor humor. "Caiu ou foi caída?", ele disse. Ainda estávamos perto da cozinha e Oliver não baixava a voz.

"Não acredito que tenha sido ele", eu disse em voz baixa. "Precisava dela para alcançar a geladeira, não?"

"Ele alcança sozinho..."

"Acredita mesmo que ele matou a mulher?"

"Pode usar uma escada, subir na mesa, tem cinquenta cadeiras no bar...", disse, apontando ao redor. Parecia que falava alto de propósito, então baixei mais a minha voz:

"Talvez seja um pobre coitado. Talvez seja realmente estúpido e agora está sozinho com a gorda morta na cozinha."

"Quer adotar o cara? A gente leva ele atrás e solta quando chegar."

Dei mais uns goles e fiquei olhando a cozinha. O infeliz estava parado em frente à gorda e segurava um banco, sem saber muito bem onde depositá-lo. Oliver me fez um sinal para que voltássemos a nos aproximar dele. Vimos o sujeito deixar o banco de lado, pegar um braço da gorda e começar a puxar. Não conseguiu movê-la nem um centímetro. Descansou uns segundos e tentou de novo. Procurou apoiar o banco sobre uma das pernas, um dos pés do banco tocando o joelho. Subiu e se esticou o mais que pôde em direção à geladeira. Agora que alcançava a altura, o banco ficava demasiado distante. Quando deu meia-volta em nossa direção para descer, nos escondemos e ficamos sentados no chão, contra a parede. Surpreendeu-me que não houvesse nada debaixo da bancada do balcão. Havia na prateleira acima, e mais acima o guarda-louça e armários também estavam repletos, mas nada embaixo. Escutamos ele arrastar o banco. Suspirava. Houve silêncio e esperamos. Logo ele apareceu atrás da cortina. Segurava uma faca com um gesto ameaçador, porém quando nos viu pareceu ficar aliviado e voltou a suspirar.

"Não alcanço a geladeira", ele disse.

Nem sequer paramos.

"Não alcança lugar nenhum", falou Oliver.

O sujeito ficou olhando para ele como se o próprio Deus estivesse diante dele para lhe mostrar a razão pela qual estamos neste mundo. Deixou cair a faca e seu olhar percorreu a parte inferior da bancada vazia. Oliver estava satisfeito: o sujeito parecia transpor os horizontes da estupidez.

"Olha só, prepare uma omelete pra gente", disse Oliver.

O homem se virou para a cozinha. Seu rosto imbecilizado pelo estupor refletia os utensílios, as caçarolas, quase toda a cozinha pendurada nas paredes ou sobre as prateleiras.

"O.k., melhor não", disse Oliver. "Faça uns sanduíches simples, certeza de que isso você pode fazer."

"Não", disse o sujeito. "Não alcanço a chapa."
"Não toste, já percebi que não posso lhe pedir tanto. Só traga presunto, queijo e um pedaço de pão."
"Não", ele disse. "Não", voltou a repetir, negando com a cabeça; parecia envergonhado.
"O.k., então traga um copo d'água."
Fez que não.
"E como caralho conseguiu servir este regimento?", disse Oliver apontando as mesas.
"Preciso pensar."
"Não precisa pensar, precisa é de um metro a mais de altura."
"Não consigo sem ela..."
Pensei em lhe servir alguma coisa gelada, pensei que beber alguma coisa poderia ser bom, porém quando tentei me levantar, Oliver me deteve.
"Ele tem que fazer sozinho", Oliver disse. "Tem que aprender."
"Oliver..."
"Diga o que consegue fazer, alguma coisinha, qualquer uma."
"Levo e trago a comida que me entregam, limpo as mesas..."
"Não parece", disse Oliver.
"... posso misturar as saladas e temperar se ela deixa tudo pronto sobre a bancada. Lavo os pratos, limpo o piso, sacudo os..."
"O.k., o.k. Já entendi."
Então o sujeito fica olhando o Oliver, como que surpreendido:
"Você...", disse o nanico. "Você pode alcançar a geladeira. Você poderia cozinhar, pegar as coisas pra mim..."
"O que você está falando? Ninguém vai alcançar nada pra você."
"Mas você podia trabalhar, tem altura", ele deu um passo tímido em direção a Oliver, que não me pareceu muito prudente. "Eu lhe pagaria", disse.

Oliver se voltou para mim:

"Este imbecil está tirando com a minha cara, está tirando com a minha cara."

"Tenho dinheiro. Quatrocentos por semana? Posso pagar. Quinhentos?"

"Paga quinhentos por semana? E por que não tem um palácio ali no fundo? Que imbecil..."

Me levantei e parei atrás de Oliver: ele ia bater no sujeito a qualquer momento, acho que só a altura do outro o detinha.

Vimos ele cerrar os pequenos punhos como que compactando uma massa invisível que pouco a pouco diminuía entre seus dedos. Os braços começaram a tremer, ele ficou roxo.

"Meu dinheiro não lhe diz respeito", disse.

Oliver voltava a me olhar sempre que o outro lhe dizia alguma coisa, como se não pudesse acreditar no que estava vendo. Parecia se divertir, mas ninguém o conhece melhor que eu: ninguém diz a Oliver o que ele deve fazer.

"E pela sua caminhonete", disse o sujeito olhando para a estrada. "Pela caminhonete que você tem, eu diria que emprego o dinheiro melhor que você."

"Filho da puta", disse Oliver, e se lançou sobre ele. Consegui segurá-lo. O sujeito deu um passo para trás, sem medo, com uma dignidade que lhe dava um metro a mais de altura, e esperou que Oliver se acalmasse. Larguei-o.

"O.k.", disse Oliver. "O.k."

Ficou olhando para ele; estava furioso, porém havia mais alguma coisa em sua calma contida, e então Oliver disse:

"Onde está o dinheiro?"

Olhei para ele sem entender.

"Vai me roubar?"

"Vou fazer o que me der na telha, pedaço de merda."

"O que você está fazendo?", eu disse.

Oliver deu um passo, pegou o sujeito pela camisa e o levantou no ar.

"Onde está a grana?"

A força com que Oliver o levantara o fazia pendular um pouco. Porém ele o olhava diretamente nos olhos e não abria a boca. Oliver o soltou. O sujeito caiu, arrumou a camisa.

"O.k.", disse Oliver. "Ou você traz o dinheiro ou te quebro a cara."

Levantou o punho bem fechado e o deixou a um centímetro do nariz do sujeito.

"Tudo bem", ele disse, e lentamente deu um passo para trás, cruzou o balcão em sentido contrário à cozinha e desapareceu por uma porta.

"Imbecil completo", disse Oliver.

Eu me aproximei para que o sujeito não nos ouvisse:

"O que você está fazendo? Tem a mulher morta na cozinha, vamos nessa."

"Viu o que ele falou da minha caminhonete? O imbecil quer me contratar, ser meu chefe, tá entendendo?"

Oliver começou a remexer nas prateleiras do balcão, a empurrar garrafas, caixas, papéis.

"Este imbecil deve ter grana por aqui."

"Oliver, vamos embora. Você já se desforrou."

Encontrou uma caixa de madeira; era uma caixa velha com uma gravação à mão que dizia "Habanos".

"Esta é a caixa", disse Oliver.

"Caiam fora", escutamos.

O sujeito estava parado no meio do recinto e segurava uma espingarda de cano duplo que apontava diretamente para a cabeça de Oliver. Oliver escondeu a caixa nas costas. O sujeito destravou a arma e falou:

"Um."

"Já vamos", falei, peguei Oliver pelo braço e comecei a caminhar. "Desculpe, realmente desculpe. E lamento por sua mulher também, eu..."

Tinha que fazer força para que Oliver me seguisse, como as mães que puxam meninos desobedientes.

"Dois."

Passamos perto dele, a espingarda a um metro da cabeça de Oliver.

"Lamento", voltei a dizer.

Já estávamos perto da porta. Empurrei Oliver à frente, para que saísse primeiro e o sujeito não visse a caixa.

"Três."

Larguei Oliver e corri para a caminhonete. Não sei se ele teve medo ou não, mas não correu. Subiu na caminhonete, deixou a caixa sobre o assento, ligou o motor e saímos por onde tínhamos vindo.

"Abra", ele disse.

"Oliver..."

"Abra, seu boiola."

Peguei a caixa. Era leve e pequena demais para conter uma fortuna. Tinha uma chave de brinquedo, como de cofre. Abri.

"O que tem aí? Quanto? Quanto?"

"Dirija, acho que são só papéis."

Oliver se virava de quando em quando para espiar o que eu via na caixa. Na tampa havia um nome gravado, dizia "Irman", e embaixo havia uma foto do sujeito muito jovem, sentado sobre umas malas num terminal; parecia feliz. Perguntei a mim mesmo quem teria tirado a foto. Também havia cartas que começavam com o nome dele: "Querido Irman", "Irman, meu amor", poesias assinadas por ele, uma bala de menta que tinha virado poeira e uma medalha de plástico ao melhor poeta do ano, com o brasão de um clube social.

"Tem dinheiro, sim ou não?"

"São cartas", eu disse.

Com uma só patada, Oliver tirou a caixa de mim e a jogou pela janela.

"O que você está fazendo?", eu me virei um segundo para ver as coisas já esparramadas pelo asfalto, alguns papéis ainda voando pelo ar.

"São cartas", ele disse.

E um tempo depois:

"Olha... A gente tinha de ter parado aqui. 'Leitão à vontade', viu só? Custava?", e se sacudiu inquieto no assento, como se realmente lamentasse.

Mulheres desesperadas

AO APARECER NA ESTRADA, Felicidad compreende seu destino. Ele não a havia esperado e, como se o passado fosse tangível, ela acredita ver no horizonte o fraco reflexo avermelhado das luzes traseiras do automóvel. Na escuridão chapada do descampado só há desilusão e um vestido de noiva.

Sentada sobre uma pedra junto à porta do banheiro, conclui que não devia ter demorado tanto, que as coisas talvez devessem ter acontecido mais depressa. Parece-lhe estranho encontrar-se ali, retirando do bordado do vestido grãos de arroz, sem nada mais que o descampado, a estrada e, junto à estrada, um banheiro feminino.

Passa algum tempo e Felicidad consegue tirar todos os grãozinhos de arroz. Ainda não chora e, absorta pelo choque do abandono, alisa as dobras, verifica as unhas, e contempla, como quem espera o retorno, a estrada pela qual ele foi embora.

"Eles não voltam", diz Nené, e Felicidad grita espantada pelo susto, como se essa mulher que agora a observa fosse um espectro maligno.

"A estrada é uma merda", diz Nené, que, acostumada à histeria feminina, não liga para os gritos de Felicidad e com movimentos relaxados acende um cigarro. "Uma merda, do pior tipo."

Felicidad consegue se controlar e entre restos de tremor ajeita as alças de novo.

"É o primeiro?", pergunta Nené, e espera sem pressa que a coragem de Felicidad lhe permita deixar de tremer para olhá-la interrogativamente. "Estou perguntando se o sujeito é o seu primeiro marido."

Felicidad dá um sorriso forçado. Descobre em Nené o rosto velho e amargo de uma mulher que com certeza foi muito mais bonita do que ela. Entre as marcas de uma velhice prematura se conservam os olhos claros e os lábios de perfeitas dimensões.

"Sim, o primeiro", diz Felicidad com uma timidez que abafa o som.

Uma luz branca surge na estrada, ilumina as duas ao passar e se esfuma, num tom avermelhado.

"E agora? Vai esperar por ele?", pergunta Nené.

Felicidad olha para a estrada, na direção de onde apareceria o carro se o marido voltasse, e não se anima a responder.

"Olha", diz Nené. "Vou ser rápida, pois isso aqui já encheu." Pisa o cigarro como que enfatizando as frases. "Eles se cansam de esperar e abandonam, parece que esperar deixa os caras esgotados."

Felicidad acompanha com cuidado o movimento repetitivo de um novo cigarro que a mulher aproxima da boca, da fumaça que se mescla à escuridão, dos lábios que outra vez apertam o cigarro.

"Então elas choram e esperam...", continua Nené. "E esperam... E acima de tudo, e durante o tempo todo: choram, choram e choram."

Felicidad deixa de seguir o percurso do cigarro. Quando mais precisa de apoio fraterno, quando somente outra mulher poderia entender o que ela sente perto de um banheiro de damas, na estrada, depois de ter sido abandonada por seu recém-esposo, só lhe resta essa mulher arrogante que antes lhe falava e agora lhe grita.

"E continuam chorando e chorando de hora em hora, a cada minuto de todas as malditas noites!"

Felicidad respira profundamente, seus olhos se enchem de lágrimas.

"E dá-lhe choro e choro... E vou te dizer uma coisa. Uma hora acaba. Estamos cansadas, esgotadas, de escutar suas estúpidas desgraças. Nós, senhorita... Como disse que se chamava?"

Felicidad quer dizer *Felicidad*, porém sabe que se abrir a boca sairá apenas um som de choro agora impossível de conter.

"Oi... como se chama?"

Então o choro é incontrolável.

"Fe, li..." Felicidad trata de se controlar, e ainda que não consiga, termina a frase: "... cidad."

"Bem, Feli-cidad, eu dizia que não podemos continuar suportando essa situação, isso precisa acabar, está insustentável, Felicidad!"

Depois de um grande suspiro também ruidoso, o choro volta com tudo e umedece todo o rosto de Felicidad, que treme ao respirar e nega com a cabeça.

"Não posso acreditar que..." Felicidad respira. "Que, que ele tenha me..."

Nené se levanta. Carimba na parede com força o cigarro que ainda não terminou, olha para Felicidad com desprezo e se afasta.

"Mal-agradecida!", ela grita, e alguns segundos depois Felicidad também se levanta e a alcança descampado adentro.

"Espere, não vá, entenda..."

Nené se detém e olha para ela.

"Fica quieta", diz Nené e acende outro cigarro. "Fica quieta, estou falando, escute."

Felicidad deixa de chorar e engole o que poderiam ser começos de novos surtos de tristeza que se avizinham e aguardam impacientes.

Há então um momento de silêncio no qual Nené não sente alívio, mas, ainda mais aflita e nervosa que antes, diz:

"Bem, agora escute. Está ouvindo?" Nené olha em direção ao descampado.

Agora Felicidad faz silêncio de verdade e se concentra.

"Você chorou demais, agora tem que esperar que o ouvido se acostume. E... Ei?"

Felicidad olha para o descampado e pende um pouco a cabeça. Como os cachorros, pensa Nené, e espera impaciente que Felicidad por fim compreenda.

"Choram...", fala Felicidad, em voz baixa e quase com vergonha.

"Sim. Choram. Sim, choram! Choram a maldita noite inteira!" Nené aponta para o próprio rosto: "Está vendo a minha cara? Quando foi que a gente dormiu? Nunca! Nun-ca. A única coisa que fazemos é ouvi-las todas as malditas noites. E não vamos mais suportar isso, está entendendo?".

Felicidad olha para ela assustada. No descampado, vozes e prantos de mulheres queixosas repetem os nomes de seus maridos sem cessar.

"Foram todas abandonadas?"

"E todas choram!", diz Nené.

Então gritam:

"Psicótica."

"Desgraçada, insensível."

E outras vozes se juntam:

"Deixa a gente chorar, histérica."

Nené olha furiosa para os lados. Nervosa e mais enfurecida que antes, grita para o descampado:

"E quanto a nós, suas covardes...? E quanto a nós que estamos aqui faz mais de quarenta anos, também abandonadas, e temos que ouvir suas lamúrias estúpidas todas as malditas noites, hein? E nós?"

Faz-se um silêncio e Felicidad observa Nené com espanto.

"Tome um calmante! Louca!"

Embora estejam no descampado, veem que na estrada, a certa altura, uma luz branca se detém em frente ao banheiro.

"Outra", diz Nené, e como se esse episódio fosse o último que pudesse suportar, seu corpo relaxa. Esgotada, ela senta no chão.

"Outra?", pergunta Felicidad. "Outra mulher? Mas... Vai abandoná-la? Está esperando ali..."

Nené morde os lábios e nega. No descampado os gritos são cada vez menos amistosos.

"Venha, teimosa! Apareça e mostre a cara..."

"Venha agora que não está com suas amiguinhas rebeldes..."

"Sua insignificante!"

Felicidad pega na mão de Nené e trata de levantá-la.

"Temos que fazer alguma coisa! Temos que avisar essa pobre garota!", diz Felicidad.

Mas depois ela se detém e fica em silêncio, porque viu, como quem vê sem estar preparado, a imagem exata de seu penoso passado recente, o carro que se distancia sem que a mulher que desceu tivesse oportunidade de voltar a subir, e de que forma as luzes, antes brancas e brilhantes, agora vermelhas, se distanciam.

"Foi embora", diz Felicidad. "Foi embora sem ela." E como antes Nené fizera, deixa que seu corpo desabe no chão. Nené apoia sua mão sobre a mão de Felicidad.

"É sempre assim, querida. É inevitável. Na estrada, ao menos... Sempre."

"Mas...", diz Felicidad.
"Sempre", diz Nené.
"Onde você está, teimosa? Diga!"
Felicidad olha para Nené e compreende como a tristeza daquela mulher é maior se comparada à sua.
"Infeliz!"
"Velha feia!"
"Quando você já estava aqui chorando a gente ainda saía com eles, desgraçada!"
Algumas vozes param de gritar e começam a rir.
"Deixem essa mulher em paz!", diz Felicidad. Aproxima-se de Nené e a abraça como se abraça a uma menina.
"Ai... Que medo", diz uma das vozes. "Então agora você tem uma coleguinha..."
"Eu não sou coleguinha de ninguém", diz Felicidad. "Só tento ajudar..."
"Ai... Ela só está tentando ajudar..."
"Calem-se!", diz Nené, e ao fazê-lo se agarra aos braços de Felicidad, como se precisasse de mais força que a sua própria para enfrentar aquelas mulheres.
"Sabem por que a deixaram na estrada?"
"Porque é uma mocreia só osso!"
"Não, a deixaram porque...", elas riem. "Porque enquanto ela provava seu vestidinho de noiva, a gente se deitava com o maridinho dela..."
Todas riem.
"Vejam, aí vem outra..."
Cada vez mais as vozes são ouvidas de perto. É difícil discernir aquelas que choram das que riem.
Do banheiro da estrada a figura de uma mulher pequena avança lentamente em direção a Nené e Felicidad.
"Teimosa!"

À medida que a mulher se aproxima, descobrem a cara de horror de uma velha que pouco compreende. Vestida em tons dourados, deixa ver em seu decote a sensual renda preta de sua lingerie. A cada instante ela para e contempla a estrada. Já perto, antes que possa perguntar alguma coisa, Felicidad se adianta com a voz entrecortada pela angústia.

"Sempre. Sempre na estrada, vovó."

A velha endireita sua postura e olha indignada para a estrada.

"Mas como...?"

Felicidad a interrompe:

"Não chore, por favor..."

"Mas não pode ser...", diz a velha, e a desilusão derruba no chão a certidão de casamento. Olha com desprezo a estrada pela qual o carro se foi e diz sem-vergonha, velho impotente...

"Venha, teimosa!"

"Por que não se calam, maritacas?!", grita Nené.

A velha olha com espanto.

"Maritacas!", Nené insiste e se levanta com violência.

"Vamos te pegar, sua cobra!"

Em busca de compreensão, a velha olha para Felicidad, que assim como Nené se levantou e estuda com angústia a escuridão do descampado.

"Mostra a cara, vem", as vozes das mulheres estão cada vez mais perto.

Felicidad e Nené se entreolham. Sentem sob os pés o tremor do terreno por onde avançam centenas de mulheres desesperadas.

"O que está acontecendo?", diz a velha. "O que são essas vozes, o que querem?" Agacha-se, pega a certidão e, assim como Felicidad e Nené, volta para a estrada sem se virar, sem perder de vista a massa negra da escuridão do descampado que cada vez mais parece se aproximar delas.

"Quantas são...?", diz Felicidad.

"Muitas", diz Nené. "Demasiadas."

Os comentários e os insultos são tantos e tão próximos que é inútil responder ou tentar entrar num acordo.

"O que vamos fazer?", diz Felicidad. No tom de sua voz, sinais do pranto contido. Recuam cada vez mais rápido.

"Nem pense em chorar", diz Nené.

A velha toma o braço de Felicidad, agarra-se ao vestido de noiva e o amassa com mãos nervosas.

"Não se assuste, vovó, está tudo bem", diz Felicidad, porém as provocações são tão gritadas que a velha não consegue entender.

Na estrada, à distância, um ponto branco cresce como uma nova luz de esperança. Talvez Felicidad esteja pensando agora, pela última vez, no amor. Talvez esteja dizendo a si mesma: que não a deixe, que não a abandone.

"Se parar a gente sobe", grita Nené.

"Como é?", pergunta a velha.

Estão perto do banheiro.

"Que se o carro parar...", diz Felicidad.

"Como?", insiste a velha.

O murmúrio avança sobre elas. Não as veem, porém sabem que as mulheres estão ali, a poucos metros. Felicidad grita. Alguma coisa parecida com mãos, ela pensa, roça suas pernas, o pescoço, a ponta dos dedos. Felicidad grita e não entende as ordens de Nené, que se afastou e lhe sinaliza para agarrar a velha e correr. O carro para na frente do banheiro. Nené vira para Felicidad e a manda avançar, arrastando a velha. Porém é a velha que reage e arrasta Felicidad em direção a Nené, que espera que a mulher desça para então sentar e obrigar o homem a dirigir.

"Elas não me deixam", grita Felicidad. "Não me deixam", enquanto espanta desesperada as últimas mãos que a seguram.

A velha a empurra. Deixou cair outra vez a certidão de casamento e agora puxa Felicidad com todas as suas forças porque nada mais importa, pensa, nem a certidão, nem a renda, nem o pouco amor que acreditou ter conseguido.

Nené espera ansiosa que a porta se abra, que a mulher desça. Ela sabe, pensa Nené, sabe e não desce. Quem desce, porém, é ele. Com as luzes recortando o caminho, ainda não viu as mulheres e desce apressado procurando em suas calças o zíper da braguilha. Então o barulho aumenta. As risadas e as provocações se esquecem de Nené e se dirigem pura e exclusivamente a ele. Chegam a seus ouvidos. Nos olhos do homem, o espanto de um coelho diante das feras. Ele para, mas já é tarde. Nené subiu no carro. Abre a porta de trás, pela qual agora sobem Felicidad e a velha, e ao mesmo tempo segura a mulher que a olha com espanto e tenta se safar.

"Segurem!", diz Nené, soltando a mulher para deixá-la nas mãos da velha, que sem perguntar obedece a ordem.

"Deixe-a, se quiser descer", diz Felicidad. "Eles gostam um do outro e nós não temos nada com isso."

A mulher consegue se safar da velha, porém não desce, fala o que vocês querem, de onde vêm, uma pergunta atrás da outra, até que Nené lhe abre a porta e com um gesto lhe dá a opção de descer.

"Desce, rápido", diz a ela.

Do carro, ouvem-se os gritos das mulheres e diante delas permanece, descolada da escuridão pelas luzes do carro, a figura imóvel e aterrada de um homem que já não pensa o mesmo que pensava um tempo atrás.

"Não desço coisa nenhuma", diz a mulher. Olha para o homem sem apreço e depois para Nené: "Arranque antes que ele volte", diz e trava a porta do seu lado.

Nené liga o motor. O homem ouve o automóvel e se vira para olhar.

"Arranque!", grita a mulher.

A velha aplaude nervosa, fala dá-lhe, mulher, e aperta firme a mão de Felicidad, que olha com espanto para o homem que se aproxima. Com duas rodas fora da estrada, o automóvel patina na lama. Nené gira o volante sem controle e por um momento os faróis do carro iluminam o descampado. Mas o que se vê então não é exatamente o descampado: a luz do carro se perde na imensidão da noite, porém é suficiente para destacar na escuridão a massa descomunal de centenas e centenas de mulheres que correm em direção ao carro, ou melhor, em direção ao homem, que entre o carro e a multidão aguarda imóvel como se espera a morte.

Um pisão da mulher no pé de Nené aciona o acelerador e, com a imagem das mulheres já em cima do homem, Nené consegue devolver o carro à estrada. O motor abafa os gritos e as provocações e logo tudo é silêncio e escuridão.

A mulher se acomoda em seu assento.

"Jamais gostei dele", diz a mulher. "Quando desceu pensei em pegar o volante e deixá-lo na estrada, mas não sei, o instinto materno..."

Nenhuma das mulheres lhe dá atenção. Todas, inclusive ela agora, preferem ficar olhando para o pequeno trecho da estrada que as luzes desenham, permanecendo em silêncio. Então acontece.

"Não pode ser", diz Nené.

Diante delas, na distância, o horizonte começa a se iluminar com pequenos pares de luzes brancas.

"O que é isso?", diz a velha. "O que está acontecendo?"

A mulher permanece em silêncio e a cada momento olha para Nené, como que esperando uma resposta.

Os pares de luzes crescem, avançam rápido em direção a elas. Felicidad aparece entre os assentos dianteiros.

"Estão voltando", diz, sorri e olha para Nené.

Na estrada, Nené contempla os primeiros pares de luzes que agora com formas de automóveis passam perto delas e os outros tantos que vão se aproximando. Acende um cigarro e percebe atrás de seu assento os movimentos alegres de Felicidad.

"São eles", diz Felicidad. "Se arrependeram e agora voltam para buscá-las."

"Não", diz Nené, que solta uma lufada de fumaça e acrescenta: "Voltam por causa dele".

Na estepe

A VIDA NA ESTEPE NÃO É FÁCIL; qualquer lugar se encontra a horas de distância, e só se vê esta extensa mata de arbustos secos. Nossa casa fica a vários quilômetros do povoado, mas tudo bem: é cômoda e tem tudo de que precisamos. Pol vai ao povoado três vezes por semana, envia suas notas sobre insetos e inseticidas às revistas de agricultura e faz as compras seguindo as listas que preparo. Nessas horas em que ele não está, me ocupo de uma série de atividades que prefiro fazer sozinha. Acho que Pol não gostaria de saber disso, porém quando se está desesperado, quando se chegou ao limite, como nós, então as soluções mais simples, como velas, incensos e conselhos de revista, parecem opções razoáveis. Como existem muitas receitas para a fertilidade e nem todas parecem confiáveis, aposto nas mais verossímeis e sigo rigorosamente seus preceitos. Anoto no caderno qualquer detalhe pertinente, pequenas mudanças em Pol ou em mim.

Escurece tarde na estepe, o que não nos deixa muito tempo. Tudo deve estar preparado: as lanternas, as redes. Pol limpa as coisas e espera chegar a hora. Isso de tirar a poeira e sujar tudo um segundo depois dá certo aspecto ritualístico ao assunto, como se antes de começar já se estivesse pensando em como fazê-lo cada vez melhor, revisando atentamente a rotina dos últimos dias para encontrar qualquer detalhe que possa ser corrigido, que nos leve a eles, ou ao menos a um deles: o nosso.

Quando estamos prontos, Pol me passa a jaqueta e o cachecol, eu o ajudo a calçar as luvas e cada um pendura sua mochila no ombro. Saímos pela porta de trás e caminhamos campo adentro. A noite é fria, porém o vento se acalma. Pol segue na frente, ilumina o chão com a lanterna. Mais adentro o campo se afunda um pouco em compridas colinas; avançamos em direção a elas. Nessa área os arbustos são pequenos, quase conseguem ocultar nossos corpos, e Pol acredita que essa é uma das razões pelas quais o plano fracassa toda noite. Contudo insistimos porque em várias ocasiões nos pareceu ver alguns, ao amanhecer, quando já estávamos cansados. Nessas horas eu invariavelmente me escondo atrás de algum arbusto, agarrada à minha rede e cabeceio e sonho com coisas que me parecem férteis. Pol, por sua vez, se converte numa espécie de animal de caça. Eu o vejo se distanciar, agachado entre as plantas, podendo permanecer de cócoras, imóvel, durante muito tempo.

Sempre me perguntei como serão realmente. Conversamos sobre isso várias vezes. Creio que são iguais aos da cidade, só que mais rústicos, talvez, mais selvagens. Já Pol acredita que sejam definitivamente diferentes, e ainda que esteja tão entusiasmado quanto eu, e não há noite em que o frio ou o cansaço não o tentem a postergar a busca para o dia seguinte, quando estamos entre os arbustos ele se movimenta com certo receio, como se algum animal selvagem pudesse atacá-lo de um momento para outro.

Agora estou só, na cozinha, olhando a estrada. Esta manhã, como sempre, nos levantamos tarde e almoçamos. Depois Pol foi ao povoado com a lista de compras e os artigos para a revista. Mas já é tarde, faz tempo que ele devia ter voltado e ainda não apareceu. Então vejo a caminhonete. Ao chegar em casa, me faz sinais pelo para-brisa para sair. Eu o ajudo com as coisas, ele me cumprimenta e diz:

"Você não vai acreditar."

"O que foi?"

Ele sorri e faz sinal para eu entrar. Carregamos as sacolas, mas não as levamos até a cozinha, pois está acontecendo alguma coisa, e afinal existe alguma coisa a ser contada. Deixamos tudo na entrada e nos sentamos nas poltronas.

"Bem", fala Pol; esfrega as mãos. "Conheci um casal; são fantásticos."

"Onde?"

Pergunto somente para que continue falando e então ele diz algo maravilhoso, uma coisa que nunca me ocorreu e sem dúvida compreendo que tudo vai mudar.

"Vieram pelo mesmo motivo", diz. Seus olhos brilham e ele sabe que estou desesperada para que continue. "E eles têm um deles, já vai fazer um mês."

"Eles têm um? Têm um! Não acredito..."

Pol não para de afirmar com a cabeça e esfregar as mãos.

"Fomos convidados para jantar. Hoje mesmo."

Fico contente em vê-lo feliz e eu também estou tão feliz que é como se nós também tivéssemos conseguido. Nos abraçamos e nos beijamos, e em seguida começamos a nos preparar.

Faço uma sobremesa e Pol escolhe um vinho e seus melhores charutos. Enquanto tomamos banho e nos vestimos, ele conta tudo o que sabe. Arnol e Nabel vivem a uns vinte quilômetros daqui, numa casa muito parecida com a nossa. Pol a viu porque voltavam juntos, um atrás do outro, até que Arnol buzinou para avisar que viravam e então viu que Nabel lhe apontava a casa.

São fantásticos, diz Pol a cada instante, e sinto certa inveja que já saiba tanto sobre eles.

"E como é? Chegou a ver?"

"Eles deixam ele em casa."

"Como assim, deixam em casa? Sozinho?"

Pol levanta os ombros. Acho estranho que o assunto não o intrigue, mas assim mesmo peço mais detalhes enquanto prossigo com os preparativos.

Trancamos a casa como se fôssemos nos ausentar por um bom tempo. Vestimos agasalhos e saímos. Durante o trajeto, levo a torta de maçã no colo, tomando cuidado para que não se incline, e penso nas coisas que vou dizer, em tudo o que quero perguntar a Nabel. Pode ser que quando Pol convide Arnol para um charuto eles nos deixem a sós. Então talvez possa falar com ela sobre coisas mais privadas; talvez Nabel também tenha usado velas e sonhado com coisas férteis de vez em quando e agora que conseguiram possam nos dizer exatamente o que fazer.

Ao chegar tocamos a buzina e logo em seguida eles saem para nos receber. Arnol é um sujeito grandalhão e usa jeans e uma camisa quadriculada vermelha; cumprimenta Pol com um forte abraço, como a um velho amigo que não vê faz tempo. Nabel aparece atrás de Arnol e sorri para mim. Acho que vamos nos dar bem. Também é grande, da altura de Arnol, embora seja longilínea, e se veste quase como ele; lamento ter vindo tão bem-vestida. Por dentro a casa parece uma velha pousada de montanha. Paredes e teto de madeira, uma grande chaminé na sala de estar e peles sobre o piso e as poltronas. É bem iluminada e calafetada. Com certeza eu não decoraria minha casa assim, mas penso que tudo bem e devolvo a Nabel o seu sorriso. Há um delicioso cheiro de molho e carne assada. Parece que Arnol é o cozinheiro; movimenta-se pela cozinha, acomodando algumas travessas sujas, e diz a Nabel que nos acompanhe até a sala. Nos sentamos no sofá. Ela serve vinho, traz uma bandeja com aperitivos e em seguida Arnol se junta a nós. Quero perguntar coisas na mesma hora: como o agarraram, como é, como se chama, se come bem, se já foi examinado por um médico, se é tão bonito como os da cidade. A conversa, porém, alonga-se em assuntos vagos. Arnol consulta Pol sobre inseticidas, Pol se interessa pelos negócios de Arnol, depois falam das caminhonetes, dos locais em que fazem compras, descobrem que discutiram com o mesmo homem, um que atende no posto de gasolina, e concordam que é um péssimo sujeito. Então Arnol se desculpa porque precisa ir dar uma espiada na comida. Pol se oferece para ajudá-lo e se afastam. Acomodo-me no sofá em frente a Nabel. Sei que devo dizer alguma coisa amável antes de perguntar aquilo que quero perguntar. Elogio a casa, e em seguida pergunto:

"É bonito?"

Ela enrubesce e sorri. Olha para mim meio envergonhada e sinto um nó no estômago e morro de felicidade e penso "eles têm um", "eles têm um e é bonito".

"Quero vê-lo", digo. "Quero vê-lo já", penso e me levanto. Olho para o corredor esperando que Nabel diga "por aqui", finalmente vou vê-lo, pegá-lo.

Então Arnol volta com a comida e nos convida para a mesa.

"É porque dorme o dia inteiro?", pergunto e rio, como se fosse uma piada.

"Ana está ansiosa para conhecê-lo", diz Pol e acaricia meu cabelo.

Arnol ri, mas em vez de responder ele põe a travessa na mesa e pergunta quem gosta de carne malpassada e quem de carne ao ponto e logo estamos comendo. Durante o jantar, Nabel é mais comunicativa. Enquanto eles conversam, descobrimos que temos vidas parecidas. Nabel me pede conselhos sobre plantas e então me animo e falo das receitas para fertilidade. Falo delas como algo divertido, verdadeiros achados, então Nabel logo se interessa e descubro que ela também as praticou.

"E as saídas? As caçadas noturnas?", digo, dando risada. "As luvas, as mochilas?" Nabel fica um segundo em silêncio, surpreendida, e depois começa a rir comigo.

"E as lanternas!", ela diz, e segura a barriga. "Essas malditas pilhas que não duram nada!"

E eu, quase chorando:

"E as redes! A rede de Pol!"

"E a de Arnol!", diz ela. "Não sei nem como explicar!"

Então eles deixam de falar. Arnol olha para Nabel, parece surpreso. Ela ainda não se deu conta: dobra-se num ataque de riso, golpeia a mesa duas vezes com a palma da mão; parece que gostaria de dizer mais alguma coisa, mas mal consegue respirar. Olho para ela, achando-a divertida, olho para Pol, quero comprovar que ele também está se divertindo, e então Nabel toma ar e, chorando de tanto rir, diz:

"E a espingarda", volta a bater na mesa. "Pelo amor de Deus, Arnol! Se você parasse de atirar! Teríamos encontrado ele muito mais rápido..."

Arnol olha para Nabel como se quisesse matá-la e afinal dá uma risada exagerada. Volto a olhar para Pol, que já não ri mais. Arnol levanta os ombros resignado, buscando em Pol um olhar de cumplicidade. Depois faz o gesto de apontar com uma espingarda e dispara. Nabel o imita. Repetem uma vez mais, apontando um para o outro, já um pouco mais calmos, até que param de rir.

"Ai... Por favor...", diz Arnol, e aproxima a travessa para oferecer mais carne. "Enfim temos com quem compartilhar essa coisa toda... Alguém quer mais?"

"Bem, e onde ele está? Queremos vê-lo", enfim diz Pol.

"Já vão vê-lo", diz Arnol.

"Dorme demais", diz Nabel.

"O dia inteiro."

"Então o vemos dormindo!", diz Pol.

"Ah, não, não", diz Arnol. "Primeiro a sobremesa que a Ana fez, depois um bom café, e minha Nabel aqui preparou alguns jogos de tabuleiro. Você gosta dos jogos de estratégia, Pol?"

"Mas gostaríamos de vê-lo adormecido."

"Não", diz Arnol. "Digo, não faz nenhum sentido vê-lo assim. Para isso podem vê-lo outro dia qualquer."

Pol me observa um segundo, depois diz:

"Bem, então vamos à sobremesa."

Ajudo Nabel a tirar a mesa. Pego a torta que Arnol tinha guardado na geladeira, levo à mesa e me preparo para servir. Enquanto isso, na cozinha, Nabel se ocupa do café.

"O banheiro?", diz Pol.

"Ah, o banheiro...", diz Arnol e olha para a cozinha, talvez procurando Nabel. "É que não funciona bem e..."

Pol faz um gesto para diminuir a importância do assunto.

"Onde fica?"

Talvez sem querer, Arnol olha para o corredor. Então Pol se levanta e começa a caminhar. Arnol também se levanta.

"Acompanho você."

"Tudo bem, não precisa", diz Pol, já entrando no corredor.

Arnol o segue por uns passos.

"À sua direita", diz. "O banheiro é o da direita."

Sigo Pol com o olhar até que ele finalmente entra no banheiro. Arnol permanece uns segundos de costas para mim, olhando para o corredor.

"Arnol", digo, é a primeira vez que o chamo pelo nome. "Posso te servir?"

"Claro", diz ele. Me olha e se vira de novo para o corredor.

"Pronto", digo e empurro o primeiro prato até o lugar. "Não se preocupe, ele vai demorar."

Sorrio, porém ele não responde. Volta para a mesa. Senta em seu lugar, de costas para o corredor. Parece incomodado, mas afinal corta com o garfo uma porção enorme do doce e a leva à boca. Olho com surpresa para ele e continuo a servir. Da cozinha, Nabel pergunta de que modo gostamos do café. Estou prestes a responder, mas vejo Pol sair silenciosamente do banheiro e cruzar para o outro cômodo. Arnol me olha, aguardando uma resposta. Digo que adoramos café, que gostamos de qualquer jeito. A luz do quarto se acende e ouço um ruído surdo, como algo pesado sobre um tapete. Arnol está em vias de se voltar para o corredor, então o chamo:

"Arnol", ele olha para mim, mas começa a se levantar.

Ouço outro ruído; em seguida Pol grita e alguma coisa cai no chão, uma cadeira talvez, um móvel pesado, e depois coisas que se quebram. Arnol corre até o corredor e pega o rifle que está pendurado na parede. Levanto para correr atrás dele, Pol sai do quarto de costas, sem deixar de olhar para dentro. Arnol segue direto para ele, porém Pol reage, golpeando-o para lhe tomar o rifle, e então o empurra para o lado e corre em minha direção. Não consigo entender o que está acontecendo, mas deixo que me tome o braço e saímos. Ouço a porta se fechando lentamente atrás de nós e depois o golpe que volta a abri-la. Nabel grita. Pol sobe na caminhonete e dá a partida, eu subo do meu lado. Saímos de marcha a ré e por alguns segundos as luzes iluminam Arnol, que corre em nossa direção.

Já na estrada rodamos um tempo em silêncio, tentando nos acalmar. Pol tem a camisa rasgada, quase perdeu a manga direita por completo, e alguns arranhões profundos em seu braço estão sangrando. Nos aproximamos de casa a toda a velocidade, e a toda a velocidade nos distanciamos. Olho-o para detê-lo, mas ele respira agitado; as mãos tensas aferradas ao volante. Examina pelos lados o campo escuro, e pelo espelho retrovisor, o que fica para trás. Deveríamos diminuir a velocidade. Poderíamos nos matar, caso um animal cruzasse o caminho. Então penso que um deles também poderia cruzar: o nosso. Contudo, Pol acelera ainda mais, como se a partir do terror de seus olhos perdidos contasse com essa possibilidade.

Pássaros na boca

O AUTOMÓVEL DE SILVIA estava estacionado em frente à casa, com os faróis acesos. Fiquei parado, pensando se havia alguma possibilidade real de não atender à campainha, porém dava para escutar o jogo na casa toda, então desliguei a tevê e fui abrir.

"Silvia", eu disse.

"Oi", ela disse, e entrou sem que eu pudesse lhe dizer alguma coisa. "Temos que conversar, Martín." Apontou minha própria poltrona e eu obedeci, porque às vezes, quando o passado bate à porta e trata a gente quase como há quatro anos, volto a ser um imbecil. Ela também se sentou.

"Você não vai gostar. É... é barra", olhou o relógio. "É sobre a Sara."

"Sempre é sobre a Sara", eu disse.

"Sua filha tem sérios problemas. Você vai dizer que estou exagerando, que sou uma louca, todo esse papo, porém não temos tempo para isso. Venha até minha casa agora mesmo e vai ver com os próprios olhos. Falei que você iria. Sara está esperando."

"O que está acontecendo?"

"Não vai levar nem vinte minutos. Depois não quero escutar que você não participa da vida dela e toda essa merda."

Ficamos em silêncio por um momento. Pensei qual seria o próximo passo, até que ela franziu o cenho, levantou e foi em direção à porta. Vesti meu agasalho e saí atrás dela.

Por fora a casa parecia a de sempre, com o gramado recém-cortado e as azáleas de Silvia pendendo da sacada do quarto de casal. Cada um desceu de seu carro e entramos sem conversar. Sara estava sentada no sofá. Apesar de as aulas deste ano já terem acabado, ela vestia o uniforme da escola, que a deixava como essas normalistas pornôs das revistas. Estava em pé, com as pernas juntas e as mãos sobre os joelhos, concentrada em algum ponto da janela ou do jardim, como se praticasse um dos exercícios de ioga da mãe. Me dei conta de que, se antes era pálida e magra, agora transbordava saúde. Suas pernas e seus braços pareciam mais fortes, como se andasse fazendo exercícios havia meses. Seu cabelo brilhava, suas bochechas tinham um leve tom rosado, como se fosse pintado, mas era real. Quando me viu entrar, sorriu e disse:

"Oi, papai."

Minha garota era realmente uma doçura, mas duas palavras eram suficientes para eu entender que algo ia muito mal com aquela menina, alguma coisa certamente relacionada à mãe. Às vezes penso que talvez devesse tê-la levado comigo, porém em geral penso que não. A alguns metros da tevê, próxima à janela, havia uma gaiola. Era uma gaiola para pássaros — de uns setenta, oitenta centímetros — dependurada no teto, vazia.

"O que é isso?"

"Uma gaiola", Sara disse e sorriu.

Silvia me fez um sinal para que a seguisse até a cozinha. Fomos até a janela e ela se virou para se certificar de que Sara não nos escutava. Continuava em pé no sofá, olhando para a rua, como se nunca tivéssemos chegado. Silvia me falou em voz baixa.

"Martín. Olha, você vai ter de encarar isto com calma."

"Tá, não fode, Silvia. Diz logo."

"Estou mantendo ela sem comer desde ontem."

"Tá tirando uma com a minha cara?"

"Para que você veja com seus próprios olhos."

"Sei... Você ficou louca?"

Fez um sinal para que a gente voltasse para a sala e apontou o sofá. Me sentei diante de Sara. Silvia saiu da casa e a vimos cruzar a janela e entrar na garagem.

"O que acontece com a sua mãe?"

Sara ergueu os ombros, dando a entender que não sabia. Tinha o cabelo negro e liso, preso num rabo de cavalo, e uma franja comprida que chegava quase até os olhos.

Silvia voltou com uma caixa de sapatos. Segurava-a firme, com ambas as mãos, como se tratasse de uma coisa delicada. Foi até a gaiola, abriu-a, tirou da caixa um pardal muito pequeno, do tamanho de uma bola de golfe, enfiou-o dentro da gaiola e fechou. Jogou a caixa no chão e a mandou para o lado com um chute, junto às outras nove ou dez caixas similares que se amontoavam debaixo da escrivaninha. Então Sara se levantou, seu rabo de cavalo reluziu de um lado para o outro da nuca, e foi até a gaiola dando pulinhos, como fazem as meninas que têm cinco anos a menos que ela. De costas para nós, pondo-se na ponta dos pés, abriu a gaiola e pegou o pássaro. Não pude ver o que fez. O pássaro piou e ela fez um pouco de força, talvez porque o pássaro tenha tentado escapar. Silvia tapou a boca com a mão. Quando Sara se virou para nós o pássaro tinha sumido. Sua boca, o nariz, o queixo e as duas mãos estavam cheios de sangue. Sorriu envergonhada, sua boca gigante se esticou e abriu, e seus dentes vermelhos me fizeram levantar de um salto. Corri até o banheiro, me fechei e vomitei na privada. Pensei que Silvia viria atrás e começaria a me culpar e a lançar acusações do outro lado da porta, mas ela não fez nada. Lavei a boca e o rosto, e permaneci escutando diante do espelho. Desceram alguma coisa pesada do piso de cima. Abriram e fecharam a porta da entrada algumas vezes. Sara perguntou se podia levar com ela a foto da prateleira. Quando Silvia disse que sim, sua voz já soava distante. Abri a porta com cuidado para não fazer barulho, e saí no corredor. A porta principal estava escancarada e Silvia acomodava a gaiola no assento traseiro do meu carro. Dei uns passos, com a intenção de sair da casa gritando-lhes umas coisas, porém Sara saiu da cozinha para a rua e me detive bruscamente para que não me visse. Trocaram um abraço. Silvia a beijou e enfiou-a no banco da frente. Esperei que voltasse e fechasse a porta.

"Mas que merda...?"

"Leva ela." Foi até o escritório e começou a esmagar e a dobrar as caixas vazias.

"Santo Deus, Silvia, a sua filha come pássaros!"

"Não aguento mais."

"Come pássaros! Um médico a examinou? Que merda ela faz com os ossos?"

Silvia permaneceu olhando para mim, desconcertada.

"Suponho que também engula. Não sei se os pássaros...", disse e ficou pensando.

"Não posso levá-la."

"Um dia a mais com ela e me mato. Eu me mato e mato Sara antes."

"Come passarinhos!"

Foi até o banheiro e se trancou. Olhei para fora, através da janela panorâmica. Do carro, Sara me acenou alegremente.

Tentei me acalmar. Pensei em coisas que me ajudassem a dar alguns passos desajeitados até a porta, rezando para que esse tempo fosse suficiente para voltar a ser um homem comum e normal, um sujeito metódico e organizado, capaz de ficar dez minutos de pé no supermercado, frente à gôndola de enlatados, certificando-se de que as ervilhas que está levando são as mais adequadas. Pensei em coisas acerca de pessoas que comem pessoas, então comer pássaros vivos não pareceu tão ruim. E também que, de um ponto de vista natureba, era mais saudável que usar drogas, e, do ponto de vista social, mais fácil de disfarçar que uma gravidez aos treze. Contudo, acho que até chegar ao volante do carro continuei a repetir *come pássaros, come pássaros, come pássaros*, e assim por diante.

Levei Sara para casa. Não falei nada durante o trajeto, e quando chegamos ela descarregou suas coisas sozinha. Sua gaiola, sua mala — que tinha guardado no porta-malas — e quatro caixas de sapatos como a que Silvia trouxera da garagem. Não consegui ajudá-la com nada. Abri a porta e esperei que ela fosse e voltasse com tudo. Quando entramos, indiquei-lhe o quarto de cima. Depois de se instalar, pedi-lhe que descesse e se sentasse à minha frente, na mesa da copa. Preparei dois cafés, mas Sara afastou sua xícara e disse que não tomava infusões.

"Você come pássaros, Sara", disse.

"Sim, papai."

Mordeu os lábios, envergonhada, e disse:

"Você também."

"Você come pássaros vivos, Sara."

"Sim, papai."

Pensei no que sentiria ao engolir algo quente e em movimento, ter uma coisa cheia de penas e patas na boca, e tapei os lábios com a mão, como fazia Silvia.

Passaram-se três dias. Sara ficava sentada o tempo todo, espichada na poltrona com as pernas juntas e as mãos sobre os joelhos. Eu saía cedo para o trabalho e passava o tempo na internet consultando infinitas combinações das palavras "pássaro", "cru", "cura", "adoção", sabendo que ela continuava sentada lá, olhando para o jardim por horas. Quando entrava em casa, por volta das sete, e a via tal qual a imaginara durante todo o dia, os pelos da minha nuca arrepiavam e eu sentia vontade de sair e deixá-la trancada à chave, hermeticamente trancada, como esses insetos que são caçados na infância e guardados em potes de vidro até que o ar acabe. Poderia fazer isso? Quando garoto, vi no circo uma mulher barbada que levava ratos na boca. Mantinha-os assim um tempo, com a cauda se movendo entre os lábios fechados, enquanto caminhava diante do público, com os olhos bem abertos. Agora eu pensava nessa mulher quase toda noite, revirando na cama sem poder dormir, considerando a possibilidade de internar Sara num centro psiquiátrico. Talvez pudesse visitá-la uma ou duas vezes por semana. Silvia e eu poderíamos nos revezar. Pensei nesses casos em que os médicos pedem certo isolamento do paciente, a fim de afastá-lo da família por alguns meses. Talvez fosse uma boa opção para todos, mas não tinha certeza de que Sara pudesse sobreviver num lugar desses. Talvez sobrevivesse. De qualquer modo, sua mãe não permitiria. Talvez permitisse. Não conseguia me decidir.

No quarto dia, Silvia veio nos ver. Trouxe cinco caixas de sapatos e as deixou junto à porta da entrada, do lado de dentro. Nenhum dos dois disse nada a respeito. Perguntou por Sara e apontei o quarto de cima. Quando desceu, ofereci café. Tomamos na sala, em silêncio. Estava pálida, e suas mãos tremiam tanto que a louça tilintava cada vez que ela apoiava a xícara no pires. Os dois sabíamos o que o outro pensava. Eu podia dizer "isso é sua culpa, foi esse o resultado", e ela podia dizer algo absurdo como "isso está acontecendo porque você nunca prestou atenção nela". A verdade, porém, é que já estávamos muito cansados.

"Eu me encarrego disso", Silvia disse antes de sair, apontando as caixas de sapatos. Eu não disse nada, mas lhe agradeci profundamente.

No supermercado as pessoas enchiam seus carrinhos de cereais, doces, verduras e laticínios. Eu me limitava a meus enlatados e entrava na fila em silêncio. Ia ao supermercado duas ou três vezes por semana. Às vezes, mesmo que não tivesse nada para comprar, passava por lá antes de voltar para casa. Pegava um carrinho e percorria as gôndolas pensando no que poderia estar esquecendo. À noite, assistíamos tevê juntos. Sara espichada, sentada no seu lado do sofá, eu na outra ponta, espiando-a de vez em quando para ver se acompanhava a programação ou mantinha outra vez os olhos cravados no jardim. Eu preparava comida para dois e a levava para a sala em duas bandejas. Deixava a de Sara diante dela, e lá ficava. Ela esperava que eu começasse e então dizia:

"Com licença, papai."

Levantava e subia até seu quarto, fechando a porta com delicadeza. Da primeira vez baixei o volume da tevê e esperei em silêncio. Ouviu-se um piado agudo e curto. Alguns segundos depois as torneiras do banheiro, e a água correndo. Às vezes ela descia uns minutos depois, perfeitamente penteada e tranquila. Outras vezes tomava uma ducha e já descia de pijama.

Sara não queria sair. Estudando seu comportamento, pensei que talvez sofresse de algum princípio de agorafobia. Às vezes eu botava uma cadeira no jardim e tentava convencê-la a sair um pouco. Era inútil. Conservava sem sombra de dúvida uma pele radiante de energia e estava cada vez mais bonita, como se passasse o dia se exercitando sob o sol. De vez em quando, ao fazer minhas coisas, encontrava uma pena. No chão, perto da porta, atrás da lata de café, entre as cobertas, ainda úmida na pia da cozinha. Eu a recolhia, tomando cuidado para que ela não me visse fazendo isso, e a jogava na privada. Às vezes a observava ir embora com a água. Às vezes a privada voltava a se encher, a água se aquietava outra vez feito um espelho, e eu permanecia ali observando, pensando se seria necessário voltar ao supermercado, se realmente era justificável encher os carrinhos com tanto lixo, pensando em Sara, e no que existiria no jardim.

Uma tarde Silvia ligou para avisar que estava de cama, com uma gripe brava. Disse que não podia nos visitar. Não poder *nos visitar* significava que não poderia trazer mais caixas. Perguntou se eu conseguia me virar sem ela. Perguntei se ela estava com febre, se estava comendo bem, se tinha ido ao médico, e quando a notei suficientemente ocupada com as respostas, disse que precisava desligar e desliguei. O telefone voltou a tocar, porém não atendi.

Vimos tevê. Quando trouxe minha comida, Sara não se levantou para ir a seu quarto. Olhou o jardim até que terminei de comer, depois retomou a tevê.

No dia seguinte, antes de voltar para casa, passei pelo supermercado. Botei algumas coisas no meu carrinho, o de sempre. Passeei entre as gôndolas como se fizesse um reconhecimento do mercado pela primeira vez. Parei na seção de pets, onde havia comida para cães, gatos, coelhos, pássaros e peixes. Conferi alguns alimentos para ver do que se tratava. Li do que eram feitos, as calorias que forneciam e a posologia recomendada para cada raça, peso e idade. Depois fui à seção de jardinagem, onde só havia plantas com ou sem flor, vasos e terra, de modo que voltei outra vez à seção de pets e fiquei ali pensando no que faria a seguir. As pessoas enchiam seus carrinhos e se movimentavam, desviando de mim. Anunciaram nos alto-falantes a promoção de laticínios do Dia das Mães e puseram uma canção sobre um sujeito que estava cheio de mulheres, mas sentia falta de seu primeiro amor, até que finalmente empurrei o carrinho e voltei à seção de enlatados.

Aquela noite Sara demorou para dormir. Meu quarto fica bem embaixo do dela, e eu a escutei caminhar nervosa, deitar-se, levantar de novo. Perguntei a mim mesmo em quais condições estaria o quarto, não tinha subido desde que ela chegara, talvez o lugar estivesse um verdadeiro desastre, um curral cheio de sujeira e penas.

Na terceira noite depois da ligação de Silvia, antes de voltar para casa, parei para ver umas gaiolas penduradas nos toldos de uma veterinária. Nenhum pássaro parecia o pardal que eu vira na casa de Silvia. Eram aves coloridas, e em geral um pouco maiores. Fiquei ali um tempinho, até que um vendedor se aproximou e me perguntou se eu estava interessado em algum pássaro. Disse que não, que de maneira nenhuma, que só estava olhando. Ele ficou por perto, mexendo nas caixas, olhando para a rua, e enfim entendeu que eu realmente não compraria nada e voltou ao balcão.

Em casa, Sara esperava no sofá, espichada em seu exercício de ioga. Nós nos cumprimentamos.

"Oi, Sara."

"Oi, papai."

Estava perdendo suas bochechas rosadas e já não estava tão bem como nos dias anteriores.

"Papi...", disse Sara.

Engoli o que estava mastigando e baixei o volume da televisão, duvidando que tivesse realmente falado, mas ali estava ela, com suas pernas juntas e as mãos sobre os joelhos, olhando para mim.

"Que foi?", disse.

"Você gosta de mim?"

Fiz um gesto com a mão, acompanhado de um assentimento. No conjunto, tudo significava que sim, que evidentemente sim. Era minha filha, não? E ainda assim, por via das dúvidas, pensando sobretudo no que minha ex-mulher teria considerado "correto", eu disse:

"Sim, meu amor. Claro."

E então Sara sorriu mais uma vez, e ficou olhando para o jardim durante o resto da programação.

Voltamos a dormir mal, ela passeando de um lado ao outro do quarto, eu dando voltas na cama até adormecer. No dia seguinte liguei para Silvia. Era sábado, mas ela não atendia o telefone. Liguei mais tarde, e outra vez por volta do meio-dia. Deixei uma mensagem, ela não respondeu. Sara ficou sentada no sofá a manhã inteira, olhando para o jardim. Tinha o cabelo um pouco desarrumado e já não se sentava tão espichada; parecia muito cansada. Perguntei-lhe se estava bem e ela disse:

"Sim, papai."

"Por que não sai um pouco para o jardim?"

"Não, papai."

Pensando em nossa conversa da noite anterior, me ocorreu que podia lhe perguntar se gostava de mim, mas logo me pareceu uma estupidez. Liguei de novo para Silvia. Deixei outra mensagem. Em voz baixa, cuidando para que Sara não me escutasse, falei para a secretária eletrônica:

"É urgente, por favor."

Esperamos sentados cada um em sua poltrona, com a televisão ligada. Algumas horas depois, Sara falou:

"Com licença, papai."

Trancou-se em seu quarto. Desliguei a televisão e fui até o telefone. Levantei o aparelho uma vez mais, escutei o sinal e desliguei. Fui de carro até a veterinária, procurei o vendedor e lhe disse que precisava de um pássaro pequeno, o menor que tivesse. O vendedor abriu um catálogo de fotografias e disse que os preços e a alimentação variavam de uma espécie para outra. Golpeei a bancada com a palma da mão. Algumas coisas saltaram sobre o balcão e o vendedor ficou em silêncio, olhando para mim. Apontei um passarinho pequeno, escuro, que se mexia nervoso de um lado para outro em sua gaiola. Cobraram-me cento e vinte pesos e o entregaram numa caixa quadrada de papelão verde, com pequenos orifícios ao redor e, na tampa, um folheto do criador com a foto do passarinho e um saco grátis de alpiste, que não aceitei.

Quando voltei, Sara continuava trancada. Pela primeira vez desde que ela estava em casa, subi e entrei no quarto. Estava sentada na cama diante da janela aberta. Olhou para mim, mas nenhum dos dois disse nada. Estava tão pálida que parecia doente. O quarto estava limpo e em ordem, a porta do banheiro, entreaberta. Havia umas trinta caixas de sapato em cima da escrivaninha, todas desmontadas — de modo a não ocupar tanto espaço — e empilhadas umas sobre as outras. A gaiola estava pendurada, vazia, próxima à cama. Na mesa de cabeceira, perto do suporte, o porta-retrato que trouxera da casa da mãe. O pássaro se mexeu e o barulho de seus pés puderam ser ouvidos através do papelão, contudo Sara permaneceu imóvel. Deixei a caixa em cima da escrivaninha, saí do quarto e fechei a porta. Então percebi que não me sentia bem. Me apoiei na parede para descansar um momento. Olhei o folheto do criadouro, que ainda segurava. No verso havia informações acerca dos cuidados do pássaro e sobre seus ciclos de procriação. Ressaltavam a necessidade da espécie de estar em casal nos períodos férteis e o que podia ser feito para que os anos de cativeiro fossem os mais amenos possíveis. Ouvi um piado breve, e depois a torneira da pia do banheiro. Quando a água começou a correr, senti-me um pouco melhor e soube que, de alguma forma, teria de me virar para descer as escadas.

Perdendo velocidade

TEGO PREPAROU OVOS MEXIDOS, mas quando finalmente sentou à mesa e olhou o prato, percebeu que não podia comer.

"O que aconteceu?", perguntei.

Ele demorou para tirar os olhos dos ovos.

"Estou preocupado", disse. "Acho que estou perdendo velocidade."

Mexeu o braço de um lado para o outro, de uma forma lenta e exasperante, suponho que de propósito, e ficou me olhando como se esperasse meu veredito.

"Não tenho a menor ideia do que você está falando", eu disse. "Ainda estou meio dormindo."

"Não viu como demorei para atender o telefone? Para ir até a porta, para tomar um copo d'água, para escovar os dentes... É um martírio."

Houve um tempo em que Tego voava a quarenta quilômetros por hora. O circo era o céu; eu arrastava o canhão até o centro do picadeiro. As luzes ocultavam o público, mas podíamos ouvir o clamor. As cortinas aveludadas se abriam e Tego surgia em seu capacete prateado. Levantava os braços para receber os aplausos. Seu traje vermelho brilhava sobre a areia. Eu me encarregava da pólvora enquanto ele subia e metia seu corpo delgado dentro do canhão. Os tambores da orquestra pediam silêncio e tudo estava em minhas mãos. Ouvia-se apenas o barulho dos saquinhos de pipoca e alguma tosse nervosa. Eu tirava os fósforos do bolso. Deixava-os em uma caixa de prata que tenho até hoje. Uma caixa pequena, mas tão brilhante que era possível vê-la da última fila da arquibancada. Eu abria a caixa, tirava um fósforo e o apoiava na lixa na base da caixa. Nesse momento todos os olhares estavam voltados para mim. Com um movimento rápido, o fogo aparecia. Eu acendia o pavio. O barulho das faíscas se espalhava por todas as direções. Eu dava alguns passos para trás, atuando e dando a entender que algo terrível estava para acontecer — o público atento ao pavio que queimava —, e de repente: bum! E Tego, uma flecha vermelha e brilhante, era disparado a toda a velocidade.

Tego deixou de lado os ovos mexidos e com esforço se levantou da cadeira. Estava gordo e velho. Respirava com um ronco pesado, porque a coluna apertava não sei qual dos pulmões, e se movimentava pela cozinha usando as cadeiras e o balcão de apoio, parando a cada minuto para pensar ou descansar. Às vezes simplesmente suspirava e seguia adiante. Caminhou em silêncio até a porta da cozinha e então parou.

"Acho mesmo que estou perdendo velocidade", disse.

Olhou para os ovos.

"Acho que estou quase morrendo."

Puxei o prato para o meu lado da mesa, apenas para irritá-lo.

"Isso acontece quando se deixa de fazer o que se sabe fazer melhor", continuou. "Andei pensando nisso, morrer é bem possível."

Provei os ovos, mas já estavam frios. Foi a última conversa que tivemos; depois disso, ele deu três passos desajeitados em direção à sala de estar e caiu morto no chão.

Uma repórter de um jornal local veio me entrevistar alguns dias depois. Assino uma fotografia para a nota em que eu e Tego estamos juntos do canhão, ele com o capacete prateado e seu traje vermelho, e eu de azul, com a caixa de fósforos na mão. A moça fica encantada. Quer saber mais sobre Tego, me pergunta se tem alguma coisa em especial que eu queira falar a respeito da morte dele, mas já não tenho vontade de continuar falando disso, e nada me ocorre. Como ela não vai embora, ofereço alguma coisa para beber.

"Café?", pergunto.

"Claro", ela diz. Parece disposta a me escutar por uma eternidade. Eu risco um fósforo contra minha caixa de prata para acender o fogo várias vezes, e nada acontece.

Cabeças contra o asfalto

SE VOCÊ BATER MUITO A CABEÇA de alguém contra o asfalto — ainda que seja para trazê-lo à razão —, é provável que acabe por machucá-lo. Isso é uma coisa que minha mãe me explicou desde o começo, no dia em que bati a cabeça de Fredo contra o chão do pátio do colégio. Eu não era violento, quero deixar isso bem claro. Só falava se fosse estritamente necessário, não tinha amigos nem inimigos, e a única coisa que fazia nos recreios era ficar sozinho na sala de aula, longe do ruído do pátio, esperando que a aula começasse de novo. Esperava desenhando. Isso acelerava o tempo e me afastava do mundo. Desenhava caixas fechadas e peixes em forma de quebra-cabeças que se encaixavam entre si. Fredo era o capitão do time de futebol e fazia o que bem entendesse com os demais. Como quando o tio da Cecilia morreu e ele a convenceu de que ele havia sido o responsável. Isso não está certo, mas eu não me meto em problemas alheios. Um dia, durante o recreio, Fredo entrou na sala, pegou o desenho que eu estava fazendo e saiu correndo. Persegui-o até o pátio. O desenho era de dois peixes quebra-cabeças, cada um em uma caixa, e ambas as caixas dentro de outra caixa. Tirei isso de caixas dentro das caixas de um pintor de que mamãe gostava, e todas as professoras ficavam encantadas e diziam *que era um recurso muito poético*. No pátio, Fredo rasgava o desenho pela metade, e as metades em metades e assim por diante, enquanto sua turma o rodeava e ria. Quando não conseguiu mais cortar pedaços tão pequenos, jogou tudo no ar. A primeira coisa que senti foi tristeza. Não falo por falar, sempre penso no modo como sinto as coisas no momento em que acontecem, talvez seja isso que me faça mais lento, ou mais distraído do que os demais. Depois meu corpo enrijeceu, fechei os punhos e senti a temperatura subir. Desabei com Fredo, agarrei-o pelos cabelos e comecei a bater sua cabeça no chão. A professora gritou e um professor veio nos separar. Mas não aconteceram grandes coisas depois disso. Naquela tarde minha mãe me disse que eu podia ter machucado muito o Fredo, e isso foi tudo.

No ensino fundamental aconteceu de novo. Continuava desenhando, e ninguém encostava nos meus desenhos porque sabiam que eu acreditava no bem e no mal, e me incomodava com tudo o que fosse relacionado ao segundo. Ao fim e ao cabo, a briga com Fredo me conferiu certo respeito entre a turma, e já não se metiam comigo. Mas naquele ano um garoto novo que se achava muito esperto soube que no dia anterior havia descido para Cecilia pela primeira vez. E, se aproveitando de que eu nem sempre ficava na sala de aula, ele encheu o estojo dela de tinta vermelha. Quando Cecilia procurou um lápis, manchou os dedos e a roupa. E o garoto, de seu banco, começou a gritar que Cecilia já era uma puta, que Cecilia era uma puta igual a todas. Eu não gostava dela, mas mesmo assim bati a cabeça do garoto contra o chão até começar a sangrar. O professor teve de pedir ajuda para nos separar. Enquanto nos seguravam para que não recomeçássemos a nos agarrar, perguntei-lhe se agora seu cérebro não estava funcionando melhor. Achei que era uma frase genial, mas ninguém riu. Encheram meu boletim de advertências e me suspenderam por dois dias. Minha mãe também estava brava comigo, porém a ouvi dizer ao telefone *que seu filho não estava acostumado à intolerância, e que tudo o que eu quisera fazer era proteger aquela pobre garota.*

Desde então Cecilia fazia todo o possível para ser minha amiga. Isso me chateava terrivelmente. Ela se sentava o mais perto que podia, e se virava de vez em quando para me olhar. Às vezes sorria ou acenava para mim. Escrevia cartas sobre a amizade e o amor e as escondia entre as minhas coisas. Eu continuava desenhando. Minha mãe tinha me matriculado na oficina de desenho e pintura do colégio, que acontecia toda sexta-feira. A professora nos mandava comprar folhas A3, quase quatro vezes maior do que as que eu usava. Também tintas e pincéis. A professora mostrava meus trabalhos à classe para explicar por que *eu era genial, como eu fazia, e o que eu queria comunicar com cada pincelada.* Na oficina aprendi a desenhar todas as extremidades dos quebra-cabeças em 3-D, a esfumar fundos que, *em contraste com o realismo de um horizonte, dão a ideia de abstração*, e a passar spray nos melhores trabalhos para que se conservassem e não perdessem *a intensidade das cores*.

O mais importante para mim era pintar. Havia outras coisas de que eu gostava, como ver televisão, não fazer nada e dormir. Mas pintar era o melhor. No terceiro ano organizaram um concurso de pintura para expor no saguão. Os jurados eram a professora de desenho, a diretora e sua secretária. As três escolheram *por unanimidade a minha obra como a mais representativa* e penduraram o quadro no saguão da entrada do colégio. Então Cecilia começou a dizer que eu estava apaixonado por ela, fazia tempo. Que ela era o peixe vermelho e eu, o azul. Que as peças de um quebra-cabeças encaixavam umas nas outras porque éramos assim, um feito para o outro. Durante um recreio descobri que alguém escrevera nossos nomes em cima de cada peixe no quadro pendurado no saguão. Voltei à aula e encontrei na lousa um coração gigante atravessado por uma flecha com os nossos nomes. Era a mesma letra do quadro. Ninguém se animou a dar risada, porém todos viram e se olhavam entre si. Cecilia sorriu para mim, enrubescida, e seguiu desenhando outro coração estúpido em seu caderno. Senti vontade de bater nela, senti outra vez, como quando aconteceu com Fredo e com o segundo garoto. Percebi que, antes da fúria, eu podia ver a imagem da cabeça sendo batida, o couro cabeludo se estatelar uma e outra vez contra as irregularidades do piso, a cabeça perfurada, o sangue adensando o cabelo. Senti meu corpo balançar em cima dela, e um segundo depois se conter. Foi como uma iluminação, e então eu soube exatamente o que fazer. Corri até o ateliê de desenho e pintura que ficava no segundo andar, alguns garotos me seguiram — Cecilia entre eles —, abri a porta, tirei dos armários as folhas e as tintas, e desenhei. Um primeiríssimo primeiro plano. Apenas o olho espantado de Cecilia, sua testa com gotas de transpiração, o chão áspero debaixo, os dedos fortes de minha mão enrolados em seu cabelo, e depois, puro, o vermelho, manchando tudo.

Se me perguntam o que aprendi no colégio, só posso responder que aprendi a pintar. Todo o resto saiu como entrou, não sobrou nada. Tampouco estudei depois do ensino médio. Pinto quadros de cabeças sendo batidas contra o chão, e as pessoas me pagam fortunas. Vivo num loft no centro da cidade. Em cima tenho o quarto e o banheiro, embaixo a cozinha, e o restante é o estúdio. Alguns ricos me pedem retratos da cabeça deles. Gostam das telas grandes e quadradas, e as faço de até dois metros por dois metros. Pagam o que eu pedir. Depois vejo os quadros pendurados em suas salas enormes e me impressiono como são bons. Acho que esses sujeitos bem que mereciam se ver retratados estatelados no solo pela minha mão, e eles parecem muito conformados quando param em frente aos quadros e aquiescem em silêncio.

Não curto ter namoradas. Saí com algumas garotas, mas nunca deu certo. Cedo ou tarde elas começam a exigir mais tempo e pedir que eu diga coisas que na verdade não sinto. Certa vez tentei dizer o que sentia e foi ainda pior. Em outra ocasião, uma garota com quem eu havia saído umas seis vezes e já se dizia minha namorada ficou completamente louca sem que eu tivesse falado nada. Ela decidiu que eu não a amava, que nunca iria amá-la, e me obrigou a agarrá-la pelos cabelos e começou a bater a própria cabeça contra a parede, enquanto gritava como uma fera no cio *quero que você me mate, quero que você me mate*. Acho que relações desse tipo não são nada saudáveis. Meu agente, que é o sujeito encarregado de distribuir meus quadros pelas galerias e decidir que preço tem cada coisa que faço, diz que o assunto mulheres não me convém. Diz que a energia masculina é superior, porque não se dispersa e é *monotemática*. Monotemática significa que só pensa em uma coisa, mas ele nunca diz qual. Ele diz que as mulheres são boas no começo, *quando ficam bem boazinhas*, e boas no final, *que viu seu pai morrer nos braços de sua mãe*, e quer morrer da mesma maneira. *Porém tudo o que está no meio é um inferno*. Diz que agora tenho de me concentrar naquilo que sei fazer. É careca e gordo, e não importa o que aconteça, está sempre fungando. Chama-se Aníbal e já foi pintor, porém nunca quer falar disso. Como vivo trancado, e ele mesmo trata de persuadir minha mãe a não me incomodar, costuma vir ao meio-dia para me trazer comida e dar uma olhada no que estou fazendo. Para em frente aos quadros, com os polegares enfiados nos bolsos dianteiros dos jeans, e diz sempre as mesmas coisas: *mais vermelho, precisa de mais vermelho*. Ou: *maior, tenho de poder vê-lo lá da outra esquina*. E quase sempre, antes de ir embora: *Você é um gênio. Um-gê-nio*. Essa é umas das coisas que repete duas vezes. Quando não me sinto bem, porque estou triste ou cansado, me olho no espelho do banheiro, enfio os polegares nos meus jeans e digo para mim mesmo: *você é um gênio, um-gê-nio*. Às vezes funciona.

Sempre tive um espaço horrível entre os dois últimos molares direitos, *no maxilar superior*, e há um tempo qualquer coisa que eu coma deu pra se enfiar ali. O que resultou numa cárie insuportável. Aníbal disse que eu não poderia ir a qualquer dentista, porque depois das mulheres, os dentistas eram os piores. Trouxe um cartão e disse: *é coreano, mas é bom*. Marcou um horário para aquela tarde. John Sohn parecia jovem, pensei que podia ter a minha idade, apesar de ser difícil calcular a idade dos coreanos. Me anestesiou, perfurou dois dentes e tapou com massinha os dois buracos que havia feito. Tudo com um sorriso e evitando que eu sentisse dor. Gostei dele, de modo que lhe contei que pintava cabeças contra o asfalto. John Sohn ficou em silêncio por um instante, que foi meio que um momento de iluminação, e disse *é justamente o que estou procurando*. Me convidou para jantar num desses restaurantes coreanos de verdade. Quero dizer, não do tipo turístico, e sim desses nos quais se entra por uma portinha na qual aparentemente não há nada, e dentro existe um tremendo mundo coreano. Mesas grandes e redondas, mesmo que acomodem apenas duas pessoas, o menu em coreano, todos os garçons coreanos e todos os clientes coreanos. John Sohn escolheu um prato tradicional para mim e deu ao garçom instruções precisas acerca do preparo. John Sohn precisava de alguém que pintasse um quadro gigante para sua sala de espera. Disse que *o importante era o dente*, e me pareceu uma proposta interessante. Queria fazer um trato: eu pintava o quadro e ele dava um jeito em todos os meus dentes.

Me explicou por que queria o quadro, como isso repercutiria entre os clientes e o valor publicitário em sua cultura. Adorava falar, falava o tempo todo, e eu adorava escutá-lo. Quando terminamos de comer, John Sohn me apresentou a uns coreanos da mesa ao lado e tomamos café com eles. Não pude entender nada do que foi conversado, porém esse tempo de descanso me ajudou a perceber que eu era muito feliz, porque era amigo do meu dentista, e ter amigos é muito bom.

Trabalhei muitos dias no quadro de John, até que certa manhã despertei na poltrona do estúdio, olhei para a tela e senti uma gratidão profunda. A amizade dele propiciara meu melhor quadro. Liguei para seu consultório e John ficou muito feliz, sei disso porque falava muito rápido quando alguma coisa o entusiasmava, e às vezes em coreano. Disse que viria almoçar. Era a primeira vez que meu amigo viria me visitar. Ordenei um pouco os quadros, cuidando para deixar os melhores à vista. Subi para o quarto a roupa esparramada e levei para a cozinha os copos e pratos sujos. Tirei comida da geladeira e a dispus numa bandeja. Quando John chegou, olhou para todos os lados, procurando o quadro, porém ainda não era *o momento*, e ele respeitou porque os coreanos sabem muito sobre isso de respeito, ou ao menos era isso que ele sempre dizia. Sentamos para almoçar. Perguntei-lhe se queria sal, se preferia alguma coisa quente, se podia lhe servir mais refrigerante. Mas tudo estava bom para ele. Pensei que podia vir algumas noites para ver filmes ou conversar a respeito de qualquer coisa, podíamos tirar uma foto para botar num canto, como fazem as pessoas com seus familiares. Mas não cheguei a falar nada. John comia e falava. Fazia tudo de uma vez, e não me incomodava, porque isso é ter intimidade, é coisa de amigos. Não sei como começou o assunto, mas falava das *crianças coreanas* e da educação em seu país. A garotada entra na escola às seis da manhã e sai às doze do dia seguinte, quer dizer que passam quase um dia e meio na escola e lhes restam somente cinco horas livres, que utilizam para ir para casa, dormir um pouco e voltar. Disse que coisas como essas são o que diferencia os coreanos do resto do mundo, o que os distingue dos demais. Não gostei, porém não se pode gostar de tudo em um amigo, penso eu. E penso que assim mesmo, apesar de seu comentário, estava tudo bem entre nós. Devolvi-lhe o sorriso. *Quero que veja o quadro*, falei. Fomos até o centro da sala. Deu uns passos para trás, calculando a distância necessária, e quando senti que era o momento, retirei o lençol que cobria o quadro. John tinha mãos finas e pequenas, como as de mulher, e sempre as movimentava para explicar o que pensava. Contudo suas mãos ficaram quietas, pendidas dos braços como se estivessem mortas. Perguntei-lhe o que estava acontecendo. Falou que o quadro tinha de ser sobre o dente. Queria um quadro gigante para sua sala de espera, o quadro de um dente. Repetiu isso várias vezes. Olhamos juntos o quadro: o rosto de um coreano estatelando-se contra os azulejos negros e brancos de uma sala de espera muito parecida com a de John. Minha mão não aparece batendo a cabeça, que cai sozinha, e a primeira coisa a bater contra o esmalte dos azulejos, aquilo que recebe todo o peso da queda, é um dos dentes do coreano, com uma rachadura vertical que, um instante depois, terminará por parti-lo ao meio. Não pude entender o que é que não funcionava para John, o quadro era perfeito. E percebi que não estava disposto a mudar nada. Então John disse que esse era o problema, e retomou o assunto da educação coreana. Disse que os argentinos eram uns vagabundos. Que não gostávamos de trabalhar e por isso o país estava como estava. Que isso não mudaria nunca, porque éramos como éramos, e foi embora.

Tudo o que John disse me chateou muito. Porque minha mãe e Aníbal também são argentinos, e eles trabalham muitíssimo, e me chateia que as pessoas falem sem saber. John, porém, era meu amigo. Aprendi a conter a fúria, e sentia muito orgulho disso. No dia seguinte, lhe escrevi um e-mail explicando que poderia mudar o que ele quisesse no quadro. Esclareci que não estava muito de acordo "esteticamente", mas compreendia que talvez ele necessitasse de algo mais publicitário. Esperei um par de dias, porém John não respondeu. Então voltei a escrever, imaginei que talvez tivesse se ofendido com alguma coisa, e lhe expliquei que, se assim fosse, eu precisaria saber exatamente o motivo, caso contrário não poderia me desculpar. John tampouco respondeu a esse e-mail. Minha mãe ligou para Aníbal e lhe explicou que tudo isso acontecia porque eu era *muito sensível*, e ainda não estava preparado para *o fracasso*. Mas não era nada disso. No sétimo dia sem notícias, decidi ligar para o consultório. Atendeu sua secretária. *Bom dia, senhor; não, senhor, o doutor não se encontra; não, senhor, o doutor não pode atender a sua ligação*. Perguntei por quê, o que estava acontecendo, por que John fazia isso comigo, por que John não queria me ver. A secretária ficou uns segundos em silêncio e depois falou *o doutor tirou uns dias de folga, senhor*, e desligou. Naquele fim de semana pintei mais seis quadros de cabeças de coreanos se partindo contra o asfalto, Aníbal estava muito entusiasmado com os trabalhos, porém eu fervilhava de raiva e às vezes ficava bem triste. Liguei uns dias depois. Uma voz de mulher atendeu, num idioma incompreensível que certamente devia ser coreano. Eu disse que queria falar com John, repeti o nome de John algumas vezes. A mulher falou algo que não entendi, foi curta e grossa. Voltou a repetir. Depois atendeu um homem, algum outro coreano que tampouco era John e também falou coisas que não entendi.

    Desse modo, portanto, tomei uma decisão importante. Embrulhei o quadro com o lençol, saí para a rua arrastando-o como pude, esperei uma eternidade até encontrar um desses táxis de aeroporto com muito espaço atrás, e dei ao taxista o endereço de John. John vivia em um mundo coreano a cinquenta quadras do meu bairro, repleto de cartazes em coreano e de coreanos. O taxista me perguntou se eu tinha certeza do endereço, se queria que ele ficasse me esperando na porta. Falei que não era preciso, paguei e ele me ajudou a descer o quadro. A casa de John era antiga e grande. Apoiei o quadro nas grades da entrada, toquei a campainha, esperei. Muitas coisas me deixam nervoso. Não entender algo é uma das piores, a outra é esperar. Porém esperei. Imagino que esse é o tipo de coisa que se faz por um amigo. Havia falado com minha mãe uns dias antes e ela tinha dito que minha amizade com John tinha, ademais, *brechas culturais*, e que isso tornava tudo mais complicado. Falei que as brechas culturais eram uma adversidade que John e eu podíamos superar. Só precisava explicar isso, saber por que estava tão chateado, embora de todo modo tenha pensado muito nas brechas culturais e as acrescentado à lista de coisas que me deixam nervoso.

A cortina da sala de estar se mexeu. Alguém atrás dela espiou por um momento. A voz feminina do telefone disse *alô* no interfone. Falei *sou eu, do telefone*, falei que queria ver *John*. *John, não*, disse a mulher, *não*. Falou outras coisas em coreano, o aparelho fez alguns ruídos e depois ficou em silêncio. Voltei a tocar. A esperar. A tocar. Escutei as dobradiças da porta e um coreano maior que John apareceu, olhou para mim e falou *John, não*. Falou isso bem bravo, franzindo o cenho, porém sem me olhar nos olhos, e voltou a se trancar na casa. Percebi que não me sentia muito bem. Que algo estava mal em mim, como nos velhos tempos. Voltei a tocar a campainha. Gritei *John* uma vez, outra. Um coreano que passava pela calçada em frente parou para olhar. Voltei a gritar no interfone. Eu só queria falar com

John. Gritei seu nome outra vez. Porque John era meu amigo. Porque as *brechas* não tinham nada a ver com a gente. Porque éramos dois, John e eu, e isso é ter um amigo. A campainha outra vez, incessante. O metal que se cravava em meu dedo, muito profundamente, de tanto apertar. O coreano em frente falou alguma coisa em seu idioma. Não sei o quê, como se quisesse me explicar alguma coisa. E outra vez eu disse *John, John* com muita força, como se alguma coisa terrível estivesse acontecendo. O coreano se aproximou, fez um gesto com as mãos, para que eu me acalmasse. Soltei a campainha para mudar de dedo e continuei gritando. Ouviu-se uma persiana baixar em outra casa. Senti que o ar me faltava. Que algo me faltava. Então o coreano me tocou o ombro. Seu polegar em minha camisa. E foi uma dor enorme: a brecha cultural. Meu corpo começou a fervilhar, senti que perdia o controle, que já não entendia as coisas, como em outras tantas vezes, porém daquela vez de nada serviria olhar com atenção por um momento. Dei a volta bruscamente e golpeei o quadro, que caiu sobre a calçada. Agarrei o coreano pelos cabelos. Um coreano pequeno, magrelo e intrometido. Um coreano de merda que se levantara às cinco da manhã durante quinze anos para proteger a brecha dezoito horas por dia. Segurei-o pelos cabelos com tanta força que acabei cravando as unhas na palma da mão. E essa foi a terceira vez que estatelei a cabeça de alguém contra o asfalto.

Quando me perguntam se *abrir a cabeça do coreano sobre o verso de minha tela esconde alguma intenção estética,* olho para cima e finjo que estou pensando. Isso é uma coisa que aprendi vendo outros artistas na televisão. Não é que não entenda bem a pergunta, é que realmente pouco me interessa. Tenho problemas legais, porque não sei diferenciar coreanos de japoneses, nem de chineses, e cada vez que vejo um eu logo o agarro pelos cabelos e começo a bater sua cabeça contra o asfalto. Aníbal conseguiu um bom advogado, que alega *insanidade*, que significa que se está louco, pois isso é muito melhor perante a lei. As pessoas dizem que sou racista, um homem *descomunalmente mau*, porém meus quadros são vendidos por milhões e começo a pensar naquilo que minha mãe sempre dizia, aquilo de que o que o mundo tem é uma grande crise de amor, e ao fim e ao cabo não são bons tempos para pessoas muito sensíveis.

Rumo à alegre civilização

PERDEU SUA PASSAGEM e por trás das grades brancas da bilheteria lhe negaram a compra de outra por falta de troco. De um banquinho da estação, observa o imenso campo seco que se abre para os dois lados e intui que logo acontecerá algo terrível. Cruza as pernas e abre as páginas do jornal em busca de artigos que apressem a passagem do tempo. A noite cobre o céu e à distância, sobre a linha negra onde se perdem os trilhos da estação, uma luz amarela anuncia a proximidade do último trem da tarde. Gruner se levanta. O jornal cai de sua mão como uma arma que já não tem utilidade. Adivinha na janelinha da bilheteria um sorriso que, oculto por trás das grades, é dirigido exclusivamente a ele. Um cachorro magro, que antes dormia, levanta, atento. Gruner avança para o guichê, confiando na hospitalidade das pessoas do campo, na camaradagem masculina, na boa vontade que nasce nos homens de bom aspecto. Vai dizer por favor, o que custa, você sabe que não há mais tempo para arranjar troco.

E se o homem se negar, perguntará por outras opções, sabe como é, comprar a passagem no trem ou então, na chegada, pedi-la na bilheteria do terminal. Faça-me um vale ao menos, arranje um papelzinho dizendo que posso pagar depois. Contudo, ao chegar à janelinha, quando as luzes do trem prolongam as sombras e a buzina se torna forte e incômoda, Gruner descobre que por trás das grades não tem ninguém, só um banco alto e uma mesa abarrotada de cartas registradas sem selar, futuras passagens para destinos variados. Junto ao trem que entra na estação em velocidade considerável, os olhos de Gruner encontram, de um lado da via e no campo, o homem que ainda sorri e mediante sinais indica ao condutor que não deve parar. Depois, quando o ruído da locomotiva já está longe, o cachorro torna a deitar e uma lâmpada da estação pisca até apagar por completo. O jornal agora amassado volta para o regaço de Gruner, sem que nenhuma conclusão o faça levantar para sair atrás do miserável que lhe negou a alegre civilização da capital.

Tudo permanece quieto e em silêncio. Inclusive Gruner, sentado na ponta de um banco com a noite fresca passando por sua roupa, permanece imóvel e respira com tranquilidade. Uma sombra que ele não vê se move entre postes de luz e bancos de praça e se revela como o homem da bilheteria quando, já sem sorrir, senta na outra ponta do banco e dispõe perto dele uma tigela com um líquido fumegante. Depois a arrasta até deixá-la a poucos centímetros de Gruner, que observa no homem uma falsa indiferença e compreende que ele espera seu pedido. O homem, porém, impaciente, não pode se conter e fala. Limpa a garganta para se certificar de que ninguém sabe o que tem de bom até perdê-lo e, como quem procura algo que não encontra, olha o grande campo negro que se estende diante deles. Gruner, a fumaça da tigela lhe despertando o apetite, foca na resistência. Pensa que depois de tudo, de algum jeito chegará à capital e poderá denunciar o ocorrido. Mas logo descobre que sem querer aproximou sua mão da tigela, e o calor entre os dedos o distrai. Tem mais, se você quiser, diz o homem, e então Gruner, não, ele não deveria ter feito isso, as mãos de Gruner tomam o cálido recipiente e o levam à boca, e aí, como um remédio milagroso, reanima seu corpo que deixa de tremer. Com o último sorvo compreende que, se fosse uma guerra, o miserável já contaria com duas batalhas vencidas. Porque agora, depois da cálida saciedade, segue uma cólera de difícil contenção que obriga Gruner a cerrar os punhos enquanto o homem, vitorioso, levanta, pega a tigela vazia e se afasta.

O cachorro permanece enrolado, o focinho escondido entre o estômago e as patas traseiras, e apesar de Gruner chamá-lo várias vezes, ele não lhe dá atenção. Ocorre-lhe que o que havia na tigela era a comida do cachorro e fica preocupado em saber há quanto tempo o cachorro está ali. Saber se em algum momento esse cachorro teria desejado viajar de um lugar para outro, como ele naquela mesma tarde. Passa por sua cabeça que os cachorros do mundo são homens cujos objetivos de deslocamento fracassaram. Homens alimentados e retidos à força de puros caldos fumegantes, a quem os cabelos crescem e as orelhas caem e a cauda se estica, um sentimento de terror e frio que incita todos ao silêncio, a permanecer encolhido debaixo de algum banco de estação, contemplando os novos fracassados que, como ele, ainda com esperança, aguardam impávidos a oportunidade de viagem.

Uma sombra se move na bilheteria. Gruner se levanta e caminha decidido. Da grade branca escapam vapores de calefação impregnados de aromas do fogão. O homem sorri com amabilidade e oferece mais caldo. Gruner pergunta que horas passa o próximo trem e é informado: ainda demora, diz o homem, e sua mão ofendida fecha a janela da bilheteria para deixá-lo outra vez sozinho.

Tudo se repete como um ciclo natural, pensa Gruner uma hora mais tarde enquanto observa desolado a nova fileira de vagões que outra vez se distancia reproduzindo a imagem do trem anterior. De todo modo amanhecerá e os trabalhadores vão se aproximar da estação para comprar passagens, muitos deles provavelmente com dinheiro trocado. Se há trens para a capital é graças aos passageiros que a cada manhã devem viajar de trem. Sim, quando chegar, vai denunciar esse homem e em algum dia livre voltará com troco à estação do miserável, apenas para comprovar que ele não trabalha mais ali. Com o alívio dessa certeza, senta no banco e aguarda. Passa um tempo no qual os olhos de Gruner se acostumam à noite e leem formas até nos lugares mais escuros.

É assim que descobre a mulher, sua figura apoiada no batente da porta do salão de espera, e o gesto de sua mão que o convida a entrar. Gruner, certo de que o gesto foi para ele, levanta e caminha em direção a ela, que sorri e o convida a entrar.

Na mesa há três pratos, os três servidos, e a comida fumegante não é sopa, caldo ou comida para cães, mas alguma carne substanciosa banhada num creme branco aromático. Cheira a frango, queijo e batata, e depois, quando a mulher traz a caçarola cheia de legumes, Gruner se lembra dos jantares típicos da alegre civilização da capital. Aquele homem miserável, inacessível na hora de comprar uma passagem, entra e oferece a Gruner um assento.

"Sente-se, por favor. Sinta-se em casa."

O homem e a mulher comem, satisfeitos. Próximo deles está Gruner, com seu prato também servido. Sabe que lá fora o frio é úmido e inóspito, e sabe também que perdeu outra batalha, agora que leva à boca o primeiro bocado de um saboroso pedaço de frango.

A comida, entretanto, não garante uma saída imediata.

"Por alguma razão você não me vende a passagem", diz Gruner.

O homem olha a mulher e pede a sobremesa. Do forno surge uma torta de maçã que é logo repartida em partes iguais. A mulher e o homem se abraçam com ternura ao ver como Gruner devora sua fatia.

"Pe, leve-o ao quarto, ele deve estar cansado", diz a mulher, e então o primeiro bocado de uma segunda fatia de torta que se dirigia à boca de Gruner se detém e espera.

Pe levanta e pede a Gruner que o acompanhe.

"Pode dormir aqui dentro. Lá fora faz frio. Não há mais trens até de manhã."

Não existe opção, pensa Gruner, e deixa o resto da torta para seguir o homem até o quarto de hóspedes.

"Seu quarto", diz o homem.

Gruner não pagará por isso, pensa ele, enquanto percebe que os dois cobertores da cama são novos e quentes. Fará a denúncia de qualquer jeito, a hospitalidade não compensa o acontecido. Do quarto ao lado os comentários do casal chegam baixinho. Antes de adormecer, Gruner escuta a mulher dizer que Pe deve ser mais carinhoso, que o homem está sozinho e deve estranhar, e a voz de um Pe ofendido, contando como a única coisa que importa àquele miserável é comprar sua passagem de volta. Mal-agradecido é o que chega por último a seus ouvidos, o som da palavra se perde gradualmente e renasce de manhã quando o silvo de um trem que já se distancia da estação o desperta em um novo dia no campo.

"Não o acordamos porque dormia muito tranquilo", diz a mulher. "Espero que não se incomode."

Café com leite quente e torradas com canela, manteiga e mel. Gruner toma o desjejum em silêncio, acompanhando com o olhar os passos da mulher que cozinha o que parece ser o almoço. Então algo acontece. Um empregado, um homem de feições orientais vestido como ele, alguém que possivelmente vai pegar o próximo trem e traz consigo troco suficiente para duas passagens, entra na cozinha e cumprimenta a mulher.

"Oi, Fi", diz e com o carinho de um filho beija a mulher na bochecha. "Já terminei lá fora, devo ajudar o Pe no campo?"

Uma vez mais, a comida que se dirigia à boca de Gruner, neste caso uma torrada, se detém na metade do caminho e permanece no ar.

"Não, Cho, obrigado", diz Fi. "Gong e Gill já foram, três são suficientes para isso. Você poderia conseguir um coelho para o jantar?"

"Claro", responde Cho, que, exibindo entusiasmo, pega o rifle que está pendurado junto à lareira e se retira.

A torrada de Gruner retorna ao prato e ali fica. Gruner vai perguntar alguma coisa, mas então a porta volta a se abrir e outra vez entra Cho, que primeiro o observa, e depois, com curiosidade, dirige-se à mulher.

"É novo?", pergunta.

Fi sorri e olha Gruner com carinho.

"Chegou ontem."

A torrada já não volta a se dirigir à boca de Gruner. Quando ele se retira, a mulher tira o prato e despeja seu conteúdo em um grande tacho, junto ao resto do lixo.

As ações de Gruner no primeiro dia são iguais às de todas as pessoas que alguma vez estiveram nessa situação. Fechar-se, ofendido, e passar a manhã junto à bilheteria de um trem que não chega. Depois, negar-se a almoçar e, durante a tarde, estudar em segredo as atividades do grupo. Sob o mando de Pe, os empregados trabalham a terra. Descalços, as calças arregaçadas até as canelas, sorriem e se felicitam por suas ideias sem perder o ritmo de suas tarefas. Depois Fi traz chá para todos, e eles, Pe, Cho, Gong e Gill, acenam para Gruner, que se acreditava oculto, convidando-o a se unir ao grupo.

Gruner, porém, como já sabemos, nega-se. Nada mais teimoso do que um empregado como ele. Cria de escritórios sem divisões, mas com linha telefônica particular, no campo ele ainda conserva seu orgulho e, sentado num banco de madeira, esforça-se por permanecer imóvel a tarde inteira. Mesmo que não passe nenhum trem, pensa. Mesmo que apodreça nesse assento.

A noite reúne todos no preparo de uma cálida ceia familiar; as luzes da casa se acendem pouco a pouco, e os primeiros aromas do que será uma grande refeição escapam para o frio através das frestas das portas. Gruner, com a paciência e o orgulho atenuados com o correr do dia, rende-se sem culpa e se prepara para aceitar o convite, uma porta que se abre e a mulher que, como na noite anterior, o convida a entrar. Dentro, o murmúrio familiar e um Pe que com palmadas fraternas felicita seus homenzinhos pelo trabalho enquanto eles, agradecidos por tudo, preparam uma mesa que lembra a Gruner aquelas íntimas festividades natalinas da infância e, por que não, a alegre civilização da capital. Em frente ao rosto satisfeito do caçador bem-sucedido, o rosto de um Cho triunfal, é servido um coelho que não agora, mas sim em outros tempos, correu alegremente pelo campo que rodeia as instalações. Na mesa retangular, Pe e Fi ocupam as cabeceiras. De um lado estão os empregados e, sozinho diante deles, Gruner, que a pedido de Gong e Gill passa para um lado e outro da mesa um saleiro que é solicitado constantemente, porém nunca chega a ser utilizado, até que Pe descobre que nos rostos infantis de Gong e Gill crescem sorrisos ansiosos e infectados de malícia, e com uma repreenda concede a Gruner a possibilidade de se abster dessa transferência exaustiva e afinal provar, tarde da noite, seu primeiro bocado do dia.

Nos dias seguintes, Gruner ensaia diversas estratégias. Subornar Pe, ou mesmo Fi, em busca de dinheiro trocado é o que primeiro lhe ocorre. Depois, com lágrimas nos olhos, oferecer a passagem para a cidade em troca de todo o seu dinheiro, nada de troco, suplica, fiquem com tudo, suplica uma e outra vez, e escuta com desespero uma resposta que alega certa ética ferroviária que implica a impossibilidade de ficar com o dinheiro alheio. Gruner propõe comprar alguma coisa para eles. A soma do preço de sua passagem mais qualquer coisa que eles desejem vender será o total de seu dinheiro, o trato seria perfeito. Mas nada feito. E ainda tem de suportar os risos escondidos dos empregados e outro jantar em família. As primeiras tarefas de Gruner, que começam a se tornar habituais, são lavar os pratos depois do jantar e, de manhã, preparar a comida do cachorro. Depois suplica outra vez. Oferece pagar em troca de seu trabalho. Pagar por qualquer coisa, pagar pela comida. Adaptar-se pouco a pouco às tarefas do campo. Falar uma ou outra vez com os homenzinhos do trabalho. Descobrir em Gong faculdades incríveis no que se refere a teorias de eficiência e trabalho em grupo. Em Gill, um advogado de alto prestígio. Em Cho, um contador capacitado. Voltar a chorar em frente à bilheteria e de noite se oferecer para preparar o almoço do dia seguinte. Caçar coelhos no campo com Cho, sugerir pagamento em gratidão pela boa vontade da família, pagar ao menos pelos serviços de cozinha. Procurar saber como se faz isso e como se faz aquilo, e procurar também pagar por aquela informação tão importante, que a colheita deve ser feita pela manhã enquanto o sol ainda não incomoda, e as horas do meio-dia se destinam às tarefas da casa. E a cada momento, com a esperança que só renasce em alguns dias, a de conseguir dinheiro trocado para pagar sua passagem, sentar no banco da estação e contemplar um novo trem que, devido aos inevitáveis sinais de Pe, passa sem se deter.

Depois, pouco a pouco, considerar a alegria do trabalho como uma falsa alegria. Suspeitar de tudo aquilo, do ingênuo agradecimento de Cho, da viva hospitalidade de Gong e da constante atitude serviçal de Gill, e neles intuir as ações de um plano secreto contrário ao amor que Pe e Fi lhes professam. E ao escutar Cho propor arrumar a cama de Papai e Mamãe, confirma sua teoria quando os quatro juntos, Gruner também, entram no quarto de casal e em mutirão estendem os lençóis e controlam as dobras que mal estendidas poderiam desenhar diagonais. Então Gong sorri e olha para Gill e, juntos, um diante do outro de cada lado da cama, levantam um travesseiro e, diante do olhar surpreso de Gruner e Cho, cospem nas fronhas antes de voltar a arrumá-las.

É o momento em que estão se rebelando, e Gruner sabe disso, tanto amor não podia ser real. Desse modo, se anima e com a voz trêmula, que vai se fortalecendo, pergunta:

"Vocês têm dinheiro trocado?"

Os três demonstram surpresa. Talvez a pergunta seja precipitada, porém a resposta também é:

"E você?"

Gruner diz:

"Vocês acham que eu estaria aqui?"

E eles:

"E nós?"

Em um longo silêncio as conclusões de todos parecem se encontrar e formular um plano que, ainda não definido, os une agora num recente porém sincero sentimento de irmandade. Como se essa ação pudesse ocultar as palavras pronunciadas, Gill alisa com timidez os lençóis de uma cama que ainda não foi desarrumada. É desse modo que à noite, quando renasce o eufórico amor familiar, Gruner compreende que tudo é e sempre foi parte de uma farsa que começou muitos anos antes de sua chegada. Nada o impede então de aproveitar os conselhos instrutivos de Pe nem os beijos ternos que Fi distribui na testa de seus homenzinhos enquanto eles se despedem para ir dormir. De manhã se submete com gosto às atividades cotidianas, e à noite, quando a dúvida o invade e reconsidera o plano como uma tática audaz de seu autoengano, descobre que os ruídos que o incomodam agora em seu quarto são na realidade pequenas batidas de alguém que o chama da porta. Batidas que, como chaves a serem decifradas, o convidam a se levantar, abrir, e descobrir um Cho ansioso que, sob as ordens organizacionais de Gong, foi buscá-lo para participar de sua primeira reunião.

O encontro acontece nos banheiros públicos, junto à bilheteria. Gill, eficiente, tapou com papelão as janelas quebradas para vedar o frio e conseguiu velas e comida. Acesas as primeiras e apresentada a segunda, tudo se estende sobre uma toalha ordenadamente esticada no piso no centro do banheiro. Sentados feito índios, mas com o profissionalismo atento dos verdadeiros empregados, os quatro se instalam ao redor da toalha e todo o dinheiro deles está na mão de Gong. Quatro notas grandes e novas. Gruner se surpreende ao descobrir nos rostos infantis dos companheiros uma expressão que até então lhe era desconhecida, mescla de angústia e receio. Devem estar aqui há meses, talvez anos, talvez suspeitem que já perderam tudo na capital. Mulher, filhos, trabalho, lar, essas coisas que poderiam ter antes de encalhar numa estação como esta. Os olhos de Gill se umedecem e logo caem algumas lágrimas sobre a toalha. Cho lhe dá umas palmadinhas nas costas e apoia a cabeça do outro em seu ombro. Então Gong olha para Gruner; sabem que Gill e Cho são frágeis, que estão esgotados e que já não creem na possibilidade de escapar, contam só com o penoso consolo de mais dias no campo. Gong e Gruner, que são fortes, terão de lutar pelos quatro. Um plano implacável, pensa Gruner, e no olhar de Gong descobre um camarada que acompanha com atenção todos os seus pensamentos. Gill continua chorando e se lamenta:

"Com todo esse dinheiro poderíamos comprar parte da horta deles, e pelo menos viver de forma independente..."

"Precisamos fazer o trem parar", propõe Gong, com seriedade desconhecida.

"Qual é a ideia?", diz Gruner. "Como se para um trem? Precisamos ser realistas, a objetividade é a base de todo plano bom."

"Diga, Gruner, segundo você, por que o trem não para?", diz Gong.

E a resposta ansiosa de Cho é:

"Por causa dos sinais de Pe, que avisa que não tem passageiros, e por isso os trens não param."

"Cho, deixe o Gruner deduzir sozinho...", diz Gong, e esclarece: "Como verá, Gruner, é possível deter o trem. É só substituir o Pe por um de nós e quando o trem se aproximar não fazer nenhum sinal."

"Rezemos para que a ausência de sinal signifique ao condutor que ele deve parar", diz Gruner. "Passou direto tantas vezes que deve estar acostumado."

"Vamos ter de rezar", repete Gill, limpando os olhos com um guardanapo de papel.

Tudo acontece como deve acontecer, como o planejado. Primeiro, amanhece. Fi surge na porta da cozinha e convida a família para o desjejum. Os pequenos empregados, cada um em seu quarto, calçam meias, casacos sobre os pijamas, alpargatas sobre as meias. Pe é o primeiro a utilizar o banheiro, e o resto segue a ordem de chegada: Gong, Gill, Cho, e por fim Gruner, que, como sabe ser o último, aproveita o tempo para alimentar o cachorro, que a essa hora espera à porta. Fi cumprimenta a todos e os apressa para que o desjejum não esfrie. Então Cho distrai Fi, levando-a até a janela e apontando alguma coisa no campo, talvez um possível animal para almoçar ou jantar naquele dia. Enquanto isso, Gong vigia o banheiro para que Pe não saia, pois afinal o turno seguinte é seu e não é incomum que fique junto à porta. É aí que Gruner e Gill diluem na grande xícara de café os comprimidos sedativos que roubaram da mesa de cabeceira de Fi. Quando todos estão sentados e a cerimônia do desjejum pode começar, os empregados não tiram os olhos da xícara de Pe. Na concentração que implica essa primeira refeição, porém, nem Pe nem Fi percebem os olhares, e as delícias servidas à mesa fazem com que até mesmo os empregados acabem esquecendo do assunto. No fim, Gill tira a mesa e Cho lava a louça. Gong e Gruner declaram que vão limpar os quartos e arrumar as camas, e se retiram diante do permissivo sorriso de Fi.

No quarto de Gruner, local acertado para o encontro subsequente ao triunfo da primeira parte do plano, os empregados, ou melhor dizendo, Gill e Cho, e não Gong e Gruner, encontram a saudade. Porque Gill considera que depois de tudo Fi acabou sendo como sua mãe, e Cho reconhece que aprendeu muito acerca do campo sob as ordens de um homem como Pe. As horas de trabalho conjunto e os desjejuns em família não serão esquecidos com facilidade. Gong e Gruner realizam atividades paralelas a tais deliberações: empacotam umas poucas recordações em saquinhos, como pedrinhas e outras coisas que Gill e Cho recolheram, e algumas maçãs para saborear na viagem de volta.

Então soa o alarme do relógio de Gong, e soa porque é a hora. O trem logo vai passar, pois é o preciso momento em que todos os dias Pe levanta da poltrona de leitura matinal e caminha até o campo para se postar junto aos trilhos e fazer o sinal. Gruner levanta, Gong levanta também, e agora tudo está nas mãos deles. Gill e Cho vão esperar sentados no banco da estação. Na sala de estar encontram Pe adormecido no sofá. Testam-no pronunciando alto palavras ruidosas: roer, estrepitar e esquadrinhar são as propostas por Gong, rataplã é a escolhida por Gruner, que a repete três vezes, porém Pe, imerso no sono profundo provocado pelos sedativos, não desperta. Gill o beija na testa e Cho o imita, em seus olhos há lágrimas de despedida. Gong vai ver se Fi está no jardim dos fundos, regando suas plantas como todas as manhãs, e lá está ela. Perfeito, dizem entre si, e por fim saem de casa. Gill e Cho seguem para a estação, Gong e Gruner para o campo, margeando a via férrea. No horizonte, a fumaça de um trem que ainda não se vê, porém já se ouve.

Gong dá vários passos e se detém. Gruner deverá seguir, pois basta um homem para fazer o sinal. Depois de aceitar as palmadas de Gong, Gruner continua andando. Será difícil ver o trem se aproximar e desejar que se detenha, contando apenas com a não sinalização. Permanecer junto ao trilho sem fazer nada, a não ser rezar, como disse Gill, pois talvez seja esse o sinal de Deus para que o trem pare.

O trem se aproxima, avança sobre as duas linhas que cruzam o campo de horizonte a horizonte. E logo está na estação. Gruner se concentra. Permanece o mais quieto possível, e quando o trem passa perto dele é difícil deduzir se esse é o ruído de um trem que acelera ou de um que vai parar. Então movimenta os olhos para baixo, para as rodas que seguem os trilhos e nota que os braços de ferro que as empurram começam a diminuir a ênfase de sua marcha. Não vê Gong, não sabe onde ele está, mas escuta seus gritos de alegria. O trem se afasta e Gruner pode comprovar que está definitivamente parando na estação. Vitorioso, contempla a plataforma se povoar de passageiros e, distraído pelos ruídos do tumulto, deixa de escutar os gritos desesperados de Gong que o chamam. Somente instantes depois, quando o apito do trem soa duas vezes, ele compreende que os gritos o avisam do quão longe da estação ele se encontra, e ao descobrir a grande distância que o separa do trem, começa a correr o mais rápido que pode.

Na estação, Gill e Cho, para subir ao trem, devem empurrar dezenas e dezenas de passageiros que ainda descem. A plataforma repleta de gente, malas e pacotes. Comentários de surpresa e pranto. Lágrimas de emoção. Pessoas que se abraçam e exclamam:

"Pensei que nunca poderíamos descer", e choram.

"Faz anos que viajo neste trem, mas hoje afinal consegui chegar", dizem e se abraçam.

"Não lembro mais do povoado, e agora chegar assim, de repente...", dizem e, esgotados, sentam-se nos bancos da estação.

Gente que festeja e grita, gente que já não cabe na estação. Então um novo apito e o ruído do trem que começa a arrancar. Com o socorro de Gong, que o ajuda a subir, Gruner alcança a estação sem perder tempo usando as escadas. Um grupo de homens desempacotou seus instrumentos e toca uma melodia alegre para celebrar a ocasião. Gong e Gruner avançam entre crianças, homens, mulheres, balões e serpentinas, e antes que possam chegar à primeira porta o trem já parte ao lado deles. É então que Gruner vê, entre as cores alegres dos passageiros que conseguiram descer em júbilo, a figura delgada e cinza de um cachorro seu conhecido, e se detém.

"Gruner!", grita Gong, que já alcançou a primeira porta.

"Não vou sem o cachorro", declara Gruner, e como se essas palavras lhe dessem a força que necessitava para fazê-lo, vai até o animal e o segura nos braços. O cachorro se deixa levar, e graças a Gruner sua expressão de espanto passa por corpos eufóricos que não chegam a perceber o perigo e o desespero que os quatro vivem. Gruner alcança o fim do trem e se emparelha. Intui que a partir de alguma janela Gill e Cho o observam com lágrimas nos olhos, e sabe que não pode falhar com eles. Uma mão forte, que é a de Gruner, agarra uma das grades da escada traseira do trem, e o mesmo impulso de velocidade da máquina desprende da estação tanto Gruner quanto o cachorro, como uma lembrança que foi pisada até há pouco, mas que agora se distancia e se perde como uma mancha no campo verde.

A porta traseira do vagão se abre e Gong ajuda Gruner a subir. Dentro, Gill e Cho seguram o cachorro e felicitam Gruner. Ali estão os quatro, os cinco, e estão a salvo. Porém, e sempre há um porém, na porta traseira há uma janela, e dessa janela ainda podem ver os vestígios daquela mancha que se distancia no campo. Uma mancha que, eles sabem, é uma estação cheia de gente alegre, repleta de materiais de escritório e provavelmente de dinheiro trocado. Uma mancha que foi para eles um lugar de amargura e medo e que no entanto agora, imaginam, assemelha-se à civilização alegre da capital. Uma última sensação, comum a todos, é de espanto: intuir que, ao chegar ao destino, nada mais vai existir.

O cavador

PRECISAVA DESCANSAR, então aluguei um casarão num povoado no litoral, longe da cidade. Ficava a quinze quilômetros do centro, seguindo o caminho de cascalho no sentido do mar. Quando estava chegando, a vegetação me impediu de prosseguir de carro. Dava para ver o telhado da casa à distância. Me animei a descer. Peguei o indispensável e continuei a pé. Escurecia e, embora não se visse o mar, dava para escutar as ondas batendo na orla. Estava já a poucos metros quando tropecei em algo.

"É você?"

Retrocedi assustado.

"É você, chefia?" Um homem se levantou com dificuldade. "Não desperdicei nem um só dia, viu... Juro pela minha mãezinha..."

Falava apressadamente; alisou a roupa e assentou o cabelo.

"O que acontece é que justamente ontem à noite... Imagine só, chefia, se estando tão perto eu ia deixar as coisas para outro dia. Venha, venha", falou e se enfiou em um poço que havia no meio do matagal, a só um passo de onde estávamos.

Agachei e enfiei a cabeça. O buraco media mais de um metro de diâmetro e não se via nada lá dentro. Para quem trabalharia um sujeito que não reconhecia nem seu próprio superior? O que estaria procurando para cavar tão fundo?

"Vai descer, chefia?"

"Acho que você está enganado", eu disse.

"Como?"

Falei para ele que não desceria e, como ele não respondeu, fui para casa. Quando estava chegando às escadas da entrada, ouvi um distante *muito bem, chefia, como você quiser*.

Na manhã seguinte saí para buscar o que deixara no carro. Sentado na entrada da casa, o homem cabeceava vencido pelo sono e segurava uma pá oxidada entre os joelhos. Quando me viu, deixou-a e se apressou a me alcançar. Carregou o mais pesado e, apontando uns pacotes, perguntou se faziam parte do plano.

"Preciso me organizar primeiro", falei, e, ao chegar à porta, peguei o que ele carregava para evitar que entrasse na casa.

"Sim, sim, chefia. Como quiser."

Entrei. Das janelas da cozinha, vi a praia. Quase não havia ondas, o mar estava ideal para nadar. Cruzei a cozinha e espiei pela janela da frente: o homem permanecia ali. De tempos em tempos, olhava para o poço e estudava o céu. Quando saí, corrigiu a postura e me cumprimentou, respeitoso.

"O que vamos fazer, chefia?"

Dei-me conta de que um gesto meu teria sido suficiente para que o homem fosse correndo até o poço e se pusesse a cavar. Olhei para o pasto, em direção ao poço.

"Acha que falta quanto?"

"Pouco, chefia, muito pouco..."

"Quanto é pouco para você?"

"Pouco... não saberia dizer."

"Acha que é possível terminar esta noite?"

"Não posso prometer nada... você sabe: isso não depende só de mim."

"Bem, se você quer tanto fazer, vá em frente."

"Considere feito, chefia."

Vi o homem pegar a pá, descer os degraus da casa até o mato e se perder no poço.

Mais tarde fui ao povoado. Era uma manhã de sol e eu queria comprar um calção de banho para aproveitar o mar; afinal, não tinha por que me preocupar com um homem que cavava um poço em uma casa que não me pertencia. Entrei na única loja que encontrei aberta. Quando embalava minha compra, o empregado perguntou:

"E como vai o seu cavador?"

Fiquei em silêncio alguns segundos, esperando quem sabe que outro respondesse.

"Meu cavador?"

Passou-me a sacola.

"Sim, seu cavador..."

Estendi-lhe o dinheiro e o olhei, surpreso; antes de ir embora, não pude deixar de perguntar:

"Como sabe do cavador?"

"Como assim, 'sei do cavador'?", disse, como se não me compreendesse.

Voltei para casa e o cavador, que esperava adormecido na entrada, despertou quando abri a porta.

"Chefia", falou, colocando-se de pé. "Houve grandes avanços, pode ser que a gente esteja cada vez mais perto..."

"Estou pensando em ir à praia antes que escureça."

Não lembro por que me pareceu uma boa ideia dizer isso. Contudo, ali estava ele, feliz pelo comentário e disposto a me acompanhar. Esperou do lado de fora que eu me trocasse, e um pouco mais tarde caminhávamos em direção ao mar.

"Não tem problema deixar o poço?", perguntei.

O cavador se deteve.

"Prefere que eu volte?"

"Não, não, estou só perguntando."

"Se qualquer coisa acontecer...", ameaçou voltar. "Seria terrível, chefia."

"Terrível? O que poderia acontecer?"

"Preciso continuar cavando."

"Por quê?"

Olhou para o céu e não respondeu.

"Bem, não se preocupe", continuei caminhando. "Venha comigo." O cavador me seguiu, indeciso.

Já na praia, a poucos metros do mar, sentei para tirar os sapatos e as meias. O homem sentou perto de mim, deixou a pá de lado e tirou as botas.

"Sabe nadar?", perguntei. "Por que não entra comigo?"

"Não, chefia. Vou só olhar, se não se incomoda. E trouxe a pá, no caso de lhe ocorrer um novo plano."

Levantei e caminhei para o mar. A água estava gelada, porém eu sabia que o homem olhava para mim e não quis voltar.

Quando voltei, o cavador não estava mais.

Com um sentimento de fatalidade, procurei possíveis pegadas em direção à água, caso ele tivesse seguido minha sugestão, mas não encontrei nada e então decidi voltar. Examinei o poço e os arredores. Na casa, percorri os cômodos com desconfiança. Detive-me nos patamares da escada, chamei em voz alta nos corredores, um pouco envergonhado. Mais tarde saí. Fui até o poço, me debrucei e chamei outra vez. Não se via nada. Deitei de barriga para baixo, enfiei a mão e tateei as paredes: tratava-se de um trabalho bem-feito, de aproximadamente um metro de diâmetro, que afundava no sentido do centro da terra. Pensei na possibilidade de entrar, mas logo desisti. Quando apoiei a mão para me levantar, a borda cedeu. Agarrei-me ao mato e, paralisado, ouvi a terra caindo na escuridão. Meus joelhos resvalaram na borda e vi como a boca do poço desmoronava e se perdia em seu interior. Fiquei de pé e observei o desastre. Olhei com medo ao redor, porém o cavador não estava em parte alguma. Então pensei que podia refazer as bordas com um pouco de terra úmida, embora necessitasse de uma pá e de um pouco de água.

Voltei para a casa. Abri os armários, examinei dois quartos dos fundos nos quais entrava pela primeira vez, procurei na lavanderia. Por fim, em uma caixa junto a outras ferramentas velhas, encontrei uma pá de jardineiro. Era pequena, mas serviria para começar. Quando saí da casa, me vi frente a frente com o cavador. Escondi a pá detrás do corpo.

"Estava procurando você, chefia. Temos um problema."

Pela primeira vez o cavador me olhava com desconfiança.

"Diga", falei.

"Mais alguém anda cavando."

"Mais alguém? Tem certeza?"

"Conheço o trabalho. Alguém andou cavando."

"E você, onde estava?"

"Afiando a pá."

"Bem", falei, tentando ser rigoroso. "Você cave o quanto puder e não volte a se distrair. Eu vigio os arredores."

Hesitou. Afastou-se alguns passos, então se deteve e virou em minha direção. Distraído, eu tinha deixado o braço cair e a pá jazia pendurada junto às minhas pernas.

"Vai cavar, chefia?", olhou para mim.

Instintivamente, ocultei a pá. Ele parecia não reconhecer em mim o homem que eu era para ele até um momento atrás.

"Vai cavar?", insistiu.

"Ajudo você. Cave um tempo e eu continuo quando se cansar."

"O poço é seu", falou. "Você não pode cavar."

O cavador levantou a pá e, olhando nos meus olhos, voltou a cravá-la na terra.

A fúria das pestes

GISMONDI ESTRANHOU que os garotos e os cães não correram para recebê-lo. Inquieto, olhou para a planície onde já se distanciava, diminuto, o carro que o levaria de volta no dia seguinte. Havia anos que visitava locais da fronteira, comunidades pobres que contabilizava no censo populacional e às quais retribuía com alimentos. Pela primeira vez, porém, diante desse pequeno povoado que naufragava em meio ao vale, Gismondi notou uma quietude absoluta. Viu as casas, poucas. Três ou quatro figuras imóveis e alguns cães largados sobre a terra. Avançou sob o sol do meio-dia. Levava nos ombros duas bolsas grandes que, ao resvalarem, machucavam-lhe os braços e o obrigavam a parar. Um cachorro ergueu a cabeça para vê-lo chegar, sem se levantar do chão. As construções, uma estranha mistura de barro, pedra e zinco, sucediam-se sem ordem alguma, deixando no centro uma rua vazia. Parecia não ter ninguém, contudo ele podia adivinhar os habitantes por trás das janelas e das portas. Não se mexiam, não o espiavam, porém estavam ali, e Gismondi viu, junto a uma porta, um homem sentado; apoiadas em uma coluna, as costas de um menino; o rabo de um cão saindo de dentro de uma casa. Mareado pelo calor, deixou cair as bolsas e limpou o suor da testa com a mão. Observou as construções. Não havia ninguém com quem falar, de modo que escolheu uma porta e pediu permissão antes de entrar. Dentro, um homem velho olhava para o céu através de um buraco no teto de zinco.

"Com licença", falou Gismondi.

Do outro lado do cômodo, duas mulheres estavam sentadas uma em frente à outra numa mesa e, mais ao fundo, em um catre velho, dois garotos e um cão dormitavam apoiados uns nos outros.

"Com licença...", repetiu.

O homem não se mexeu. Quando Gismondi se acostumou ao escuro, descobriu que uma das mulheres, a mais jovem, olhava para ele.

"Bom dia", ele disse, recuperando o ânimo. "Trabalho para o governo e... Com quem posso falar?" Gismondi se inclinou levemente para a frente.

A mulher não respondeu, sua expressão era indiferente. Gismondi encostou na parede ao lado da porta; sentia-se enjoado.

"Deve ter alguém... Que sirva de referência. Sabe com quem posso falar?"

"Falar?", disse a mulher com uma voz seca, cansada.

Gismondi não respondeu; temia descobrir que ela não havia pronunciado palavra alguma e que o calor do meio-dia o afetava. A mulher pareceu perder o interesse e deixou de olhá-lo. Gismondi pensou que podia calcular a população e completar o censo a seu critério, pois nenhum agente se daria ao trabalho de verificar os dados de um local como aquele, mas, de qualquer maneira, o carro que passaria para pegá-lo só voltaria no dia seguinte. Aproximou-se dos meninos, ao menos poderia fazê-los falar. O cão, que se fazia de morto sobre a perna de um deles, nem sequer se mexeu. Gismondi os cumprimentou. Somente um dos garotos, lento, o olhou nos olhos e fez um gesto mínimo com os lábios, quase um sorriso. Seus pés pendiam do catre descalços, porém limpos, como se nunca tivessem tocado o solo. Gismondi se agachou e roçou com a mão um dos pés. Não soube o que o levou a fazer aquilo, talvez apenas precisasse saber se o garoto era capaz de se movimentar, que estava vivo. O garoto o olhou, assustado. Gismondi se levantou. Ele também, de pé no meio do cômodo, olhou o garoto com medo. Mas não era aquele rosto o que temia, nem o silêncio, nem a quietude. Percorreu com os olhos o pó das prateleiras e das bancadas vazias, até se deter no único recipiente visível. Pegou-o e esvaziou seu conteúdo sobre a mesa. Permaneceu absorto alguns segundos. Então acariciou a poeira esparramada sem entender o que estava vendo. Revirou os caixotes e as estantes. Abriu latas, caixas, garrafas. Não havia nada. Nada para comer nem para beber. Nem mantas, nem ferramentas, nem roupas. Somente alguns utensílios inúteis. Vestígios de jarros que um dia contiveram algo. Sem olhar para os meninos, como se falasse apenas para si, perguntou se tinham fome. Ninguém respondeu.

"Sede?", um calafrio fez sua voz tremer.

Observavam-no, estranhando-o, como se não conseguissem entender o significado de suas palavras. Gismondi saiu do cômodo, foi para a rua, correu até as bolsas, voltou com elas. Parou diante dos garotos, agitado. Esvaziou o conteúdo sobre a mesa. Pegou um saco ao acaso, abriu-o com os dentes e deixou cair um punhado de açúcar na palma da mão. Os meninos o observaram se agachar junto a eles e lhes oferecer algo em sua mão. Nenhum deles, porém, pareceu entender. Foi então que Gismondi sentiu uma presença, percebeu, talvez pela primeira vez no vale, a brisa de um movimento. Levantou-se e olhou para os lados. Um pouco de açúcar caiu no chão. A mulher estava em pé e o observava do umbral da porta. Não era o olhar que mantivera até então, não olhava uma cena nem uma paisagem, olhava para ele.

"O que quer?", ela disse.

Como as demais, era uma voz sonolenta, porém estava carregada de uma autoridade que o surpreendeu. Um dos garotos havia levantado da cama e agora contemplava a mão cheia de açúcar. A mulher olhou os pacotes esparramados e se voltou com fúria contra ele. O cachorro se pôs em pé e, nervoso, rodeou a mesa. Pela porta e pelas janelas começavam a surgir homens e mulheres, cabeças atrás de cabeças, um tumulto que crescia. Outros cães se acercaram. Gismondi olhou o açúcar em sua mão. Dessa vez, enfim, todos concentravam a atenção nele. Mal viu o garoto, a mão pequena, os dedos úmidos acariciando o açúcar, os olhos fascinados, certo movimento dos lábios que pareciam recordar o sabor doce. Quando o garoto levou os dedos à boca, todos paralisaram. Gismondi retirou a mão. Viu naqueles que o acompanhavam uma expressão que, a princípio, não chegou a entender. Então sentiu, profunda no estômago, a ferida do corte. Caiu de joelhos. Deixou o açúcar esparramar, e a lembrança da fome crescia acima do vale com a fúria das pestes.

Sonho de revolução

AS LUZES PISCAM um par de vezes, sinal de que tudo vai terminar. Um ar espesso envolve a clientela num hálito de ressaca feliz. Poucos se serviram uma vez só, e quase todos erguem no ar os copos agora vazios. Há tempo para uma última rodada. Levantam-se de repente, terão de repor a bebida num balcão que encerrará os trabalhos a qualquer momento. Não sobra tempo para a fraternidade, o papo, para escolher um acompanhamento sólido que ajude a cerveja. Olhares de aparente vigília contêm a euforia e o tumulto. É hora de repor o importante, o imprescindível. Os corpos apertados se acumulam. As palavras não são amáveis. Os que avançam abrem caminho como podem. Uma nova piscada atormenta a clientela, os fortes empurram em direção ao balcão, os baixos aproveitam as vantagens de avançar entre as pernas, os altos contemplam, avaliam e rezam pela distância que os separa do final feliz. Todos parecem encontrar a vantagem adequada, e a soma de todos compacta a massa em um só corpo desesperado que, frenético, imita a forma do balcão. Copos afortunados, em ordem suspeitosamente lenta, são enchidos e retirados. Não muitos partem, levando nas mãos o elixir de um alívio que durará pouco. Então acontece. As mãos amigas que enchiam os copos trancam o caixa, tapam e juntam as garrafas e as guardam. Deixam desnudo o balcão que segundos atrás expunha o néctar sagrado de cem modos distintos. A multidão permanece absorta. Clientes insatisfeitos perseguem garçons que ainda não conseguiram se esconder. Quando o tumulto se desarma, o regresso às mesas é lento e triste. Contudo, algo ocorre: aqueles que estão nas mesas, uns poucos que ainda enrolam com a última rodada, veem a decepção daqueles que voltam sem nada e, sem esquecer a imagem da bebida borbulhante, pensam compartilhá-la e se entreolham à espera de algum sinal. Outra piscada apaga as luzes do balcão. Som de louça sendo reunida, empilhada, lavada, voltando a ser empilhada, enxugada, secada e que se empilha outra vez e é por fim ordenada ou separada. Oculta, porém firme, uma voz anuncia que o bar fechará em alguns minutos. Um escasso resquício de bebidas repartidas entre todos incita risadas gozadoras e comentários uníssonos. As últimas gotas de álcool surtem efeito em abraços generosos, palmadas amistosas que se transmitem de mesa em mesa, felicitações e afagos sinceros que reconhecem novos rostos e estabelecem relações de último momento. Um brinde espontâneo se repete num gesto geral, o ruído de centenas de copos que soa a um só tempo conscientiza a massa da importância do evento. Os rostos sorriem e há bons augúrios para todos. Sabe-se que do lado de fora faz frio, que as esposas aguardam em casa, que terão de sair, deitar-se, levantar sozinhos ao amanhecer. Com a última falha da luz, todos participam do som dos copos. Mas então as luzes principais se acendem e os deixam desprotegidos. O ar viciado que os protegia do vento escapa quando a porta de saída se abre. Ouvem-se golpes vindos da cozinha. A voz firme, porém ainda oculta, pede a retirada. "Têm de se levantar", ouve-se. "Permaneceremos sentados", dizem, "com os corpos nas cadeiras não poderão arrumar as mesas." Repetem-se os ruídos que vêm da cozinha.

Ruído de madeira contra madeira, de madeira contra ferro, de ferro contra ferro. Ruído de armas que remetem a um desgosto ancestral e faz com que mantenham, agora mais do que antes, o corpo rígido na cadeira. Em suas mentes as cruzadas dos guerreiros, as ordens de seus superiores, as risadas de suas mulheres. "Corpo na cadeira", vem o grito de uma mesa. "Corpo na cadeira", respondem das outras. E numa só frase, repetida de boca em boca, a voz definitiva de uma voz conjunta. Porém algo acontece. Um ato inteligente do bando oposto desativa de uma só vez o sonho coletivo. Foram golpeados com suas próprias armas, pois da cozinha chega, gasto e confuso, certamente emitido de um alto-falante improvisado, o hino nacional. O inimigo foi audaz e não restam alternativas. Guerreiros, superiores e esposas ensinaram durante anos a lição de se levantar de imediato diante das primeiras notas do hino nacional. Não é obediência, e sim dor o que ergue cada um dos clientes derrotados. Permanecem no lugar, alertas porém já sem esperanças. O pessoal contrário irrompe com violência e pega as cadeiras que, invertidas, logo são dispostas sobre as mesas num ato que despoja o piso de sua hospitalidade. Baixam as cortinas. Apesar de a segurança entrar em cena, a multidão se alimenta de ilusões. Em um gesto que declara ser o último, a clientela é convidada, uma vez mais, uma última vez, a se retirar. Marchar ao compasso do hino é a reação gradual, e, afinal, a ação de todos. Na consciência geral outra vez essa ideia milenar, a recordação ausente em cada um, embora presente na mesa, de que o hino é o que se escuta antes da batalha. Muitos conservam nas mãos os copos vazios. Os dedos dessas mãos se aferram ao vidro, e as mãos livres, que também se fecham, formam punhos que talvez não voltem a se abrir. Sabem que o final poderia não ser bom, sabem que suas esposas poderiam se inteirar de tudo, porém a causa é justa e existe confiança no grupo. Quando os chuveiros automáticos contra incêndios se ativam, surge a incerteza. Pensar no que vai acontecer amanhã já não é tão simples. Há desilusão, muitos creem que tudo terminou. Sairão molhados para a rua e no dia seguinte, com a cabeça baixa, voltarão ao bar, voltarão a pedir álcool e voltarão a lutar para que a saída se retarde o máximo possível. É então que se abrem os poucos guarda-chuvas com que conta a resistência. Aumenta o calor. Fica difícil respirar. O mau humor exaspera o grupo rebelde. Homens uniformizados empurram corpos para fora. Movimentos bruscos golpeiam pernas que não querem se mover, há impotência, desgosto e uma terrível sensação de derrota. O homem que decide a sorte do local espera na rua. Da calçada em frente memoriza sem esforço os rostos que encabeçam os corpos arremetidos ao exterior. E na rua, onde não existe música, nem álcool, nem calefação, tudo parece perdido. O grupo se dispersa. Não há remédio que incentive a alegria quando todos se renderam, quando cada um, bêbado, recorre a uma rua diferente, sentindo que dos ombros caem braços pesados e das mãos, dedos cujas pontas parecem se arrastar sobre o cimento áspero de uma cidade que nenhum deles escolheu. Em suas casas aguardam as esposas, que na ponta da língua carregam as palavras violentas que vão gritar. A palavra que quer ser cuspida, os lábios que a retêm até que a expressão se libere e as bocas dessas mulheres demasiado delgadas, obesas, altas, baixas, jovens e velhas, todas esposas, afinal, parecem ficar mais relaxadas. Já não há forças para mudar o destino. No fim do dia está a cama e no sonho elas nunca aparecem. Mas outras coisas acontecem. Não é preciso trabalhar o dia todo para voltar ao bar. Chega-se ao fechar os olhos. O homem que abre e fecha o bar controla as ações, reconhece os rostos a partir do postigo localizado na parede do balcão. Outra vez a recordação ancestral, o álcool e a música antes de começar a guerra. As luzes não piscam e ainda faltam várias horas para que tudo comece a desvanecer. No entanto, algo mudou. O balcão está vazio. As mãos que no balcão servem a bebida se movem nervosas, suspeitam os primeiros passos de uma conspiração naquela quietude aparente. A clientela estuda os rostos. Em suas mentes a suspeita de que aquilo não é um sonho, de que se levantaram, foram trabalhar, e que por isso tudo o que acontece agora é real. A certeza de que seus olhos leem nos olhos dos demais uma intenção clara e avessa. E, atrás do postigo, o homem vê tudo: mãos quietas que agora se movem em uníssono, pegam os copos e os jogam ao chão. A porta de entrada se fecha, fecham-se todas as portas e fecham-se todos os punhos. Alguém chama os guardas, porém ninguém mais se une ao conflito. As mãos, apoiadas nas bordas das mesas, ajudam os corpos a se levantar com decisão. A música marca os passos da marcha. As cadeiras ficam vazias. No ambiente, uma sensação pegajosa de algo que cresce. O homem tem as pernas trêmulas, os corpos que avançam em sua direção se alimentam do álcool que ele mesmo lhes ofereceu. E existe uma ideia na mente de todos. No homem, a esperança de que isso seja um sonho, e o desejo de pertencer, alguma vez, a essa revolução de homens valentes. Nos outros, a estranha certeza, carregada de angústia, de que tudo o que ocorre é, na verdade, real. Longe deles, a possível imagem de mãos ásperas de esposas ou de chefes que os despertem sem piedade de seus sonhos para reincorporá-los ao trabalho, que os despertem sem piedade, como em cada manhã, para que afinal deixem, sobre o travesseiro ou sobre a escrivaninha, a baba pegajosa de um sonho de revolução.

Matar um cão

O TOUPEIRA DIZ: nome, *e eu* respondo. Esperei no lugar indicado e ele passou para me buscar no Peugeot que dirijo agora. Acabamos de nos conhecer. Não me olha, dizem que nunca olha ninguém nos olhos. Idade, diz, quarenta e dois, digo, e quando diz que sou velho, penso que ele certamente é mais. Usa uns óculos pretos e pequenos, e deve ser por isso que o chamam de Toupeira. Me manda dirigir até a praça mais próxima, acomoda-se no assento e relaxa. A prova é fácil, porém é muito difícil superá-la e por isso estou nervoso. Se não faço as coisas direito não entro, e se não entro não tenho dinheiro, não existe outra razão para entrar. Espancar um cão até matá-lo no porto de Buenos Aires é a prova para saber se alguém é capaz de fazer algo pior. Eles dizem: algo pior, e olham para o outro lado meio que disfarçando, como se nós, as pessoas que ainda não entraram, não soubéssemos que pior é matar uma pessoa, bater numa pessoa, bater numa pessoa até matá-la.

Quando a avenida se divide em duas, escolho a via mais escura. Semáforos vermelhos alinhados mudam para verde, um atrás do outro, e permitem avançar rápido até que entre os edifícios surja um espaço escuro e verde. Penso que talvez nessa praça não tenha nenhum cachorro, e o Toupeira manda parar. Você não trouxe um pedaço de pau, diz. Mas como vai matar um cão a pauladas se não tem com quê? Olho para ele, porém não respondo, sei que vai dizer algo, porque agora o conheço, é fácil conhecê-lo. Saboreia em silêncio, porém saboreia pensando que cada palavra que eu disser são pontos contra mim. Então engole a saliva e parece pensar: não vai matar ninguém. E por fim diz: tem uma pá no porta-malas, pode usar. Certeza que atrás dos óculos seus olhos brilham de prazer.

Ao redor da fonte central dormem vários cães. A pá firme entre as minhas mãos, a oportunidade pode surgir a qualquer momento, vou me aproximando. Alguns começam a despertar. Bocejam, ficam em pé, se entreolham, olham para mim, grunhem, e à medida que vou me aproximando se reúnem em um lado. Matar algum em especial, um já escolhido, é fácil. Mas ter que escolher qual deverá morrer requer tempo e experiência. O cão mais velho ou o mais bonito ou o de aspecto mais agressivo. Devo escolher. Certeza que o Toupeira está olhando lá do carro e sorrindo. Deve pensar que só alguém igual a eles é capaz de matar.

Eles me rodeiam e me cheiram, alguns se afastam para não serem molestados e voltam a dormir, esquecem de mim. Para o Toupeira, por trás dos vidros escuros do carro e dos vidros escuros de seus óculos, devo ser pequeno e ridículo, agarrado à pá e rodeado de cães que agora voltam a dormir. Um branco, manchado, grunhe para outro preto, e quando o preto lhe dá uma dentada e um terceiro cão se aproxima, ele ladra e mostra os dentes. Então o primeiro morde o preto e o preto, os dentes afiados, pega-o pelo pescoço e o sacode. Levanto a pá e o golpe atinge as costelas do manchado, que, ganindo, cai. Fica quieto, vai ser fácil transportá-lo, porém quando o pego pelas patas, ele reage e morde meu braço, que logo começa a sangrar. Levanto outra vez a pá e lhe dou um golpe na cabeça. O cão volta a cair e do chão olha para mim com a respiração agitada, porém quieto.

A princípio lentamente e depois com mais confiança, junto suas patas e o levo até o carro. Entre algumas árvores se move uma sombra, o bêbado que aparece diz que isso não se faz, que depois os cães sabem quem foi e acabam cobrando. Eles sabem, diz, sabem, entende?, e se deita num banco. Quando vou me aproximando do carro vejo o Toupeira sentado, esperando na mesma posição em que estava antes, e vejo que o porta-malas do Peugeot está aberto. O cão despenca como um peso morto e me olha quando fecho o porta-malas. No carro, o Toupeira continua olhando para a frente. Diz: se você tivesse deixado ele no chão, ele se levantava e ia embora. Sim, digo. Não, diz, antes de ir você tinha que abrir o porta-malas. Sim, digo. Não, tinha que ter feito isso e não fez, diz. Sim, digo, e me arrependo em seguida, porém o Toupeira não diz nada e olha para as minhas mãos. Olho para as mãos, olho o volante e vejo que tudo está manchado, tem sangue nas minhas calças e no tapete do carro. Devia ter usado luvas, diz. A ferida dói. Vem matar um cão e não traz luvas, diz. Sim, digo. Não, diz. Já sei, digo, e me calo. Prefiro não falar nada sobre a dor. Ligo o motor e o carro sai suavemente.

Trato de me concentrar, descobrir qual entre todas as ruas que vão aparecendo pode me levar ao porto sem que o Toupeira tenha que dizer nada. Já não posso me dar ao luxo de outro equívoco, talvez pudesse parar numa farmácia e comprar um par de luvas, mas as luvas de farmácia não servem, e as serralherias estão fechadas a essa hora. Uma sacola de náilon tampouco serve. Posso tirar a jaqueta, enrolar na mão e usar como luva. Sim, vou trabalhar assim. Penso no que disse: trabalhar, gosto de saber que posso falar como eles. Pego a rua Caseros, creio que desce até o porto. O Toupeira não me olha, não fala comigo, não se mexe, mantém o olhar para a frente e a respiração suave. Creio que o chamam de Toupeira porque debaixo dos óculos escuros ele tem olhos pequenos.

    Depois de várias quadras, a Caseros cruza com a Chabuco. Depois vem a Brasil, que dá no porto. Giro o volante e entro com o carro inclinando para um lado. No porta-malas, o corpo se bate contra alguma coisa e ouvem-se ruídos, como se o cão ainda tentasse se levantar. O Toupeira, creio que surpreso pela força do animal, sorri e aponta para a direita. Entro pela Brasil freando, e com o carro de lado outra vez chega mais barulho do porta-malas, o cão procurando se ajeitar entre a pá e outras coisas lá de trás. O Toupeira diz: freie. Freio. Diz: acelere. Sorri, acelero. Mais, diz, acelere mais. Depois diz freie e eu freio. Agora que o cão bateu várias vezes, o Toupeira relaxa e diz: continue. E não diz mais nada. Continuo. A rua pela qual dirijo já não tem sinais nem faixas brancas, e as construções são cada vez mais velhas. Daqui a pouco chegamos ao porto.

    O Toupeira aponta para a direita. Diz para eu avançar mais três quadras e dobrar à esquerda, no sentido do rio. Obedeço. Em seguida chegamos ao porto e paro o carro numa parte do estacionamento ocupada por grandes grupos de contêineres. Olho o Toupeira, mas ele não me olha. Sem perder tempo, desço do carro e abro o porta-malas. Não preparei a proteção em volta do braço, porém não preciso mais das luvas, tudo já está feito, é necessário terminar logo para cair fora. No porto vazio só se veem na distância as luzes fracas e amarelas que iluminam um pouco alguns barcos. Talvez o cão já esteja morto, penso que seria o melhor, que na primeira vez devia ter lhe acertado mais forte e certamente agora estaria morto. Menos trabalho, menos tempo com o Toupeira. Eu o teria matado de uma vez, mas o Toupeira tem dessas. São caprichos. Trazê-lo meio morto até o porto não faz ninguém mais valente. Matá-lo diante de todos aqueles cães teria sido mais difícil.

Quando eu o toco, quando junto suas patas para descê-lo do carro, ele abre os olhos e olha para mim. Solto-o e ele despenca contra o fundo do porta-malas. Com a pata dianteira raspa o tapete manchado de sangue, tenta se levantar e a parte traseira do corpo treme. Ainda respira e respira agitadamente. O Toupeira deve estar contando o tempo. Volto a levantá-lo e alguma coisa deve estar doendo, pois gane apesar de não se mexer. Deposito-o no chão e o arrasto para longe do carro. Quando volto até o porta-malas para buscar a pá, o Toupeira desce. Agora está junto ao cão, observando-o. Me aproximo com a pá, vejo as costas do Toupeira e por trás, no piso, o cão. Se ninguém souber que matei um cão, ninguém vai saber de nada. O Toupeira não vira para me dizer agora. Levanto a pá. Agora, penso. Mas não a baixo. Agora, diz o Toupeira. Não a baixo nem sobre as costas do Toupeira nem sobre o cão. Agora, diz, e então a pá baixa cortando o ar e acerta a cabeça do cão que, no solo, gane, treme um momento, e depois tudo fica em silêncio.

Ligo o motor. Agora o Toupeira vai me dizer para quem vou trabalhar, qual vai ser o meu nome, e por quanto dinheiro, que é o que importa. Pegue a Huergo e depois vire na Carlos Calvo, diz.

Dirijo por algum tempo. O Toupeira diz: na próxima, pare do lado direito. Obedeço e pela primeira vez o Toupeira olha para mim. Desça, ele diz. Desço e ele se muda para o banco do motorista. Apareço no para-brisa e lhe pergunto o que vai acontecer agora. Nada, diz: você ficou em dúvida. Liga o motor e o Peugeot se afasta em silêncio. Quando olho ao redor, percebo que ele me deixou na praça. Na mesma praça. Do centro, perto da fonte, um grupo de cães se levanta pouco a pouco e olha para mim.

A medida das coisas

DE ENRIQUE DUVEL, eu sabia que enriquecera com uma herança e que, apesar de às vezes ser visto com algumas mulheres, ainda vivia com a mãe. Aos domingos dava voltas na praça em seu automóvel conversível, sem olhar ou cumprimentar nenhum vizinho, e desaparecia até o fim de semana seguinte. Eu tocava a loja de brinquedos que herdara de meu pai, e um dia o surpreendi na rua, olhando intimidado a vitrine do meu negócio. Comentei com Mirta, minha mulher, que falou que talvez eu o tivesse confundido com outra pessoa. Ela mesma, porém, depois o viu. Em algumas tardes ficava parado em frente à loja de brinquedos e olhava a vitrine por um tempo. A primeira vez que entrou, fez isso sem a menor convicção, como que envergonhado e não muito seguro do que procurava. Aproximou-se do caixa e dali examinou as prateleiras. Esperei que falasse. Brincou um momento com o chaveiro do carro e afinal pediu um modelo de avião para montar. Voltou dias depois atrás de outro modelo. Em visitas sucessivas, incorporou à coleção carros, barcos e trens. Começou a frequentar toda semana, e sempre comprava alguma coisa. Até que uma noite, quando eu fechava a porta de correr da loja, encontrei-

-o do lado de fora, sozinho diante da vitrine. Tremia, tinha a cara vermelha e os olhos úmidos, como se tivesse chorado, e parecia um pouco assustado. Não vi seu carro e por um momento pensei que fora roubado.

"E o carro, Duvel?"

Fez um gesto confuso.

"É melhor eu ficar aqui", disse.

"Aqui? E a sua mãe?" Me arrependi da pergunta, temi tê-lo ofendido, mas ele falou:

"Não quer voltar a me ver. Se trancou em casa com todas as chaves. Disse que nunca mais vai abrir para mim e que o carro também é dela. Melhor eu ficar aqui", repetiu.

Pensei que Mirta não concordaria, porém devia àquele homem quase vinte por cento de meus ganhos mensais e não podia abandoná-lo.

"Mas aqui, Duvel... Aqui não tem onde dormir."

"Pago por esta noite", disse. Revirou os bolsos. "Não tenho dinheiro... Mas posso trabalhar, com certeza tem alguma coisa que eu possa fazer."

Deixá-lo ficar não me parecia uma boa decisão, mas permiti que entrasse. Entramos às escuras. Quando acendi as luzes, as vitrines iluminaram seus olhos. Algo me dizia que Duvel não dormiria naquela noite e temi deixá-lo sozinho. Entre as gôndolas se erguia uma grande pilha de caixas que haviam acabado de chegar e que eu não tinha podido pôr em ordem, e ainda que incumbi-lo dessa tarefa pudesse ser um problema, pensei que ao menos o manteria ocupado.

"Poderia pôr as caixas em ordem?"

Concordou.

"Amanhã eu boto nas prateleiras, só precisa separar os artigos, item por item." Me aproximei da mercadoria e ele me seguiu. "Os quebra-cabeças com os quebra-cabeças, por exemplo.

Localize onde estão e os acomode todos juntos, aí, atrás das prateleiras. E se..."

"Entendo perfeitamente", me interrompeu Duvel.

No dia seguinte cheguei à loja de brinquedos minutos antes. As portas estavam erguidas, e as luzes, que já não eram necessárias, apagadas. Só quando entrei me dei conta de que a decisão de deixar Duvel sozinho havia sido um tremendo erro. Nada mais estava no lugar. Se naquele instante um cliente entrasse e pedisse o boneco de um determinado super-herói, encontrar o pedido tomaria a manhã toda. Ele havia reordenado a loja de brinquedos cromaticamente: moldes de areia, jogos de cartas, bebês engatinhando, carrinhos de pedais, tudo estava misturado. Nas vitrines, nas gôndolas, nas prateleiras: os matizes de cores se estendiam de um extremo a outro da loja. Pensei que sempre me lembraria dessa imagem como o princípio do desastre. E estava decidido a lhe pedir que fosse embora, totalmente decidido, quando notei que uma mulher e seus filhos olhavam o interior da loja como se alguma coisa maravilhosa, que eu não conseguia ver, se mexesse entre as gôndolas. A ela se somaram outros pais e outras crianças que não conseguiam não parar em frente à vitrine, e, mais tarde, clientes a quem outros clientes comentaram sobre o assunto. Antes do meio-dia o local estava cheio: nunca se vendeu tanto como naquela manhã. Era difícil localizar os pedidos, porém Duvel mostrou ter excelente memória e bastava que eu dissesse o nome do artigo para que sinalizasse positivamente e corresse atrás dele.

"Me chame pelo nome", ele me disse aquele dia. "Se quiser..."

As cores ressaltavam os artigos que nunca haviam chamado atenção. Por exemplo, as patas da rã, verdes, seguiam os sapos com apito que ocupavam as últimas filas da cor turquesa, enquanto os quebra-cabeças de geleiras, provenientes do marrom devido à base de terra das fotografias, fechavam o círculo unindo suas pontas de neve com bolas de vôlei entre pelúcias de leões albinos.

Nem naquele dia, nem em nenhum outro mais, o local fechou na hora da sesta, e o momento de fechar começou a ser adiado cada dia um pouco mais. Enrique dormiu no local também naquela noite e em outras tantas que se seguiram. Mirta concordou em arrumar para ele um espaço no depósito. Nos primeiros dias ele teve de se conformar com um colchão jogado no chão. Em pouco tempo conseguimos uma cama e, mais tarde, compramos para o quarto uma mesa com duas cadeiras e um jogo de toalhas para o banheiro, nos quais Mirta bordou a letra E em cor dourada. Uma vez por semana, durante a noite, Enrique reorganizava o local. Armava cenários utilizando as formas dos tijolos gigantes; modificava, movendo os brinquedos empilhados contra o vidro, a luz do interior do local; construía castelos que percorriam as gôndolas; inventava jogos, competições, concursos que seduziam as crianças e retinham os pais na loja de brinquedos. Foi inútil insistir em um salário, não lhe interessava.

"É melhor ficar aqui", dizia. "Melhor que o salário."

Não saía da loja por nada. Comia o que Mirta lhe mandava à noite: marmitas que começaram como algumas fatias de pão recheadas de embutidos e terminaram em elaborados pratos para todas as refeições do dia.

Ele nunca tocou nos modelos para montar. Ocupavam as estantes mais altas e lá permaneceram para sempre. Foi a única coisa que ficou no lugar. Em troca, preferiu os quebra-cabeças e os jogos de tabuleiro. De manhã, caso eu chegasse antes da hora, encontrava Enrique sentado na mesa com seu copo de leite, brincando com as duas cores do jogo de damas ou encaixando as últimas peças de uma grande paisagem outonal. Ficou mais calado, porém sem deixar de ser atencioso com os clientes, sobretudo com os pequenos, com quem mantinha uma comunicação especial. Adquiriu o costume de arrumar a cama pelas manhãs, de limpar a mesa e varrer o chão depois de comer. Ao terminar, aproximava-se de mim ou de Mirta, que pelo excesso de trabalho começou a atender no caixa, e dizia "Já arrumei a cama" ou "Terminei de varrer" ou simplesmente "Já terminei", e era esse modo, servil, dizia Mirta, que de alguma maneira começava a nos preocupar.

Certa manhã descobri que ele não brincava com as mesmas coisas. Havia recriado sobre a mesa, com bonecos articulados, animais de fazenda e tijolos para montar, um pequeno zoológico, e tomava seu copo de leite enquanto abria o cercado dos cavalos e os fazia galopar, um a um, até um pulôver escuro que fazia as vezes de montanha. Cumprimentei-o e voltei ao caixa para começar o trabalho. Quando ele se aproximou, parecia envergonhado.

"Já fiz a cama", disse. "E arrumei também o resto do quarto."

"Tudo bem", disse. "Quer dizer... Não importa se arrumou ou não a cama. É o seu quarto, Enrique."

Pensei que estivesse entendendo, mas ele olhou para o chão, ainda mais envergonhado, e disse:

"Desculpe, não voltará a acontecer. Obrigado."

Enrique deixou de rearranjar também os jogos de tabuleiro. Botou as caixas nas estantes mais altas, junto às réplicas para montar, e só as alcançava se algum cliente pedisse especificamente um determinado artigo.

"Você precisa falar com ele", dizia Mirta. "As pessoas vão achar que não trabalhamos mais com quebra-cabeças..."

Mas não lhe disse nada. Vendia bem e não queria magoá-lo.

Com o tempo, começou a recusar alguns pratos. Gostava de carne, de purê e das massas com molhos simples. Se levávamos outra coisa, não comia, de modo que Mirta começou a cozinhar apenas aquilo de que gostava.

Uma ou outra vez os clientes lhe deixavam moedas, e quando ele juntou o bastante, comprou na loja uma tigela de plástico azul que ostentava na frente um automóvel esportivo em relevo. Usava-a para o desjejum, e toda manhã, ao reportar o estado da cama e do quarto, passou a acrescentar:

"Também lavei minha vasilha."

Mirta me contou, preocupada, que certa tarde em que Enrique brincava com um garoto, de repente ele se agarrou a um super-herói em miniatura e se negou a compartilhá-lo. Quando o garoto começou a chorar, Enrique se afastou, furioso, e se trancou no depósito.

"Você sabe quanto carinho tenho pelo Enrique", falou minha mulher naquela noite. "Mas esse é o tipo de coisa que não deveríamos permitir."

Apesar de manter sua engenhosidade na hora de reorganizar a mercadoria, ele também deixou de brincar com os bonequinhos articulados e os tijolos, e os arquivou junto aos jogos de tabuleiro e às réplicas para montar, nas estantes mais altas, abarrotadas. Os brinquedos que ainda eram reordenados e estavam ao alcance dos clientes conformavam uma parcela demasiado pequena e monótona que mal atraía as crianças menores. Pouco a pouco as vendas voltaram a cair, e o local começou a se esvaziar de novo. A ajuda de Mirta não era mais necessária, ela deixou de atender no caixa, e mais uma vez ele e eu estávamos a sós.

Lembro da última tarde em que vi Enrique. Ele não quisera almoçar e caminhava entre as gôndolas com sua tigela vazia. Estava triste e sozinho. Apesar de tudo, eu sentia que Mirta e eu lhe devíamos muito, e quis animá-lo: subi na escada que não usava desde o último dia em que estivera sozinho na loja e escalei-a até as prateleiras mais altas. Escolhi para ele uma locomotiva antiga, importada. Era a melhor réplica em miniatura que havia. A embalagem dizia que era montada com mais de mil peças e as luzes funcionavam se colocassem pilhas. Desci com o presente e o chamei do caixa. Ele caminhava cabisbaixo entre as gôndolas. Quando voltei a chamá-lo, agachou-se repentinamente como se estivesse assustado e ali ficou.

"Enrique..."

Deixei a caixa e me aproximei devagar. Chorava de cócoras, abraçando suas pernas.

"Enrique, quero te dar..."

"Não quero que ninguém volte a pegar em mim", disse. Tomou ar e continuou chorando em silêncio.

"Mas, Enrique, ninguém..."

Me ajoelhei perto dele. Queria que a caixa estivesse ali mesmo, dar alguma coisa para ele, alguma coisa especial, porém não podia deixá-lo só. Mirta saberia o que fazer, como acalmá-lo. Então a porta abriu com violência. Do chão vimos, por debaixo das gôndolas, dois saltos altos avançarem entre os corredores.

"Enrique!", era uma voz forte, autoritária.

Os saltos se detiveram e Enrique me olhou assustado. Parecia querer me dizer algo.

"Enrique!"

Os saltos voltaram a se movimentar, agora diretamente em nossa direção, e uma mulher nos encontrou ao dar a volta na gôndola.

"Enrique!", ela se aproximou, furiosa. "Como andei te procurando, seu estúpido!", ela gritou e lhe deu uma cacetada que o fez perder o equilíbrio. Então agarrou sua mão e o levantou de um puxão. A mulher me insultou, chutou a tigela que havia caído no chão e levou Enrique quase o arrastando. Pude vê-lo tropeçar e cair diante da porta. De joelhos, voltou-se para olhar em minha direção. Depois fez uma careta, como se fosse começar a chorar. Ao vê-lo esticar a mão, pareceu-me que seus pequenos dedos procuravam se desprender dos dedos da mãe, que, furiosa, inclinava-se para levantá-lo.

A verdade sobre o futuro

ATÉ QUE A PESSOA DESCUBRA que os problemas são dela e que em boa medida poderiam colaborar para a derrota. Talvez por isso Valmont pôde ser um sinal, o pequeno Valmont, com seus pelos enrolados e feios das patas e orelhas, e a mulher da clínica veterinária o empurrando, pobre cão, para dentro da gaiola, dizendo que lindo, o cãozinho italiano, olhando para Madelaine para deixá-la tocar o animalzinho também, afagá-lo, permitir que ela dissesse que lindo cãozinho, que lindo cãozinho italiano. Até que a pessoa descubra.

Agora, vários anos depois, Madelaine olha a paisagem pela janela do Jaguar e não posso tocá-la, pois já não me quer. É abril, de noite, o caminho é a estrada que vai para Ezeiza. A essa altura, Valmont, o pequeno cão Valmont, e eu estabelecemos uma amizade indestrutível e viajamos juntos no banco traseiro do carro. Enquanto o outro Valmont, o segundo Valmont, viaja na frente, dirigindo meu Jaguar, e Madelaine, no assento do passageiro, sorri e lhe diz coisas doces ao ouvido. Eu, com o campo escuro de cada lado e o olhar constante de Valmont, pergunto a mim mesmo se pegamos o caminho correto, se será verdade que, como mamãe informou, nesse pequeno povoado vive a melhor bruxa de Buenos Aires e se essa senhora estará disposta a consertar de uma vez por todos esses problemas que arrastamos há tanto tempo.

Vários anos atrás, numa rodovia parecida, mas a caminho do enterro de um amigo comum, eu peguei na mão de Madelaine e ela, pela primeira vez, deixou de olhar a paisagem para olhar para mim. Mais tarde lhe ofereci um café em frente à casa de San Fernando e dias depois passeávamos juntos em uma praia perto de Atlántida, no Uruguai. Nos casamos quando começou o inverno e na lua de mel ela escolheu percorrer a costa mediterrânea da Europa, começando por Portugal e terminando na Grécia: um presságio nos deteve na Sicília.

Nunca sucedem acontecimentos inúteis, mas sim acontecimentos que não deveriam suceder, e talvez os últimos anos de minha vida sejam um fiel exemplo dessa observação. Na feira de uma praça da Catania, em um domingo nublado de pouca atividade, a bela Madelaine se aproximou das tendas de vaticínios e profecias. Sugeriu que entrássemos, que era só por curiosidade, que nos divertiríamos um pouco e depois comeríamos alguma coisa em algum café. Logo, em uma tenda dourada, uma mulher tomou suas mãos e as apoiou sobre um almofadão coberto por um lenço. Fechou os olhos e franziu o cenho. Madelaine a imitou. As conclusões às quais a cigana chegou não podiam ser piores: a minha mulher era sensível, e eu, um homem racional que nada entendia do amor. Quis dizer que eu era o homem errado e que Madelaine conheceria o certo de um momento para outro. Alto e atraente, bom companheiro, cuidaria dela para sempre. Um estrangeiro leal, mais provavelmente um italiano da Sicília que ela reconheceria sem esforço. E eu, o acompanhante de sua lua de mel, paguei pelo presságio e me esforcei em divertidos assuntos de atualidades para que o café com torradas ajudasse a esquecer tudo e nos devolvesse o resto do dia.

Na manhã seguinte procurei Madelaine. Percorri o hotel, os bares da vizinhança, e perguntei por ela aos poucos conhecidos locais. Encontrei-a de tarde, com o cabelo tingido de louro e a saia nova e curta, toda vestida de dourado e verde, e enfrentei seus olhos que já deixavam de me olhar para investigar ao redor, buscando aquele homem que logo chegaria. Sotaque estrangeiro, italiano da Sicília, sensível e companheiro. Segundo ela, a cidade era bonita, e as pessoas, amáveis e alegres. Várias foram as minhas tentativas, minhas súplicas então e até o fim, de seguir viagem ou voltar para Buenos Aires, porém Madelaine se negava; gostava muito do lugar e precisava desfrutá-lo com profundidade, dizia isso, dizia que àquela altura da viagem era melhor se cada um saísse por sua conta e visitasse a ilha como melhor lhe aprouvesse.

Por força da presença, por passear sozinho e sem rumo pelos corredores do hotel, meus conhecidos locais acabaram me convidando para os encontros no restaurante que dá na rua e que sempre se estendiam do final da tarde até a madrugada. Não precisei explicar muito, eles mesmos viram Madelaine sorrir sem olhar para mim, cantar sozinha ao chegar de noite e cantar outra vez pela manhã antes de sair. Ovidio, que se unia ao grupo mais tarde, mas ficava até o fim — quando, ao ver Madelaine chegar, todos nos levantávamos ansiosos —, disse-me um dia que na Itália há tantas dores de amor quanto conchas na praia, coçou seu nariz imenso e pediu mariscos para todos. Minutos depois vi como sua boca terminava de abrir um pequeno mexilhão para comê-lo. Ovidio olhou para mim e me perguntou o que está olhando. Por um momento senti pena, compaixão por Madelaine, encontrar um italiano atraente e companheiro não seria muito fácil para ela. Mais tarde, quando chegou aos prantos com a maquiagem escorrida e o ânimo ferido pelo desgosto, comprovei o quanto era fácil me sentir culpado pelas desgraças alheias. Sentei na cama e vi Madelaine caminhar de um lado para outro do quarto, falar sozinha, declarar ser uma tonta, uma desgraçada, rogar à mulher da feira que perdoasse sua falta de jeito. Como sempre, como sempre naquelas últimas semanas, equivocara-se de homem: sua sorte estaria em outra alma. Afinal, chegou a uma conclusão que explicou ao espelho: voltaria a levar em consideração os conselhos da cigana, que desta vez seriam tomados ao pé da letra. Custei a entender que "o homem equivocado" não se referia a mim, e cego por uma nova esperança ajudei-a a arrumar as malas para voltar a Buenos Aires.

Porém o destino não é cego, não se deixa enganar pelo tempo, nem pelas pessoas, nem sequer por eventuais amantes italianos, e me preparava uma surpresa. Talvez antes ainda de sair do hotel tudo já estivesse armado, inclusive talvez antes de meu nascimento minha mãe tivesse escolhido um destino de bondade para mim, de sinceridade, que fez com que tudo no aeroporto de Roma desembocasse em minha infelicidade e na felicidade alheia.

Uma moeda brilhante e estrangeira rodopiou no chão. Sem ver nela o signo da má sorte, não resisti a avisar o dono. Toquei-lhe o ombro para explicar-lhe que caíra uma moeda. *Grazie, grazie*, falou o homem, e um sorriso enorme, de impecáveis dentes brancos, brotou em seu rosto. A dentadura perfeita e um par de olhos claros que olharam para mim como que me atravessando, olhos que podiam ver, mesmo antes de ela aparecer, a imagem da bela Madelaine que avançava em nossa direção. Seu rosto fresco, seus olhos claros encarando os olhos claros dele. Escutei então um *Ciao, ragazza*, um *Principessa*, e a risada suave de Madelaine confirmou um destino rigorosamente pré-determinado. Palavras doces impregnaram meu paletó, e eu mesmo cheguei a repeti-las, oprimido, durante uma longa viagem de sorrisos e encontros fortuitos, primeiro de mãos, e logo de bocas com sabor de champanhe. *Come ti chiami, bambina?*, e a voz doce da linda Madelaine respondendo a todas as perguntas. *Bel nome, io sono Valmont.*

Meu coração guardava a esperança de Madelaine saber que Valmont era um nome de vinho, um nome de cão, um nome francês, e de nenhuma forma um nome italiano. De hora em hora, porém, sorrisos decretaram decisões inabaláveis, e no aeroporto de Buenos Aires Valmont e eu, o pequeno cão Valmont e eu, digo, nos ocupamos das malas e de voltar para casa para viver sozinhos por muito tempo. E sozinhos festejamos nossos aniversários e sozinhos convidamos mamãe para jantar algumas vezes. É claro que em todos aqueles encontros mamãe perguntava pela doce Madelaine, e embora sempre respondêssemos com objetividade, ela sempre saía em sua defesa. Segundo mamãe, minha mulherzinha era sensível e linda, e eu, que era como era, mamãe dizia apontando para mim, não tinha direito de reclamar de nada.

Até que uma tarde de chuva a campainha tocou, era a bela Madelaine. Mais linda do que nunca, empapada e tremendo de frio, ensinou-me que no inverno eu devia acender a lareira, e pude ver que perto da lareira a pele das mulheres sempre é mais alaranjada, mais quente do que o de costume, e quando pensei que mais uma vez ela gostava de mim, falou que este amor, o nosso, era diferente do que eu pensava, era um amor como é o de mamãe por mim, ou como o dela pelo pequeno Valmont. Era um amor para nos ajudar e proteger como irmãos, e isso era justamente o que ela necessitava agora, que a aceitasse outra vez em casa, que a aceitasse com todas as suas coisas. E no dia seguinte, pois às lindas princesas não se pode dizer não, Madelaine havia regressado.

Muitas coisas mudaram então. O pequeno Valmont e eu tivemos que ir cedendo espaços. Tivemos que arranjar lugar nos guarda-roupas, jogar coisas velhas para que entrassem seus novos acessórios, esvaziar meu escritório para que ela e o outro Valmont tivessem um lugar apropriado para dormir e ficar tranquilos.

Em um jantar que organizamos em casa, mamãe conheceu Valmont e felicitou Madelaine, abraçou-a e lhe disse que ela continuava sendo sua doce menina, que estava cada dia mais bonita e que seu namorado novo era lindo; Valmont, que as olhava com carinho, sorriu e ofereceu mais sorvete às mulheres. Ele não trabalhava, mas ajudava em casa e sempre cozinhava à noite. Segundo mamãe e a bela Madelaine, seus pratos eram deliciosos, e eu tinha muito a aprender com ele.

Porém a felicidade é breve e nunca faltam razões para deixá-la passar. Minha bela Madelaine, dormindo sem mim no quarto ao lado, tirava meu sono e perturbava qualquer momento do dia em que pensasse nela, ou seja, todos. E mamãe, que é sincera e dura quando tem de ser, mas também é compreensiva e conhece seu filho, um dia percebeu que eu estava triste, eu sentado em um banco e triste, e me disse que precisava solucionar o problema. Preparou chá e fez com que lhe contasse o que estava acontecendo. Eu obedeci e ela escutou; depois permanecemos em silêncio até que ela tomou a decisão de que confiar no presságio de uma cigana de feira não era correto, ou que em todo caso o que estava errado era confiar em um único presságio. Era preciso consultar outra vez e tirar as dúvidas. A bruxa devia ser a melhor de Buenos Aires. Mamãe pôs o casaco, o cachecol bem apertado no pescoço, e saiu de casa. Três horas depois telefonava para me ditar um endereço que anotei com ansiedade.

O Jaguar sai da rodovia Jorge Newbery e pega a estrada cinquenta e oito. Pouco a pouco a cidade vai ficando para trás e só se vê o que mostram as luzes do carro; um braço da estrada e, para os lados, uma fina linha de terra que permite adivinhar o campo escuro. De vez em quando, bem longe, uma tabuleta iluminada permite uma variação da paisagem, tabuletas que passam para logo se perder e que antecipam agrupamentos de casas e luzes, agrupamentos pequenos e luxuosos. "St. Thomas", "O Solar do Bosque", "Campo Azul", "El Lauquen". Olho para Valmont, o pequeno Valmont sentado junto a mim, e nos perguntamos, o cão e eu, se não serão clubes de campo ou cemitérios, e se em todo caso não dá no mesmo; nos perguntamos se agora estamos no caminho para a solução de nossos problemas, ou se isso, justamente, é o que estamos deixando para trás.

Valmont diminui a velocidade e faz uma curva para pegar uma estradinha de terra. Parece conhecer o caminho, e não me furto a pensar em mamãe indicando papéis e funções para que a armadilha que me preparam saia perfeita. Sentir-se sozinho entristece inclusive o homem mais disposto. Mas logo o medo passa, pois logo atrás do povoado de San Vicente, com as ruas de barro e tendo como única iluminação a luz amarela das casas, em um rancho pequeno onde o som da estrada já não é ouvido, carros da alta burguesia esperam o momento do presságio. Mal o outro Valmont estaciona, o pequeno e eu corremos até a casa e reservamos a vez. A bela Madelaine sorri e nenhum de nós se mostra nervoso, todos acreditamos saber qual será o nosso destino e viemos apenas para confirmá-lo.

Logo nos fazem entrar. O outro Valmont, o pequeno Valmont e eu ocupamos um mesmo sofá. Madelaine se ajoelha diante de uma mesa, muito próxima de nós, e deixa que a mulher tome suas mãos e as apoie num lenço alaranjado, sobre um almofadão. Uma febre nervosa sobe por minhas pernas e no tranquilo olhar do pequeno Valmont pareço descobrir a verdade sobre o futuro. A mulher pergunta o nome de Madelaine e a bela Madelaine diz seu nome. Depois, durante todo o presságio, só se escuta a voz da mulher. As mesmas palavras e a mesma voz de meses atrás se repetem, pobre de mim, o mesmo vaticínio feito uma determinação do céu: italiano da Sicília, estrangeiro leal, sensível e bom companheiro. O outro Valmont apoia sua mão sobre o ombro de Madelaine e juntos se entreolham com ternura. Não é difícil ver em seus olhos que há tempos Valmont descobriu a pele alaranjada e quente da bela Madelaine. Quando um frio cruel cala meus ossos, só me resta aceitar o destino.

Desperto no assento traseiro. O automóvel percorre o caminho de volta da estrada escura que horas atrás me enchia de esperança e euforia. Como um pesadelo, Madelaine e Valmont conversam com alegria. Pensar em quem havia pagado o presságio ou ver ao meu lado o pequeno Valmont bocejando me distraem da grande mudança que se avizinha. Observo o pequeno e descubro que, se num primeiro momento ele foi portador de uma mensagem terrível, agora é o único ser em quem posso confiar. Voltar ao princípio não é má ideia, e talvez a mim também me esperem bons presságios, futuros tangíveis e felizes buscando outro dono em uma tenda dourada e verde qualquer.

Me enfio entre o banco do motorista e o do acompanhante, observo-os com firmeza e explico que eles não gostam de mim, que isso está bem claro para mim e que por isso de agora em diante tudo deve mudar. O outro Valmont, que nunca opina em demasia, diz estar de acordo e quando, com estranho brilho nos olhos, olha para minha Madelaine, ela sorri e me beija a bochecha. Depois só consigo me concentrar no ruído do automóvel, que diminui a velocidade até parar.

Na estrada o vento é frio e é difícil escutar o que Madelaine diz, olhando para mim da janela e movendo os lábios. Poderia estar dizendo te amo ou não vou te esquecer, ou talvez diga que tudo é uma armadilha e que me obrigou a descer do carro obrigada pelo outro Valmont. Mas para de falar e fecha o vidro da janela. Seus lábios vermelhos deixam a marca de um beijo que é para mim, porém que agora, lentamente, se afasta com o automóvel, com tudo aquilo que antes me rodeava e que, à distância, escurece pouco a pouco. O pequeno Valmont olha para mim do assento traseiro, uma imagem borrada e escura, como um mau augúrio no horizonte da rodovia.

A mala pesada de Benavides

VOLTA AO QUARTO COM UMA MALA. Resistente, forrada em couro marrom, apoia-se em quatro rodinhas e oferece com elegância a alça à altura dos joelhos. Ele não se arrepende de seus atos. Acredita que as punhaladas em sua mulher são justas e, se restasse algo de vida nesse corpo, terminaria o trabalho sem culpa. O que Benavides sabe, pois a vida é assim, é que poucos compreenderiam as razões do assassinato. Opta então pelo seguinte plano: evitar que o sangue jorre, envolvendo o corpo em sacos de lixo. Abrir a mala junto à cama e, com o trabalho que implica dobrar o corpo de uma mulher morta após vinte e nove anos de vida matrimonial, empurrá-lo para o chão para que caia na mala e, apertando sem carinho dentro dos espaços livres a massa excedente, acabar de encaixar o corpo. Ao terminar, mais por capricho do que por precaução, recolher os lençóis ensanguentados e guardá-los na máquina de lavar roupa. Envolta em couro sobre quatro rodinhas agora insuficientes, o peso da mulher em nada diminui, e, apesar de Benavides ser pequeno, tem de se agachar um pouco para alcançar a alça, postura que não ajuda em graça nem em praticidade, e pouco colabora para a aceleração do trâmite. Ele, porém, homem organizado, em poucas horas está na rua, na noite, seguindo, passos curtos e mala atrás, rumo à casa do doutor Corrales.

O doutor Corrales não mora longe dali. Benavides toca a campainha de um grande portão coberto de plantas acima do qual é possível ver os andares mais altos da casa. Uma voz feminina fala *Diga*. E Benavides diz *Benavides, preciso falar com o senhor Corrales*. O aparelho faz alguns ruídos próprios de um porteiro eletrônico que já está ali há anos, e então permanece em silêncio. Enquanto espera, Benavides fica inutilmente nas pontas dos pés e de vez em quando espia entre as plantas espessas da natureza que assoma por trás do muro de tijolos, mas não consegue ver nada. Então toca a a campainha de novo. A voz no porteiro eletrônico fala *Diga* e Benavides diz outra vez *Benavides, que gostaria de falar com o doutor Corrales*. O aparelho repete os mesmos ruídos e então volta a permanecer em silêncio. Benavides espera alguns minutos e depois, talvez cansado pelas tensões do dia, põe a mala no chão e senta em cima dela. Esperar, pensa, e talvez esse pensamento o relaxe, já que desperta mais tarde, quando o portão se abre e alguns homens se despedem. Então Benavides levanta e observa os homens sem identificar, entre eles, o doutor Corrales.

"Preciso falar com o doutor Corrales", diz Benavides.

Um dos homens pergunta seu nome.

"Benavides." O homem pede com gentileza que aguarde um momento e volta a entrar na casa. Os demais conversam em frente ao portão. Quando Benavides se afasta, os homens o olham com curiosidade.

Minutos mais tarde, o homem que havia entrado retorna:

"O doutor o espera", diz a Benavides, e Benavides pega sua mala e entra na casa acompanhado pelo homem.

Não é estranho encontrar o doutor Corrales em pleno exercício de suas virtudes diante de seus discípulos. Erguido sobre o piano, rodeado de belos e jovens admiradores, ele deixa se levar pelo tempo que demanda uma sonata que o obriga a duplicar seu esforço segundo a segundo. Benavides aguarda entre as colunas que demarcam o centro da sala até que a interpretação culmine e os homens que antes rodeavam o doutor Corrales aplaudam e abram o semicírculo que formavam. O doutor Corrales recebe agradecido a taça de champanhe que lhe é oferecida. Um homem se aproxima dele e comenta alguma coisa em seu ouvido enquanto olha para Benavides. Corrales sorri e faz um sinal a Benavides. Benavides pega sua mala e se aproxima.

"Como vai, Benavides..."

"Doutor, preciso falar em particular."

"Pode dizer, Benavides, aqui só tem gente de confiança..."

"Dizer não é o problema, doutor. O que está acontecendo é que..." Benavides olha sua mala. "Tenho algo para lhe mostrar."

O doutor Corrales acende um cigarro e estuda a mala.

"Bem, que remédio. Te dou cinco minutos, Benavides. Vamos até o consultório."

As escadas que o doutor Corrales sobe, seguido por Benavides, conduzem aos aposentos do primeiro andar. Degraus largos e baixos de mármore branco e liso não dificultam muito o passo lento de Benavides, que carrega a inoportuna mala demasiadamente grande. Mas depois do primeiro andar, a escada que o doutor Corrales pega é diferente. Muito estreita, com degraus altos e curtos, num corredor escuro de paredes empapeladas com arabescos marrons, pretos e bordôs, transforma o esforço de Benavides numa luta desmesurada. Passo a passo, a carga da mala o empapa de suor a cada vez que o corpo ágil e livre do doutor Corrales se afasta e some escadaria acima. E talvez seja essa solidão úmida e escura na qual Benavides se encontra que o leva a refletir e duvidar do presente. Não do presente imediato, quer dizer, da escadaria, do esforço e do suor, mas sim do assassinato. Talvez seja aqui que ele diga que tudo poderia ser um sonho, que outra vez esteve fantasiando sobre a possibilidade de matar sua mulher e agora sobe as escadas que o levam ao consultório do médico, a quem incomodou às duas e meia da manhã, arrancando-o de seus célebres e prestigiosos convidados, para lhe dizer *veja, doutor, sinto muito, mas tudo foi um equívoco.* O que fazer então? Mentir seria uma insensatez e correr escadaria abaixo seria inútil, já que na próxima sessão deveria dizer a verdade de qualquer forma, e a isso deveria acrescentar uma desculpa que justificasse ter escapado de sua casa às duas da manhã com uma mala pesada na mão. Após o último lance, Benavides encontra o doutor Corrales, que o espera junto à pequena porta de seu consultório e o convida a entrar. Dentro, o doutor acende uma pequena lâmpada cuja luz tênue é suficiente apenas para iluminar o espaço que os rodeia e convida Benavides a sentar do outro lado da escrivaninha. Sem soltar a alça de sua bagagem, Benavides aquiesce. O doutor põe seus óculos e procura no fichário o sobrenome Benavides.

"Muito bem, o que nos apressa a adiantar em trinta e oito horas a sua próxima sessão?"

Benavides se acomoda no assento.

"Doutor, tudo isto é um grande mal-entendido, devo-lhe desculpas, olhe..."

O doutor Corrales o observa por cima de seus óculos.

"É um sonho, quero dizer... Estou confuso, por um momento pensei que havia matado minha mulher e que a enrodilhei na mala e agora entendo que na realidade..."

O doutor Corrales o interrompe:

"Vamos ver se entendo, Benavides... Você irrompe em minha casa, em minha reunião privada, às duas e meia da manhã, com uma mala na qual afirma levar sua esposa assassinada e enrodilhada, e ainda por cima quer me convencer de que tudo é um sonho e então ir embora assim, sem mais nem menos..."

Benavides agarra a alça e com espanto olha o doutor, que lhe diz:

"Você acha que sou estúpido, Benavides."

"Não, doutor."

"Levante-se!"

"Sim, doutor."

Benavides se levanta sem soltar a alça, obstáculo que o inclina levemente para a direita.

"Olhe, Benavides, é evidente que você está extremamente exaltado e fatigado por este assunto. Vamos tratar de nos acalmar, de acordo?"

"Sim, doutor."

"Deixe sua mulher aqui e me siga."

Corrales levanta e segue em direção à porta, mas Benavides é incapaz de soltar a alça.

"Relaxe, Benavides. Você precisa de descanso. Vou lhe dar um quarto, você dorme um pouco, e enquanto isso eu penso no que faremos com sua mulher, o que lhe parece?"

"Não, doutor, eu preferia..."

Corrales toma Benavides pelo braço e o convida a sair do consultório sem a mala. Seguem por um corredor atapetado no qual de tantos em tantos metros surgem duas portas uma em frente à outra, até que enfim Corrales para diante do terceiro par e abre a porta da direita.

"Seu quarto", diz. "Descanse, que amanhã solucionaremos seu problema."

Benavides desperta na luz de um novo dia e por um momento acredita estar em sua cama, junto à mulher, em uma infeliz manhã qualquer. Logo compreende a situação e se levanta. O que fazer de sua infelicidade? Que saudade, pensar que a poucos quartos de distância sua mulher o espera acomodada numa mala. Pensa que prever a maneira como vão terminar as coisas evitaria decisões equivocadas, contudo a vida, e em especial a sua, adapta-se à repetição monótona de estúpidos acontecimentos espontâneos, como os que agora o fazem continuar na cama à espera atenta do chamado do doutor Corrales. Acredita escutar por trás da porta a voz do doutor, *acorde, Benavides, seu problema já está resolvido* ou *bom dia, Benavides, aqui estou eu com sua mulher, que já se sente melhor*, ou simplesmente *acorde, Benavides, tudo não passou de um sonho ruim, que tal umas torradinhas com mel*, porque afinal, conclui, o modo importa menos que a pronta resolução do problema.

No entanto o tempo passa e nada acontece. Todo objeto se compõe de milhões de partículas que se deslocam e mesmo assim Benavides não consegue perceber no quarto nada que possa ser considerado movimento. Então se levanta. Mas que assunto, esse do sonho matutino, que difícil, pensa Benavides. Deitou-se vestido, de modo que agora se limita a calçar e amarrar os sapatos. Abre a porta, a luz das janelas ao final do corredor incomoda seus olhos, mas mesmo assim decide ir até o consultório.

O que tem ali, ou melhor ainda, o que não tem, é angustiante. Dentro do cômodo aberto, nada que se assemelhe a uma mala. Assim, a infelicidade encontra Benavides inclusive em casa alheia, já que alguém levou sua mulher. Com passos rápidos, correndo pelos longos corredores com breves pausas ao diminuir os passos nos cantos, percorre o final do primeiro andar, desce as escadas, cruza o hall central em direção a outros corredores, novas salas, jardins de inverno distribuídos caprichosamente por toda a casa, uma grande cozinha onde irrompe exausto, onde três cozinheiras uniformizadas com capricho o olham sem surpresa durante alguns segundos. Em nenhum lugar, porém, o doutor Corrales, em nenhum canto a mala ou qualquer outra mala, e de nenhuma maneira sua mulher de pé e falando. Na cozinha, as mulheres retomam suas tarefas culinárias.

"Procuro o doutor Corrales."

"Tomando o café da manhã", diz uma das mulheres.

Por um momento Benavides percorre com os olhos os corredores vazios e logo volta ao umbral.

"Onde?"

"Tomando o café da manhã", repete a mulher. "Não se sabe onde."

"Poderia ser em qualquer parte da casa", acrescenta outra mulher. "Não é mesmo, Carmen?", acrescenta outra ainda, e em seguida todas voltam ao trabalho.

Benavides compreende que não haverá mais palavras, de modo que volta ao corredor para, atrás de si, encontrar o doutor Corrales, que em sua mão direita segura uma fumegante xícara de café e na esquerda um pão de queijo pela metade. Benavides está para perguntar o que você fazia, onde estava, porém já imagina Corrales respondendo *comia, aqui mesmo*.

Corrales diz:

"Ontem à noite você chegou em péssimas condições, Benavides, muito álcool. Coloquei você para dormir e guardei a mala na garagem. Chamo um táxi?"

"Não, você não entende; ontem à noite houve um incidente, um problema em casa, olhe..."

"Eu entendo, Benavides, você sabe que aqui não tem que explicar nada, pode ir tranquilo", diz Corrales enquanto divide o resto do pão de queijo em duas porções para oferecer a Benavides a parte menor.

"Não, obrigado", diz Benavides referindo-se à oferta, e logo volta ao assunto. "Trata-se de minha mulher."

"Sim, já sei, quase tudo se resume a isso, mas o que fazer..."

"Não, você não entende, minha mulher está morta."

"Por que insiste nisso, Benavides? Se eu digo que entendo... A minha está morta desde que nos casamos. De vez em quando ela fala: bate na tecla que estou gordo, mas o negócio é não ligar..."

"Não, veja, me dê a mala que eu lhe mostro."

"Na garagem, já disse. Agora vou deixá-lo, pois tenho pacientes, está bem? Vá para casa, Benavides: tome uma chuveirada e antes de deitar tome estes comprimidos, vai ver como vai dormir."

Benavides recusa os comprimidos que Corrales oferece e diz:

"Venha, eu imploro, tenho que lhe mostrar o que trago na mala."

Corrales estuda um momento o suplicante rosto de Benavides e afinal, conformado, concorda. Não é médico de ficar acompanhando, mas cada paciente tem suas manias e ao fim e ao cabo está aí para isso.

No caminho, a verdade crua sobe pelas pernas de Benavides com uma comichão que aguça seus nervos. Saem pela porta principal, cruzam o jardim e entram na garagem pela frente. Dentro está escuro. Corrales acende a luz e as bancadas de ferramentas, as caixas de velhos arquivos, os grupos organizados de utensílios e materiais, e sua própria mala, sozinha e de pé no meio de tudo aquilo, permanecem estáticos sob uma nova luz azul e escassa.

"Vamos ver, me mostre, Benavides."

Benavides se aproxima da mala e a circunda lentamente. Ao deitá-la no chão para destravá-la, tem a esperança de se deparar com o peso leve da bagagem vazia. Então tudo seria um equívoco, como Corrales em pessoa lhe explicara na noite anterior, quando ele chegara, como Corrales assegura, bêbado. *Desculpe, Corrales, juro que isso não vai acontecer de novo*, ele dirá caso isso ocorra. Ou talvez, ao abrir a mala e encontrá-la vazia, descubra o olhar cúmplice de Corrales, talvez Corrales diga, *está tudo bem, Benavides, você não me deve nada*. Ao pegar a mala, porém, o peso de uma mulher como a sua lhe recorda que os atos têm consequências. Seu rosto empalidece, sente-se fraco e a mala cai sobre um de seus lados com um golpe seco que mancha o piso de um líquido escuro já espesso.

"Está se sentindo bem, Benavides?"

Benavides responde, *sim, claro*. Só pensa no corpo dobrado e no cheiro putrefato que a mala já desprende, depois da queda, antes ainda de ser destravada e aberta.

"O que tem aí, Benavides?"

Então Benavides descobre seu erro: confiar no doutor Corrales, ter a esperança de que aquele médico, um homem que dedica a vida à saúde mental, o resgatará de um problema daquele tipo. De modo que diz *nada* e se afasta da mala.

"Como nada?"

"Não, veja, Corrales, conversamos outro dia, agora vá atender que eu me arranjo."

"Não, não, como se arranja; vamos, me mostre."

Corrales se aproxima. Benavides se agacha e segura as travas para que Corrales não possa abri-las, porém o médico se agacha junto dele e diz *me deixe ver, vamos, saia* e com um mero empurrão Benavides cai. Corrales força as travas, mas não consegue abri-las: requisitadas por um conteúdo cuja massa é superior à capacidade da bagagem, mostram-se duras e resistentes.

"Me ajude", ordena Corrales.

"Não, veja..."

"Estou dizendo para me ajudar, Benavides, deixe de maluquice", diz Corrales, fazendo-lhe um sinal para que sente sobre a mala. Na superfície do couro irregular Benavides escolhe o lugar mais propício e assim, com o peso de seu corpo sobre o de sua mulher e a força exercida pelas mãos de Corrales, conseguem enfim liberar as travas.

Benavides se levanta e se afasta da mala, que, embora destravada, ainda não foi aberta. Não quer ver. Batidas aceleradas comprimem seu coração. Corrales estuda a cena. Ele já sabe, pensa Benavides ao ver que o médico se levanta e caminha para ele. Corrales se detém e dali observa a mala. Em voz baixa, quase hipnotizado, ordena a Benavides:

"Abra."

Benavides permanece no lugar. Talvez pense que este seja o fim, ou talvez não pense nada, mas afinal obedece e vai até a mala. Ao abri-la, esquece por um momento de Corrales: sua mulher dobrada como um feto, a cabeça torcida para dentro, os joelhos e os cotovelos encaixados com esforço dentro da rígida estrutura forrada em couro, e a gordura que ocupa os espaços vazios. Que coisa, a saudade, diz a si mesmo Benavides, tantos anos e ver você assim.

Fios de sangue que escorrem da mala para os lados começam a manchar o piso. A voz de Corrales o devolve à realidade:

"Benavides..." E na voz alquebrada se vislumbra a angústia do médico. "Benavides..." Corrales, a passos lentos, aproxima-se da mala sem afastar os olhos de seu conteúdo. Os olhos cheios de lágrimas se voltam afinal para Benavides. "Maravilhoso", conclui.

Benavides examina a mala que Corrales observou, como se verificasse o conteúdo, e na dúvida permanece em silêncio, com a cabeça torcida e o olhar de quem não entende as palavras, e já perdeu o ânimo para exigir que sejam repetidas. De todo modo, Corrales volta a dizer:

"Maravilhoso", e nega com a cabeça, como se não conseguisse compreender como Benavides pôde fazer algo semelhante, e acrescenta: "Você é um gênio, e pensar que eu o menosprezava, Benavides. Um gênio".

Benavides volta a olhar o conteúdo da mala, porém o que encontra ali é o que há: sua mulher, enrodilhada como um verme em molho de tomate.

"Um gênio", insiste Corrales. Depois de dar tapinhas carinhosos no ombro, deixa seu braço descansar com amigável entusiasmo sobre as costas de Benavides. "Preciso despertar, pois não é pouco o que você propõe com isto." Olha para ele com carinho. "Bem, que tal uma bebida? Você não vai acreditar, mas conheço a pessoa de que você precisa."

Corrales solta Benavides e se dirige para a saída.

Um gênio, realmente belo, repete em voz baixa enquanto se afasta. Benavides demora a reagir, porém compreende que Corrales está para sair da garagem, e se não fizer alguma coisa ficará ali sozinho, então contempla pela última vez sua mala e corre atrás dos passos do médico.

Azeitonas, lascas de queijo e de salame, salada de batatas, biscoitinhos com sabor de queijo, cebola e presunto. Tudo ordenadamente disposto sobre uma grande bandeja de madeira, na mesa de centro da sala principal, acompanhado de três copos finos em que Corrales serve vinho branco.

"Donorio logo chegará e vai ficar encantado em conhecê-lo."

Benavides aquiesce. Apesar de não compreender algumas coisas, o aperitivo o relaxa. Quando toca a campainha, uma das empregadas que antes trabalhava na cozinha entra na sala vestida de criada e se dirige à porta. Mesmo que dali não consiga ver nada, Benavides escuta a frase bom dia, senhor Donorio, e espera ouvir uma resposta que não vem. Inquieta-o não saber se o homem, após o cumprimento, terá ou não sorrido, ou olhado a mulher ou ignorado por completo a presença feminina e pendurado ele mesmo seu chapéu e seu paletó. Benavides crê que são essas minúcias que definem as pessoas. Por isso mesmo, a tardia aparição de Donorio o preocupa em excesso, igualmente a silenciosa atitude distraída de Corrales, ou da criada, que afinal reaparece, arruma a roupa e sai, deixando ver o homem alto e impetuoso, já sem chapéu ou paletó.

"Donorio, lhe apresento meu amigo Benavides."

Donorio se aproxima, estuda com curiosidade o corpo pequeno de Benavides e enfim aperta sua mão. Corrales sorri, serve mais vinho e convida os homens a comer algo.

"O senhor não tem ideia do que vai ver", continua Corrales, dirigindo-se a Benavides; "atenção, não quero ser arrogante, hein: Donorio tem experiência com grandes artistas, mas mesmo assim não creio que imagine o que preparamos, não é mesmo, Benavides?"

Benavides termina seu vinho com a pressa de quem deseja concluir um trâmite obrigatório. Ainda não compreende o plano de Corrales, e a intromissão de desconhecidos o incomoda.

"Quero ver", diz finalmente Donorio.

Corrales sorri, ansioso.

"Viu, Benavides, ele não se aguenta." E Benavides, que já adivinha a ação seguinte, aquiesce consternado. Os três se levantam. Nervosos, cada qual com suas razões e esperanças, entreolham-se e logo abandonam a mesa.

Cruzam a casa até a garagem. Na frente vai Corrales, que ao andar lentamente saboreia o caminho que os levará ao êxito; é seguido por Donorio com prudente desconfiança, porém curioso mesmo assim. Por último, atrasado, pressentindo a proximidade da mala, os frágeis nervos de Benavides se aglomeram em grandes e fibrosos nós. Corrales introduz os homens no recinto às escuras, já que prefere o impacto da imagem que surgirá repentinamente quando acender a luz.

"Benavides, guie Donorio até onde você sabe bem e avise quando estiver pronto."

Qual era o plano de Corrales? O que poderia fazer um homem tão alto por um tão pequeno como ele? Benavides para no centro da garagem. Tateando na escuridão, guiado pelos ruídos, Donorio comenta:

"Tem um cheiro estranho... como de..."

"Aí vem a luz", diz Corrales, e, com efeito, com a ponta dos sapatos de Benavides e Donorio quase tocando o charco de sangue espesso, aparece diante deles, horrorosa, desafiante, autenticamente inovadora, a obra.

O que é a violência, senão isso mesmo que presenciamos agora, pensa Donorio, e um calafrio lhe sobe dos pelos loiros das pernas até a nuca, a violência reproduzida diante de seus olhos em seu estado mais selvagem e primitivo. É possível tocá-la, cheirá-la, fresca e intacta à espera de uma resposta dos espectadores.

Corrales se aproxima dos homens.

"Vão gostar disso", diz Donorio.

Corrales concorda. Perto deles, o corpo pequeno de Benavides treme. Sua voz tênue fala pela primeira vez na presença de Donorio.

"Não compreendem", consegue dizer.

"Como não, Benavides", diz Corrales.

"É extraordinária!", diz Donorio. "Horror e beleza!, que combinação..."

"Horror, sim, mas...", balbucia Benavides olhando sua mulher. "Quero dizer que..."

"Você vai ficar rico, famoso! Comparada a obras como esta, a concorrência é nula, o público vai cair rendido a seus pés."

"Pode confiar, Benavides, neste assunto Donorio é o melhor."

"Melhor é o Benavides", conclui Donorio. "Sou apenas um curador, minha contribuição é mínima. O que importa aqui é a obra, 'a violência', entende?"

"Minha mulher."

"Não, Benavides, pode acreditar em mim, conheço marketing e isso não funciona, o título é 'A violência'."

Com angústia incontida e pranto desesperado, Benavides confessa:

"Eu a matei, e só queria escondê-la."

Corrales dá uns tapinhas carinhosos nas costas de Benavides, mas sua atenção se dirige pura e exclusivamente às instruções de Donorio.

"Será melhor conservá-la em ambiente frio. Tem ar-condicionado na garagem?"

"Sim, sim, claro."

"Eu a matei!", Benavides cai de joelhos no chão.

"Bem, então comecemos por refrigerar o local; vou dar uns telefonemas." Donorio dá alguns passos rumo à saída, mas logo se detém e com sinceridade se volta para Corrales: "Obrigado por ter pensado em mim; a oportunidade é grande".

O choro de Benavides obriga os homens a levantar a voz.

"Eu, eu a matei, foi assim..." Benavides golpeia o piso com os punhos cerrados. "Foi assim que a matei."

"Donorio, peça o telefone e arrume o que tem de ser arrumado", diz Corrales enquanto o acompanha até a saída.

"Matei-a assim, assim", arrastando-se pelo chão, com o corpo abatido de quem correu centenas de quilômetros inutilmente, Benavides avança sem direção precisa e golpeia contra o piso os objetos que vai encontrando. "Assim! Assim!"

"Não se distraia, Corrales", diz Donorio já na porta. "Depois teremos tempo para a contemplação e o regozijo."

"Não, claro, compreendo perfeitamente, vá tranquilo que iremos já, já."

Donorio concorda e sai para o jardim. Quando Corrales volta, Benavides está batendo, quase esganando, o corpo de sua mulher.

"Fui eu. Eu", murmura Benavides. Corrales o detém.

"Deixe-a, Benavides! Ela está perfeita assim, não insista mais."

"Fui eu que a matei..."

"Sim, Benavides, sim. Todos sabemos que foi você, ninguém vai lhe tirar o mérito", diz Corrales enquanto ajuda Benavides a se levantar, e então acrescenta: "Pode confiar, Benavides, logo chegaremos ao estrelato".

"Sim, sim", diz Benavides, e seu corpo, a poucos metros de sua mulher, despenca no chão.

Na luz de um novo dia, Benavides abre os olhos e acorda. Por um momento acredita estar em sua cama, junto à esposa, em uma infeliz manhã qualquer. Mas logo se lembra da verdade e levanta. Onde estará sua mulher agora? Na garagem? Ainda na mala? Donorio a terá levado? Corrales? Por fim calça os sapatos e sai do quarto. Faz dois dias que está com a mesma roupa, e sob a luz forte do corredor comprova que grande parte dos amassados no paletó e nas calças começam a adquirir tonalidades cinzentas. Embora calcule ter dormido um número sensato de horas, ainda não conseguiu descansar. Esgotado e sozinho no silêncio da casa, compreende que outra vez deverá percorrer os cômodos em busca do doutor Corrales. Depois de um tempo, depois de examinar o consultório, os ambientes do primeiro andar, o hall de entrada, o living, os corredores que rodeiam os jardins de inverno, Benavides, de modo fortuito como no dia anterior, encontra a cozinha e pergunta às mulheres:

"Corrales?"

Corrales toma o café da manhã e, como se sabe, isso pode se dar em qualquer aposento da casa. Mas desta vez Benavides não irá procurá-lo, resolverá o problema sozinho. Com valentia, desanda a caminhar da sala até a cozinha e logo se vê no jardim da frente. Enquanto se dirige à garagem com passo firme, pensa que no mundo existem dois tipos de homens: os que esperam impávidos a chegada casual de alguém que lhes dê indicações e os que, como ele, completamente diferentes, resolvem seus problemas sem a ajuda de ninguém. Vai pedir um táxi e voltar para casa com sua mulher. Para na metade do caminho: em frente à garagem, já de portas abertas, surge, ativa, uma dezena de homens vestidos de azul, em cujas costas reluz uma propaganda impressa sobre um retângulo branco: "Museu de Arte Moderna. Instalações e traslados". Diante de Benavides a garagem é esvaziada por completo, quer dizer, retiram dali todos os móveis, artigos que em algum momento fizeram parte daquele cenário, para agora deixar em um espaço maior e limpo, isolada, única, original, a obra. E ali estão Corrales e Donorio, atentos, cordiais, dispostos a acompanhar os sentimentos do artista:

"Dormiu bem, Benavides?"

Benavides treme e diz:

"Essa aí é a minha mulher."

Corrales olha para Donorio e em sua voz se lê o tom lento da desilusão crescente:

"Eu avisei, Donorio, a exposição local não é do gosto do artista; deveríamos ter levado a obra para o museu."

"Essa aí é a minha mulher."

"Senhores", Donorio acompanha suas palavras com precisos gestos manuais. "Trabalho nisso há anos, e posso assegurar que o público prefere assim."

"Mas é a minha mulher."

"Mas, Benavides, você não é um artista do povo, não é um artista das pessoas comuns. Sua obra visa um público selecionado, intelectuais, entende? Seres que desprezam inclusive as novidades do museu, homens que admiram o outro, o mais além da simplicidade de uma obra, quer dizer..."

Donorio faz um gesto em direção à garagem. Benavides e Corrales esperam a conclusão:

"... o contexto."

"Belo, preciso, que absurdo pormos em dúvida sua tática", diz Corrales.

"Mas é a minha mulher."

"Mas, Benavides, por favor, já falamos sobre esse assunto: não é 'essa é a minha mulher', e sim 'a violência'... O contexto, como falei, de qualquer modo acrescentaremos alguns elementos. Sair do museu é uma novidade, porém precisamos manter o nível, o ambiente.

"Sim, claro...", diz Corrales.

Enrubescido pela angústia atada ao pescoço, Benavides repete uma vez mais o que já dissera quatro vezes e, transtornado pelos nervos, caminha firme em direção à mala. Com um sinal, Donorio alerta os homens de azul, e Benavides corre. Corrales grita, não a toque!, e todos param de fazer o que estavam fazendo para ir atrás dos passos curtos de Benavides, que ao relar a alça da mala sente dezenas de pesados corpos azuis se atirando sobre ele. Que desgraça, a sua desgraça, sob a escuridão do peso de outros homens conclui que a morte deve parecer com situações como esta. De longe chega a voz de Donorio: instruções precisas de como agir com ele, e esse é o fim daquele curto terceiro dia.

Benavides desperta na luz de um novo dia, mas distante de sua cama e de sua mulher, e dessa vez descalço. Sem ao menos proteger o corpo do frio, levanta e sai do quarto, percorre o corredor com passos rápidos, desce a escadaria que conduz ao saguão, sai da casa e atravessa o jardim para chegar à garagem cujas portas encontra abertas. Os homens de azul não estão mais lá, fixaram luzes potentes no teto, e ali, no centro, a mala aberta enquadra o corpo dobrado de sua mulher abandonada. O golpe é forte, talvez na nuca, e aí se encerra o quarto dia.

Benavides acorda no meio da noite do quarto dia e, sem hesitar, põe os sapatos e sai do quarto. A luz noturna entra pelas janelas dos corredores para guiá-lo através do percurso tenebroso. O que leva um homem como ele a escapar da casa de seu médico a essa hora da noite? Poderia um profissional como Corrales, certamente sob ordens estritas de Donorio, negar-lhe que veja a esposa? Por acaso as restrições fariam parte de um tratamento sumamente rigoroso, uma estratégia para curá-lo de uma enfermidade que, com certeza venérea, o levava inclusive a delirar com estranhos assassinatos ou duvidar de seu próprio médico? Ou realmente estava acontecendo o que acontecia tal e qual ocorriam os fatos? Enquanto desce as escadas principais com a máxima precaução, Benavides pergunta a si mesmo o que de especial desejariam em sua mulher, se por alguma razão tinham visto nela coisas que não viam em outras mulheres. As noites de verão sempre lhe inspiram amor e romantismo, e as boas recordações logo chegam feito uma onda de ciúme e desejo, posto que sua mulher é sua mulher e de ninguém mais.

Na escuridão ele demora a encontrar a saída do jardim, onde anúncios em neon iluminam intermitentemente por segundos os arredores. O avançar cauteloso mostra Benavides entre escuridão e escuridão sob formas insuspeitadas: Benavides atrás de uma árvore florida, Benavides embaixo de uma mesa de jardim, Benavides perto de um arbusto disciplinado. Logo chegará à garagem, vai tirar dali sua mulher e voltar para casa de táxi, pensa, antes de descobrir que a glória será curta, quer dizer, antes de abrir o portão e receber, pela segunda vez, porém um pouco mais à esquerda, o segundo golpe desse dia.

"O homem está mal, Corrales."
"É a pressão, o sucesso não é facilmente assimilado pelos corpos pequenos, vamos ter de dar um tempo pra ele."
"Mas amanhã é a vernissagem."
"E é necessária, Donorio?"
"Sim. A obra perde em sentimento se o artista falta ao ato inaugural. Lembra o que eu falava sobre o contexto, Corrales?"
"Sim, claro."
"O efeito da obra se amplifica quando o público se reconhece no artista. Tire a prova você mesmo, pense o que teria ocorrido se domingo à noite, em vez de Benavides, a obra tivesse sido trazida por um atlético fisiculturista de cabelos compridos e sapatos bacanas..."
"Não, não, claro. Não me tome por idiota, a diferença é... abissal."
"Violenta, Corrales, como a obra."
Na cama, ao abrir os olhos, Benavides se depara com os dois homens sentados nas poltronas do quarto.
"Como se sente, Benavides?"
Benavides fecha os olhos.
"Parece que recobrou a consciência..."
Benavides abre os olhos. Nesse ínterim, o doutor Corrales se aproxima para levantar suas pálpebras e estudar seu olho esquerdo.

"Mmmm... Sente-se bem, Benavides?"

Benavides grita:

"Eu mesmo matei minha mulher, sozinho e por minha conta!" E sem desviar os olhos dos homens, agarra-se aos lençóis suados.

Corrales ensaia um gesto de recriminação. Nos pensamentos de ambos há dúvidas dispersas e algo que poderia ser definido como um princípio de desilusão.

Uma vez pronta a instalação, a mídia anuncia o evento. As pessoas nutrem expectativas e reivindicam entradas antecipadas. O ar contaminado do burburinho de um público ansioso chega às janelas do quarto de Benavides, que, pela quinta vez nessa casa, desperta. O que faz um homem como ele naquele local, tão longe de seu lar e de sua mulher? Pode um médico como Corrales entrar com um terno escuro dobrado sobre o braço direito e um jogo de roupas de baixo limpas na mão esquerda, e dizer *as meias vão ficar folgadas, mas este terno está bom para um homem como você*? Corrales senta ao pé da cama, dá umas palmadas nas pernas do paciente, talvez em nome de um carinho que há tempos se desenvolveu, mas de que Benavides não se lembra, e afinal sorri e diz frases como *você está com ótimo aspecto, Benavides*, ou *como o invejo, Benavides, um artista como você, em um dia como hoje, com o público ansioso e os jornalistas excitados*, ou *tudo parece indicar que a vernissagem será um sucesso*. Benavides, porém, não está feliz: o pessoal noturno, quem sabe Donorio em pessoa, está controlando a entrada da garagem onde sua esposa aguarda. O lugar permanece iluminado, inclusive na penumbra da noite, com dois potentes postes de cada lado do portão e anúnicos luminosos que, sem pudor, dão crédito do sequestro. Tanto é assim que Benavides não pode distinguir a maldade da bondade nem avaliar com certeza as atitudes de seu médico. Embora observe Corrales esticar a sola das meias que trouxe para comprovar que são do tamanho adequado, seus pensamentos não ficam mais claros, pelo contrário, se turvam, perambulam por sua mente, fornecendo ao resto do corpo uma sensação de repentino mal-estar.

Horas mais tarde, médico e paciente estudam em frente ao espelho seus corpos trajados.

"Viu como era do seu tamanho, Benavides? Você sempre se preocupando..."

Benavides continua imóvel enquanto Corrales ajusta sua gravata.

"Pronto, está perfeito", aponta seus corpos no espelho. "Vai ver a reação das mulheres ao vê-lo assim."

Depois de algumas batidas respeitosas, escuta-se na porta a voz de uma das mulheres:

"O senhor Donorio manda dizer que já está tudo pronto, mas que espera se o artista precisar."

"De maneira nenhuma, avise que o artista já vai descer."

A sala é grande, porém pequena em relação à multidão que compareceu. Muita gente espera no jardim, espiando pelas janelas do salão ou em fila atrás do portão guardado por homens de azul. Dentro, com a obra ainda oculta por uma cortina de veludo vermelho, o fervor do público aumenta.

Donorio toma o microfone.

"Senhoras, senhores..."

O público atende ao orador.

"Hoje é um dia muito especial, para mim, para vocês..."

Entre a multidão os comentários escapam tímidos e se perdem na espessura de um silêncio que cresce.

"A arte é memorável, querido público, e nas moléculas menos esperadas dessa nossa sociedade surgem, majestosos, os verdadeiros artistas. Senhoras, senhores, intelectuais, quero lhes apresentar um sonhador, um amigo, mas acima de tudo, um artista a quem o mundo não poderá dar as costas... Benavides, por favor..."

Em meio aos estrepitosos aplausos da multidão, Benavides abre passagem em direção ao gesto de boas-vindas com que Donorio acompanha as últimas palavras. Quando o artista sobe ao palco e aparece diante do público, o público vê nele os cândidos rasgos humildes da criação pura e sincera, dedicando-lhe assim uma enérgica ovação que se acalma quando Donorio pega o microfone de novo.

"Eu dizia, senhores, que a arte é memorável. Se me perguntarem aonde eu gostaria de chegar com semelhante afirmação..."

Apesar de o monólogo de Donorio continuar, o público não tira os olhos do artista.

"Esses nossos dias são tempos de glória e somos agradecidos por isso."

O artista, entretanto, estuda o teto e as paredes. O público segue à espera do percurso criativo desse homem tão alheio aos elogios.

"Contudo, algo resta do passado na memória coletiva, nas mentes brilhantes de nossos artistas. O horror, o ódio, a morte pulsam com força em seus pensamentos fustigados."

O artista descobre de um lado de um grande palco a grande cortina de veludo vermelho por trás da qual, se supõe, a obra aguarda. Mas o que inquieta o artista de tal maneira? Por que em seu rosto simples e genial se desenham prontamente os pálidos rasgos do espanto?

"Vocês então se perguntarão como o artista se liberta desse horror cotidiano. Pois bem, senhores, o que estão por ver escapa aos sentimentos banais da arte comum. Na obra que verão em seguida, vão encontrar a resposta. Benavides, a palavra é sua", diz Donorio, e afinal se afasta do microfone para ceder lugar ao artista. Benavides olha o microfone como quem estuda a espessura de uma condenação até que, enfim, seus próprios pés pequenos, arrastados talvez por seu orgulho, mas jamais por ele mesmo, o levam até ele. Donorio busca o olhar cúmplice de Corrales, que permanece atento ao artista como se nele reconhecesse um filho que cresceu. O público espera. Benavides, inquieto, estuda as expressões nos rostos que o observam, voltando-se a cada momento para a cortina. Há nervosismo, ansiedade, porém mais do que isso o que existe é um silêncio excitante. Benavides, afinal, com o olhar perdido e um suor frio que lhe percorre o corpo, toma o microfone e diz:

"Eu a matei."

O público demora a perceber a mensagem, porém quando os mais perspicazes compreendem o significado daquelas palavras e começam a aplaudir, os demais se unem à euforia que irrompe em seguida. *Ele diz que a matou*, comentam entre si, *o homem é um poeta*, e inclusive entre as expressões de admiração e encanto se desprendem emocionadas as primeiras lágrimas da noite. Do fundo do palco, Corrales aquiesce, satisfeito com o burburinho geral. Então chega o momento em que Donorio puxa de lado o artista para retomar o microfone. Dois homens de azul sobem ao palco e se postam um de cada lado do telão vermelho. E Donorio diz:

"Senhores, a obra..."

E como o sol nos traz a luz, ou como o artista descobre as verdades humanas, a cortina que antes cobria a criação, agora, diante da ansiedade coletiva, cai ao chão. E ali está a obra: violenta, real, carnalmente viva. A voz de um Donorio que perdeu toda a atenção de um público estupefato diz:

"'A violência'."

A euforia é incontida. O público empurra, tenta subir no palco. Mais de uma dezena de homens de azul fazem uma barreira que impede a invasão. Mas o público quer ver. Excitação, comoção, nada se compara aos sentimentos que surgem das emanações daquela obra, da imagem soberana da morte a poucos metros. Não perdem detalhe algum: a carne humana, a pele humana, as coxas gigantes de uma mulher dobrada em uma mala de couro. O artista em pessoa, impressionado com a obra, observa como o público se lança sobre ela. Seu rosto único, porém, se distingue entre os demais: todos sabem que ele é o artista e logo é alçado pela multidão, passado de mão em mão, transportado de um lado a outro da sala. Quando Corrales grita *O artista! O artista!*, alguns homens de azul abandonam a barreira humana para resgatar Benavides. O público, após ouvir os gritos de Corrales, solta Benavides para que ele se perca entre as pessoas como uma pérola em águas turvas. Para ele, homem acostumado à solidão e à quietude da vida matrimonial, a experiência é inédita. Escondido na multidão, e dessa forma oculto até da própria multidão, avança entre os corpos eufóricos até o núcleo do distúrbio. Há gritos, empurrões, gente brigando por uma perspectiva melhor. E entre cabeças e ombros alheios, Benavides consegue distinguir, como uma recordação que se esconde no esquecimento, aquela que certa vez foi sua mulher. Mas, como já aconteceu outras vezes, a poucos metros da mala a sorte priva Benavides do encontro. Quatro mãos grandes o pegam pelos ombros e o separam das pessoas. Os homens devolvem Benavides ao palco. Irritadíssimo, o artista trata de se safar da custódia enquanto grita *eu a matei! Eu a matei!* Entre a multidão, um par de pessoas estuda a estranha atitude do artista. Não são as palavras do criador que as desconcertam, mas a atitude bruscamente violenta de um homem que havia poucos minutos parecia levar em seu interior a calma de quem sempre viveu na desgraça. *Eu a matei!*, grita Benavides com lágrimas nos olhos, e então já são vários aqueles que param para olhá-lo. No entanto, Donorio atua com rapidez e, sem hesitar, apresenta o médico do artista. Entre os gritos de Benavides e o estrépito geral, Corrales sobe ao palco e toma o microfone. Grande parte do público se compõe de pacientes seus, de modo que, após um primeiro pedido de silêncio, o alvoroço diminui sensivelmente. Os homens de azul, sob as ordens de Donorio, intimam um Benavides já enlouquecido por completo a descer do palco, a se calar e a ficar em um canto à parte, longe dos olhos do público.

"Senhores, senhoras. Peço desculpas em nome de Benavides. O artista é muito sensível a alguns fatos, e sofreu uma descompensação", anuncia Corrales.

O público, talvez por respeito ao artista, é tomado pela calma e em silêncio abre passagem aos homens de azul. Por trás das costas largas dos seguranças, o pequeno corpo de Benavides estremece, enquanto seus olhos conseguem focar, por uma lacuna da massa que o aprisiona, o olhar curioso de algum espectador. Em cima do palco, Donorio se aproxima de Corrales para dizer ao seu ouvido:

"Lembra-se do 'contexto'?", faz um gesto para o público. "Viu como eu tinha razão?"

Pela porta sai um Benavides subjugado pela segurança, e todos recebem com crescente entusiasmo as sorridentes criadas com champanhe. A vernissagem foi um êxito.

Conservas

ASSIM SE PASSA UMA SEMANA, um mês, e vamos nos familiarizando com a ideia de que Teresita se adiantará aos nossos planos. Terei de renunciar à bolsa de estudos, pois dentro de um mês não vai ser fácil viajar. Não por Teresita, talvez, mas por pura angústia, não consigo parar de comer e começo a engordar. Manuel me oferece a comida no sofá, na cama, no jardim. Tudo organizado na bandeja, limpo na cozinha, abastecido no armário, como se a culpa, ou sei lá o quê, o obrigasse a cumprir o que espero dele. Contudo ele perde suas energias, não parece muito feliz. Às vezes volta tarde para casa. Não me faz companhia, nem fala sobre o assunto.

Outro mês se passa. Mamãe também se resigna, compra alguns presentes para nós e os entrega — eu a conheço bem — com alguma tristeza. Diz:

"Este é um trocador lavável com fecho de velcro... Aqui estão os sapatinhos de algodão puro... Esta é a toalha de piquê com capuz..." Papai a acompanha e concorda.

"Ai, sei não...", eu digo, e não sei se me refiro ao presente ou a Teresita. "Na verdade, não sei", digo mais tarde a minha sogra quando ela aparece com um jogo de cama colorido. "Não sei", digo sem saber mais o que dizer e começo a chorar.

No terceiro mês me sinto ainda mais triste. Toda vez que levanto me olho no espelho e fico parada um instante diante dele. Meu rosto, meus braços, meu corpo inteiro, e sobretudo a barriga, estão cada vez mais inchados. Às vezes chamo Manuel e peço que fique a meu lado. Ele, por sua vez, está cada vez mais magro. Além disso, a cada dia fala menos. Chega do trabalho, senta para assistir televisão e sua mente é abduzida. Não que não goste mais de mim, nem que goste menos. Sei que Manuel me adora e sei que, como eu, nada tem contra nossa Teresita, que vai ter. Mas é que havia tanto a fazer antes da chegada dela.

Às vezes mamãe pede para acariciar minha barriga. Sento no sofá e ela fala com sua voz suave e carinhosa, diz coisas para Teresita. A mãe de Manuel, por sua vez, liga a todo momento para saber como estou, o que estou comendo, como me sinto, e tudo o que lhe ocorre perguntar.

Sofro de insônia. Passo as noites acordada, na cama. Olho o teto, minhas mãos sobre a pequena Teresita. Não posso pensar em mais nada. Não entendo como em um mundo em que acontecem coisas que ainda me parecem maravilhosas, como alugar um carro em um país e devolvê-lo em outro, descongelar um peixe fresco que morreu há trinta dias, ou pagar as contas sem sair de casa, não se possa solucionar assunto tão trivial como uma pequena mudança na organização daquilo a ser feito. Simplesmente não me conformo.

Então esqueço o guia do serviço social e busco alternativas. Falo com obstetras, curandeiros e até com um xamã. Alguém me dá o número de uma parteira e falo com ela pelo telefone. Cada um, porém, apresenta à sua maneira soluções conformistas ou perversas que nada têm a ver com o que procuro. Não me acostumo facilmente à ideia de receber Teresita tão cedo, mas tampouco quero machucá-la. E então encontro o doutor Weisman.

O consultório fica no último andar de um edifício antigo do centro. Não tem secretária, nem sala de espera. Só um pequeno hall de entrada e duas salas. Weisman é muito amável, nos recebe e oferece café. Durante a conversa se interessa sobretudo pelo tipo de família que formamos, nossos pais, nosso casamento, as relações particulares entre cada um de nós. Respondemos a tudo o que pergunta. Depois ele cruza os dedos e apoia as mãos sobre a escrivaninha. Weisman parece à vontade com nosso perfil. Conta algumas coisas de sua trajetória, o êxito de suas pesquisas e aquilo que pode nos oferecer, porém parece intuir que não precisa nos convencer, e passa diretamente a explicar o tratamento. De vez em quando olho para Manuel, que escuta Weisman com atenção, concorda, parece entusiasmado. O plano inclui mudanças na alimentação, no sono, exercícios de respiração, medicamentos. Implica falar com mamãe e papai, e com a mãe de Manuel; o papel deles também é importante. Anoto tudo em meu caderno, ponto por ponto.

"E que segurança teremos com esse tratamento?", pergunto.

"Temos o necessário para que tudo saia bem", diz Weisman.

No dia seguinte Manuel não vai ao serviço. Nos sentamos na mesa da sala, rodeados de gráficos e papéis, e começamos a trabalhar. Anotamos o mais fielmente possível como foram acontecendo as coisas desde o momento em que suspeitamos que Teresita se adiantara. Encontramos nossos pais e fomos claros com eles: o assunto está decidido, o tratamento em marcha, e não há o que discutir. Papai está para perguntar alguma coisa, mas Manuel o interrompe:

"Vocês têm que fazer o que pedimos", ele diz, e os encara como que implorando pelo compromisso deles. "Na hora e no tempo certos."

Estão preocupados, e acredito que não entendem do que se trata, mas se comprometem com as instruções a seguir e cada um volta para casa com sua lista.

Passados os primeiros dez dias, as coisas já estão um pouco mais nos eixos. Tomo meus três comprimidos diários no horário e respeito cada sessão de "respiração consciente". A respiração consciente é parte fundamental do tratamento e é um método de relaxamento e concentração inovador, descoberto e professado pelo próprio Weisman. No jardim, sobre o gramado, me concentro no contato com o "ventre úmido da terra". Começo inalando uma vez e exalando duas vezes. Prolongo os tempos até inspirar durante cinco segundos e exalar em oito. Depois de vários dias de exercícios, inalo em dez e exalo em quinze, e então passo ao segundo nível de respiração consciente e começo a sentir o direcionamento de minhas energias. Weisman diz que isso vai me tomar mais tempo, porém insiste que o exercício está ao meu alcance e devo seguir trabalhando. Surge um momento em que é possível visualizar a velocidade da energia circulando no corpo. Parecem cócegas suaves, que em geral começam nos lábios, nas mãos e nos pés. Então se começa a controlá-la: é necessário diminuir o ritmo, lentamente. A meta é detê-la por completo para, pouco a pouco, retomar a circulação em sentido contrário.

Manuel ainda não consegue ser muito carinhoso comigo. Precisa ser fiel às listas que fizemos e, portanto, até em um mês e meio, manter-se à distância, falar somente o necessário e voltar tarde para casa algumas noites. Ele cumpre sua parte com esmero, mas eu o conheço, e sei que se sente melhor, mais otimista, e que morre de vontade de me abraçar e dizer o quanto sente falta de mim. Mas as coisas têm de ser assim por enquanto; não podemos nos arriscar a sair do roteiro nem por um segundo.

No mês seguinte continuo progredindo com a respiração consciente. Sinto que quase já consigo reter a energia. Weisman diz que não falta muito, que preciso apenas me esforçar um pouco mais. Aumenta minha dose de comprimidos. Começo a perceber que a ansiedade diminui e como um pouco menos. Seguindo o primeiro ponto de sua lista, a mãe de Manuel se esforça ao máximo e trata de, gradualmente — isso é importante e o sublinhamos diversas vezes —, gradualmente, dizia, ir escasseando os telefonemas para casa e baixar a ansiedade por falar o tempo todo sobre Teresita.

O segundo talvez seja o mês com mais mudanças. Meu corpo não está mais tão inchado, e para surpresa e alegria de ambos, a barriga começa a diminuir. Essa mudança tão notável alarma um pouco nossos pais. Quem sabe agora entendam, ou intuam, no que consiste o tratamento. A mãe de Manuel, sobretudo, parece temer o pior e, embora se esforce para se manter à margem e seguir sua lista, sinto o medo e suas dúvidas, e temo que isso afete o tratamento.

Durmo melhor à noite, e já não me sinto tão deprimida. Conto a Weisman meus progressos com a respiração consciente. Ele se entusiasma, parece que estou a ponto de conseguir minha energia invertida, tão perto, mas tão perto que somente um véu me separa do objetivo.

Começa o terceiro mês, o penúltimo. É o mês em que nossos pais serão protagonistas: estamos ansiosos para que cumpram sua palavra e tudo saia o mais perfeito possível, e eles cumprem, e cumprem bem, e estamos agradecidos. Certa tarde, a mãe de Manuel chega em casa e pede o jogo de cama colorido que trouxera para Teresita. Talvez porque tivesse pensado longamente nesse detalhe, pede uma sacola para envolver o pacote. Foi assim que o trouxe, disse, com sacola, assim vai embora, e nos dá uma piscadela. Depois cabe aos meus pais. Também vêm atrás de seus presentes, pedem um por um de volta: primeiro a toalha de piquê com capuz, depois os sapatinhos de algodão puro, por último o trocador lavável com fecho de velcro. Embrulho tudo. Mamãe pede para acariciar minha barriga pela última vez. Sento na poltrona, ela senta ao meu lado e fala com voz carinhosa. Acaricia minha barriga e diz, esta é a minha Teresita, como vou sentir falta de minha Teresita, e eu não falo nada, porém sei que, se ela pudesse, se não tivesse que se limitar à sua lista, teria chorado.

Os dias do último mês passam rápido. Manuel já consegue se aproximar mais, e a verdade é que a sua companhia me faz bem. Paramos os dois diante do espelho e damos risada. A sensação é totalmente oposta àquela que sentimos ao fazer uma viagem. Não é a alegria de partir, mas de ficar. É como se ao melhor ano de sua vida se acrescentasse mais um ano, sob as mesmas condições. É a oportunidade de prosseguir.

Estou muito menos inchada. Isso alivia minhas atividades e levanta meu ânimo. Faço minha última visita a Weisman.

"O momento se aproxima", ele diz, e empurra sobre a escrivaninha em minha direção o frasco de *conservação*. Está congelado, e assim deve ser mantido, por isso trouxe comigo a bolsa térmica, como Weisman recomendou. Devo guardá-lo na geladeira quando chegar. Ergo-o: a água é transparente, porém espessa, como um frasco de xarope incolor.

Uma manhã, durante uma sessão de respiração consciente, consigo passar ao último nível: respiro lentamente, o corpo sente a umidade da terra e a energia que o envolve. Respiro uma vez, outra vez, outra vez e então tudo para. A energia parece se materializar ao meu redor e eu poderia precisar o momento exato em que, pouco a pouco, começa a circular em sentido invertido. É uma sensação purificadora, rejuvenescedora, como se a água ou o ar voltassem por conta própria ao lugar em que alguma vez estiveram contidos.

Então chega o dia. Está marcado no calendário da geladeira; Manuel o circulou em vermelho quando voltamos do consultório de Weisman pela primeira vez. Não sei quando acontecerá, estou preocupada. Manuel está em casa. Estou deitada na cama. Escuto ele caminhar de um lado para outro, intranquilo. Toco minha barriga. É uma barriga normal, uma barriga como a de qualquer mulher, digo, não é uma barriga de grávida. Pelo contrário, Weisman disse que o tratamento foi muito intenso: estou um pouco anêmica e muito mais magra que estava antes de o assunto Teresita começar.

Espero a manhã inteira e a tarde inteira trancada em meu quarto. Não quero comer, nem sair, nem falar. Manuel aparece a cada momento e pergunta como estou. Imagino que mamãe deve estar subindo pelas paredes, porém sabem que não podem telefonar nem passar para me ver.

Já faz algum tempo que sinto náuseas. O estômago arde e lateja cada vez mais forte, como se fosse explodir. Preciso avisar Manuel, trato de me levantar e não consigo, não tinha me dado conta do quanto estava enjoada. Preciso avisar Manuel para me levar ao Weisman. Consigo levantar, porém caio no chão ajoelhada e espero um segundo. Penso na respiração consciente, porém minha cabeça já está em outro lugar. Tenho medo. Temo que algo possa sair mal e machuquemos Teresita. Talvez ela saiba o que está acontecendo, talvez tudo esteja péssimo. Manuel entra no quarto e corre até a mim.

"Eu só queria adiar um pouco...", digo. "Não quero que..."

Quero dizer que me deixe aqui deitada, que não importa, que corra para falar com Weisman, que tudo deu errado. Mas não posso falar. Meu corpo treme, não tenho controle sobre ele. Manuel se ajoelha junto a mim, pega minhas mãos, fala comigo, mas não consigo ouvir o que diz. Sinto que vou vomitar. Tapo a boca. Ele parece reagir, me deixa sozinha e corre para a cozinha. Não demora mais que alguns segundos: volta com o copo desinfectado e o vasilhame plástico que diz "Dr. Weisman". Rompe o lacre de segurança do vasilhame, verte o conteúdo translúcido no copo. Outra vez sinto ânsia de vômito, mas não consigo, não quero, ainda não. Tenho náusea, outra vez e mais outra, náuseas cada vez mais violentas que começam a me deixar sem ar. Pela primeira vez penso na possibilidade da morte. Penso nisso um instante e não posso mais respirar. Manuel olha para mim, não sabe o que fazer. As náuseas passam e algo fica preso em minha garganta. Fecho a boca e agarro a mão de Manuel. Então sinto algo pequeno, do tamanho de uma amêndoa. Acomodo sobre a língua, é frágil. Sei o que tenho a fazer, mas não posso fazê-lo. É uma sensação inconfundível que vou guardar durante alguns anos. Olho para Manuel: parece aceitar o tempo que necessito. Depois aproxima o copo de mim, e afinal, suavemente, eu a cuspo.

Meu irmão Walter

MEU IRMÃO WALTER ESTÁ DEPRIMIDO. Eu e minha mulher o visitamos todas as noites, quando voltamos do trabalho. Compramos alguma comida — ele gosta muito de frango com batatas fritas — e tocamos sua campainha por volta das nove. Ele logo atende e pergunta *Quem é...?* E minha mulher fala: *Somos nós!* E ele diz *ah...*, e nos deixa entrar.

Uma dezena de pessoas liga todo dia para ver como ele está. Ele levanta o aparelho com esforço, como se pesasse uma tonelada, e diz:

"Sim?"

E as pessoas falam como se meu irmão se alimentasse de bobagens. Caso eu lhe pergunte quem são ou o que querem, ele é incapaz de responder. Não tem o mínimo interesse. Está tão deprimido que nem se incomoda por estarmos ali, pois é como se não houvesse ninguém.

Em certos sábados minha mãe e tia Claris o levam às festas adultas de salão, e Walter fica sentado entre aniversariantes quarentonas, despedidas de solteiros e recém-casados. Tia Claris diz que, quanto mais deprimido Walter está, mais feliz se sentem as pessoas ao redor. É preciso aceitar, é verdade, já que desde que Walter se deprimiu as coisas na família estão melhorando. Minha irmã finalmente casa com Galdós, e na festa, na mesa de meu irmão, minha mãe conhece, em um grupo que bebia champanhe e chorava de rir, o senhor Kito, com quem agora dorme todas as noites. O senhor Kito tem câncer, porém é um homem com muita energia. Além do mais, é dono de uma grande companhia de cereais e amigo de infância de tia Claris. Galdós e minha irmã compram um sítio distante da cidade, e nos habituamos a passar o fim de semana lá. Minha mulher e eu vamos buscar Walter no sábado na primeira hora, e por volta do meio-dia já estamos todos no sítio, esperando o churrasco com um copo de vinho e essa felicidade imensa que os dias de sol ao ar livre proporcionam. Deixamos de ir apenas um único fim de semana, pois Walter está gripado e se nega a subir no carro. Sinto que preciso avisar aos demais que ele não vai, de modo que as ligações começam a se cruzar nos celulares, e no momento em que Galdós começa a servir o churrasco todos já desistiram do passeio.

Agora tia Claris sai com o caseiro do sítio e na família todos formamos casais, menos Walter, claro. Há uma cadeira perto da churrasqueira, escolhida por ele no primeiro dia em que o levamos, e da qual não se levanta. Tratamos sempre de mantê-lo por perto, para animá-lo ou lhe fazer companhia. Rimos muito e felicitamos Kito por seu câncer estar quase curado, a Galdós pelos lucros do sítio e à minha mãe porque simplesmente a adoramos. Escutamos sorridentes minha irmã e minha mulher, que se dão às mil maravilhas, e seus comentários sobre a atualidade nos fazem chorar de tanto rir.

Mas Walter continua deprimido. Tem uma expressão sinistra, cada vez mais triste. Galdós leva ao sítio um médico rural conhecido que logo em seguida se interessa pelo caso de Walter. É um grande sujeito e começa a vir todos os fins de semana.

Não nos cobra nada; sua mulher também vem para conversar com minha mulher e minha irmã. Resulta então que o médico rural, Kito e Galdós, conversando amenamente ao redor de Walter, fumando e comentando bobagens para animá-lo um pouco, terminam tendo uma importante conversa de negócios e juntos empreendem uma nova linha de cereais com a firma de Kito, porém no sítio de Galdós e com uma receita mais saudável proposta pelo médico. Eu me associo ao projeto e tenho de ir ao sítio quase todos os dias, de modo que quando minha mulher engravida nos mudamos para o sítio e levamos Walter, que praticamente não opina sobre as mudanças. Ficamos aliviados que esteja aqui com a gente, vê-lo sentado em sua cadeira, saber que está próximo.

Os novos cereais vendem muito bem, e o sítio se enche de empregados e compradores atacadistas. As pessoas são amáveis. Parecem confiar cegamente no projeto e existe uma energia otimista que continua a ter seus momentos de esplendor nos fins de semana, quando o churrasco a cada dia mais concorrido de Galdós começa a dourar nas churrasqueiras e todos esperamos ansiosos com os copos nas mãos. Já somos tantos a ponto de quase não haver um segundo em que Walter permaneça sozinho; sempre tem alguém disputando a responsabilidade de estar perto dele, de lhe falar alegremente, de contar-lhe as boas notícias, de lhe demonstrar o quão feliz se pode chegar a ser.

A empresa cresce. O câncer de Kito desaparece e meu filho completa dois anos. Quando o deixo no colo de Walter, meu filho sorri e aplaude, e diz *sou feliz, sou muito feliz*. Tia Claris viaja com o caseiro pela Europa inteira; quando voltam, vão ao cassino com minha irmã e Galdós; com o dinheiro que ganham fazem uma sociedade e compram as linhas de cereais da concorrência. No réveillon a empresa convida quase todo o povoado que rodeia o sítio — pois praticamente todos trabalham aqui — e os atacadistas, os amigos e os vizinhos. O churrasco acontece de noite. Uma banda toca ao vivo um jazz dos anos trinta que faz a gente dançar como se fosse negro. As crianças brincam de enredar as cadeiras e as mesas com guirlandas.

De tempos em tempos procuro meu irmão num momento mais tranquilo e lhe pergunto o que está acontecendo. Ele se mantém em silêncio, porém deixa automaticamente de me olhar nos olhos. É difícil perguntar isso agora, pois já é meia-noite em ponto e com o brinde soltamos fogos de artifício, daqueles que iluminam todo o céu, e as pessoas gritam e aplaudem a cada explosão. Então sinto alguma coisa: tudo me parece mais suave e cinzento, e não posso deixar de pensar no que acontece com ele, isso que parece ser tão terrível.

Papai Noel dorme em casa

O NATAL EM QUE PAPAI NOEL passou a noite em casa foi a última vez que estivemos juntos; depois dessa noite papai e mamãe pararam de brigar, apesar de eu não acreditar que Papai Noel tivesse algo a ver com isso. Papai tinha vendido o carro fazia uns meses porque tinha perdido o emprego, e apesar de mamãe não concordar, ele disse que uma boa árvore de Natal seria importante daquela vez, e acabou comprando uma. Vinha numa caixa de papelão, larga e achatada, e trazia instruções que explicavam como encaixar as três partes e abrir os ramos de forma que parecesse natural. Armada, era mais alta que papai, era imensa, e acho que foi por isso que naquele ano Papai Noel dormiu em nossa casa. Eu tinha pedido de presente um carro de controle remoto. Qualquer um seria legal, não queria um em particular, pois todos os garotos tinham um naquela época, e quando brincávamos no pátio os carros de controle remoto se dedicavam a se chocar contra os carros comuns, como o meu. De modo que havia escrito minha carta e papai me levou até o correio para enviá-la. E disse ao sujeito do guichê:

"Estamos enviando esta ao Papai Noel", e lhe passou o envelope.

O sujeito do guichê nem cumprimentou, pois havia muita gente e se via que já estava cansado de tanto trabalho; a época natalina deve ser a pior para eles. Pegou a carta, olhou para ela e disse:

"Falta o código postal."

"Mas é para o Papai Noel", falou papai, e sorriu e lhe deu uma piscadela para parecer amistoso, e o sujeito falou:

"Sem o código postal não vai."

"Você sabe que o endereço do Papai Noel não tem código postal", falou papai.

"Sem código postal não vai", falou o sujeito, e chamou o seguinte.

E então papai subiu no balcão, agarrou o sujeito pelo colarinho e a carta foi.

Por isso eu estava preocupado naquele dia, pois não sabia se a carta tinha chegado ou não ao Papai Noel, e o tal assunto do carro era importante para que os meninos que brincavam no pátio do colégio me aceitassem.

Além do mais não podíamos contar com mamãe fazia uns dois meses e isso também me preocupava, pois quem sempre cuidava de tudo era a mamãe e tudo corria bem então. Um dia, porém, ela deixou de se preocupar, assim, de um dia para outro. Alguns médicos a viram, papai sempre a acompanhava e eu ficava na casa da Marcela, que é nossa vizinha. Mas mamãe não melhorou. Deixou de ter leite e cereais de manhã, roupa limpa para vestir; papai sempre chegava atrasado aos lugares em que devia me levar, e depois chegava outra vez atrasado na hora de me buscar. Quando pedi explicações, papai falou que mamãe não estava doente, nem tinha câncer ou iria morrer. Que bem que poderia ter acontecido algo assim, mas ele não era um homem de tanta sorte. Marcela me explicou que mamãe simplesmente havia deixado de acreditar nas coisas, que isso era estar "deprimido" e tirava a vontade de tudo e demorava para acabar. Mamãe não ia mais trabalhar nem encontrava as amigas nem falava ao telefone com vovó. Sentava de moletom diante da televisão e zapeava a manhã inteira, a tarde inteira e a noite inteira. Eu era o encarregado de dar comida para ela. Marcela deixava comida pronta no freezer com as porções marcadas. Era preciso combiná-las; não podia, por exemplo, dar para ela todo o rocambole de batata e depois toda a torta de legumes, eu devia combinar as porções para que a alimentação fosse saudável. Eu descongelava no micro-ondas e levava numa bandeja, com o copo d'água e os talheres. Mamãe dizia:

"Obrigada, meu amor, não pegue friagem." Dizia isso sem olhar para mim, sem perder de vista o que acontecia na televisão.

Na saída do colégio eu me agarrava à mão da mãe do Augusto, que era bem bonitana. Isso funcionava quando papai vinha me buscar, mas depois, quando Marcela começou a vir, nenhuma delas pareceu gostar disso, de modo que comecei a esperar debaixo da árvore da esquina. Fosse quem fosse me buscar, sempre chegava atrasado.

Marcela e papai se tornaram muito amigos, e em algumas noites papai ficava com ela na casa ao lado, jogando pôquer, e era difícil para mim e para mamãe dormir sem ele em casa; a gente se cruzava no banheiro e então mamãe dizia:

"Cuidado, meu amor, não pegue friagem", e voltava para a frente da televisão.

Marcela permanecia lá em casa muitas tardes; eram as tardes em que cozinhava para nós e arrumava um pouco as coisas. Não sei por que fazia isso. Suponho que papai lhe pedisse ajuda e, como ela era amiga dele, sentia-se na obrigação, mas na verdade não parecia muito contente. Umas duas vezes desligou a televisão de mamãe, sentou na frente dela e lhe disse:

"Julia, precisamos conversar, isto não pode continuar assim..."

Dizia que ela precisava mudar de atitude, que assim não chegaria a lugar nenhum, que ela não podia continuar cuidando de tudo, que mamãe precisava reagir e tomar uma decisão ou acabaria arruinando nossa vida. Mas mamãe nunca respondia. E no fim Marcela acabava indo embora batendo a porta, e naquela noite papai pedia pizza porque não havia nada para jantar, e eu adoro pizza.

Eu tinha dito ao Augusto que mamãe havia deixado de "acreditar nas coisas" e que andava "deprimida" e ele quis ver como era isso. Fizemos uma coisa muito feia, às vezes sinto vergonha: pulamos na frente dela durante um tempo, mas mamãe só esquivava da gente com a cabeça; depois fizemos um chapéu com folhas de jornal, experimentamos nela de várias maneiras, e o deixamos em sua cabeça durante a tarde inteira, mas ela nem se mexeu. Tirei o chapéu antes que papai chegasse. Tinha certeza de que mamãe não ia lhe dizer nada, porém me sentia mal de qualquer jeito.

Depois chegou o Natal. Marcela fez seu frango assado com legumes horríveis, mas como era uma noite especial ela também me preparou batata frita. Papai pediu à mamãe que deixasse a poltrona e jantasse com a gente. Acompanhou-a cuidadosamente até a mesa — Marcela tinha posto uma toalha vermelha, velas verdes e os pratos que usamos para as visitas —, sentou-a a uma das cabeceiras e se afastou uns passos para trás, sem deixar de olhá-la; suponho que pensou que isso podia funcionar, porém quando ele estava longe dela o suficiente, ela se levantou e voltou para sua poltrona. De modo que mudamos as coisas para a mesinha de centro da sala e comemos ali com ela. A tevê estava ligada, claro, e o noticiário mostrava uma matéria sobre um lugar de gente pobre que tinha recebido um montão de presentes e comida de gente mais rica, e então agora todos estavam muito contentes. Eu estava nervoso e olhava a todo instante para a árvore de Natal, pois já ia dar meia-noite e eu queria meu carro. Então mamãe apontou para a televisão. Foi como ver um móvel se movimentar. Papai e Marcela se entreolharam. Na tevê, Papai Noel estava sentado na sala de uma casa, com uma das mãos abraçava um menino sentado sobre suas pernas, e com a outra, uma mulher parecida com a mãe do Augusto, e então a mulher se inclinava e beijava o Papai Noel e o Papai Noel olhava para você e dizia:

"... e quando volto do trabalho não quero nada além de estar com minha família", e uma marca de café aparecia na tela.

Mamãe começou a chorar. Marcela me pegou pela mão e me disse para subir ao quarto, mas me neguei. Voltou a me dizer isso, desta vez com o tom impaciente com que fala com mamãe, porém ninguém ia me afastar da árvore naquela noite. Papai quis desligar a televisão e mamãe começou a lutar com ele feito um bebê. Tocaram a campainha e eu falei:

"É o Papai Noel." E Marcela me deu uma porrada e daí papai começou a brigar com a Marcela e mamãe ligou outra vez a televisão, porém Papai Noel já não estava em nenhum canal. A campainha voltou a tocar e papai falou:

"Quem é, merda?"

Desejei que não fosse o cara do correio, pois voltariam a brigar e papai já estava de mau humor.

A campainha tocou outra vez, muitas vezes seguidas, e então papai se cansou, foi até a porta e, quando a abriu, viu que era o Papai Noel. Não era tão gordo como na televisão e parecia cansado, não podia se manter de pé e se apoiava um pouco de um lado da porta, e um pouco do outro.

"O que quer?"

"Sou o Papai Noel", falou Papai Noel.

"E eu sou a Branca de Neve", falou papai e fechou a porta.

Então mamãe se levantou, correu até a porta, abriu e Papai Noel ainda estava lá, tentando ficar em pé, e o abraçou. Papai teve um ataque:

"Esse é o sujeito, Julia?", gritou para mamãe, e começou a dizer palavrões e a tentar separá-los. E mamãe disse ao Papai Noel:

"Bruno, não posso mais viver sem você, estou morrendo."

Papai conseguiu separá-los e deu uma porrada no Papai Noel e Papai Noel caiu para trás e ficou duro na entrada. Mamãe começou a gritar feito louca. Eu estava triste pelo que estava acontecendo com Papai Noel, e porque tudo aquilo atrasava o assunto do carro, embora por outro lado me alegrasse ver mamãe outra vez em movimento.

Papai disse para a mamãe que iria matar os dois e mamãe lhe falou que se ele era tão feliz com a amiga dele por que ela não podia ser amiga de Papai Noel, coisa que me pareceu muito lógica. Marcela se aproximou do Papai Noel para ajudá-lo, pois ele começava a se mexer no chão, e lhe deu uma mão para se levantar. Então papai começou outra vez a lhe falar um monte de coisas e mamãe se pôs a gritar. Marcela dizia *acalmem-se, vamos entrar, por favor*, mas ninguém a escutava. Papai Noel levou a mão à nuca e viu que sangrava. Cuspiu em papai e papai lhe disse:

"Bichona de merda."

E mamãe disse ao papai:

"Bichona é você, filho da puta", e também cuspiu nele. Deu a mão ao Papai Noel, fez com que ele entrasse em casa, levou-o ao seu quarto e se trancou.

Papai permaneceu como que congelado e quando reagiu se deu conta de que eu ainda continuava ali e me mandou pra cama furioso. Sabia que não estava em condições de discutir; fui para o quarto sem Natal e sem presente. Esperei deitado até que tudo ficasse em silêncio, olhando o reflexo dos peixes de plástico do meu abajur nadar nas paredes. Não ia ter meu carro de controle remoto, isso estava claríssimo, porém Papai Noel dormia em casa naquela noite, e isso me garantia um ano melhor.

Debaixo da terra

TINHA ESCURECIDO e eu ainda precisava dirigir várias horas. Desconfio dos locais de parada da estrada, tão distantes de tudo, porém precisava descansar e tomar alguma coisa para não dormir. As luzes internas conferiam certo calor ao lugar, e havia três carros estacionados diante das janelas, o que me deu um pouco mais de confiança. Dentro não havia muita gente: um casal jovem que comia hambúrgueres, um sujeito de costas, ao fundo, e outro homem mais velho no balcão. Me sentei perto dele, coisas que a gente faz quando viaja muito, ou quando faz muito tempo que não conversa com ninguém. Pedi uma cerveja. O barman era gordo e se movia devagar.

"São cinco pesos", disse.

Paguei e ele me serviu. Fazia horas que sonhava com minha cerveja, e aquela era bastante boa. O velho parecia absorto em seu copo ou em qualquer outra coisa que pudesse ser vista no vidro.

"Por uma cerveja te contam uma história", falou o gordo apontando para o velho.

O velho pareceu despertar e se virou para mim. Seus olhos eram cinzentos e claros, talvez tivesse um princípio de catarata ou algo assim; parecia não enxergar bem. Pensei que fosse adiantar algo da história ou que se apresentaria. Mas ele permaneceu quieto, qual um cão cego que acredita ter visto alguma coisa e não tem muito mais que fazer.

"Vamos, amigo", falou o gordo e me piscou o olho. "É só uma cerveja para o vovô."

Falei que sim, claro. O velho sorriu. Joguei cinco pesos para o gordo e em menos de um minuto o velho já estava com o copo cheio outra vez. Deu um par de goles e se voltou automaticamente para mim. Pensei que já devia ter contado a história uma centena de vezes e por um momento me arrependi de ter me sentado a seu lado.

"Esta acontece lá para dentro", falou, apontando o escorredor de copos ou, talvez, um horizonte imaginário que eu ainda não podia ver. "Dentro, bem no campo. Havia um povoado lá, um povoado minerador, entende? Um povoado pequeno, a mina mal tinha começado a funcionar. Mas lá havia uma praça, a igreja, e a rua que ia até a mina estava asfaltada. Os mineiros eram jovens. Tinham levado suas mulheres e em poucos anos já havia muitas crianças, entende?"

Assenti. Procurei o gordo com o olhar, que evidentemente já conhecia a história e estava distraído, ajeitando garrafas de um lado do balcão.

"Bem, essas crianças ficavam o dia inteiro por aí, pois eram muito pequenas para trabalhar. Estavam o tempo todo correndo, brincando na rua. Certo dia uma dessas crianças descobre uma coisa estranha num descampado. A terra estava estufada ali. Era pouca coisa, não teria chamado a atenção de qualquer um, mas chamou a delas. As crianças que estavam lá, não eram muitas que o encontraram, foram se aproximando, fizeram um círculo ao redor e ficaram assim durante um tempo. Uma delas se ajoelhou e começou a escavar a terra com as mãos, e então as demais começaram a fazer o mesmo. Em seguida encontraram um balde de brinquedo ou qualquer outra coisa que servisse de pá e começaram a cavar. Outros garotos foram se juntando ao longo da tarde. Chegavam e se juntavam sem perguntar, como se já tivessem sido avisados do fato. Os primeiros acabavam cansando e iam dando lugar aos recém-chegados. Mas não se afastavam. Ficavam perto, sempre observando a obra. No dia seguinte voltaram mais preparados: traziam baldes, colheres de cozinha, espátulas, coisas que certamente tinham pedido a seus pais. O buraco passou a ser um poço. Cinco ou seis entravam dentro. Suas cabeças mal apareciam. Juntavam a terra nos baldes e os passavam para os de cima, que, por sua vez, levavam até um montículo que ia se tornando cada vez maior, compreende?"

Assenti e aproveitei a interrupção para pedir ao gordo mais cerveja. Pedi outra para o velho. Ele aceitou a cerveja, mas não pareceu gostar da interrupção. Ficou calado e só continuou quando o gordo deixou à nossa frente os novos copos e se concentrou outra vez em suas coisas.

"As crianças começaram a se interessar apenas pelo poço, não havia nenhuma outra coisa que chamasse a atenção delas. Se não podiam estar ali cavando, falavam entre si sobre o assunto, e se estavam com adultos, praticamente não falavam. Obedeciam sem discutir, sempre concentradas em outra coisa, e como resposta não se escutava mais que 'sim', 'não', 'tanto faz'. Continuaram cavando. Trabalhavam cada vez mais organizadamente, em turnos curtos. Como o poço já estava mais profundo, subiam os baldes com cordas. À tarde, antes que escurecesse, ajudavam-se entre si para sair e tapavam a boca do poço com tábuas. Alguns pais ficaram entusiasmados com a ideia do poço, pois diziam que isso permitia que todos brincassem juntos, e que isso era bom. Já outros pouco se importavam. Certeza de que havia pais que nem sabiam do assunto. Acredito que algum adulto, intrigado pela questão, deve ter se aproximado uma noite, enquanto os garotos dormiam, e deve ter levantado as tábuas. O que é possível ver, porém, durante a noite, em um poço vazio cavado por crianças? Não creio que tenham encontrado nada. Devem ter pensado que era só brincadeira, devem ter pensado isso, até o último dia."

O sujeito voltou a concentrar os olhos no copo e não falou mais nada. Fiquei esperando. Não sabia se havia terminado. Me ocorreu um par de comentários, mas nenhum me pareceu oportuno. Procurei o gordo; atendia à mesa do jovem casal, que ia embora. Abri a carteira, contei outros cinco pesos e os botei entre nós dois. O velho agarrou o dinheiro e o guardou no bolso.

"Naquela noite perderam seus filhos. Começava a escurecer. Era o momento do dia em que os garotos voltavam para casa, porém não havia sinais deles. Saíram para buscá-los e encontraram outros pais também preocupados, e quando começaram a suspeitar que podia ter acontecido alguma coisa, quase todos já estavam na rua. Procuraram organizadamente, um para cada lado. Foram à escola, a algumas casas onde antes os meninos costumavam brincar. Alguns se distanciaram e foram até a mina, examinaram os arredores, procuraram inclusive nos lugares aonde as crianças não poderiam chegar sozinhas. Procuraram durante horas e não encontraram ninguém. Suponho que os pais já haviam pensado uma ou outra vez que poderia acontecer algo ruim a seus filhos. Um garoto trepado num muro pode cair e quebrar a cabeça em um segundo. Pode se afogar no tanque brincando com outro de dar caldo, um caroço pode ficar preso na garganta, uma pedra, qualquer coisa e morrer assim. Mas que fatalidade poderia eliminar todos eles? Discutiram. Brigaram. Talvez porque pensassem que podiam encontrar alguma pista, foram se concentrando ao redor do poço, e levantaram as tábuas. Devem ter se olhado entre si, confusos, sem saber muito bem o que acontecia: não havia nenhum poço. As tábuas tapavam uma protuberância, o montículo que fica quando a terra é removida, ou quando os mortos são enterrados. Poderia se pensar que o poço tinha desabado ou que os garotos o haviam tapado de volta, porém a terra que tiraram permanecia ali, podiam vê-la de onde estavam. Foram pegar as pás e começaram a cavar onde os garotos tinham cavado antes. Uma mãe gritava desesperada.

"'Parem, por favor. Devagar, devagar...', gritava. 'Vão acertá-los na cabeça com as pás.' Foram necessárias várias pessoas para acalmá-la.

"No princípio cavavam com cuidado, mais tarde abriam a terra a pazadas. Sob a terra não havia mais que terra, e alguns pais se renderam e começaram a abandonar o poço, confusos. Outros continuaram trabalhando até a noite seguinte, já sem nenhum cuidado, esgotados, e ao final todos terminaram voltando a suas casas, mais sozinhos do que nunca.

"O governador viajou até o povoado. Levou gente aparentemente especializada para examinar o poço. Fizeram-nos repetir a história várias vezes.

"'Mas onde exatamente começava o poço?', perguntava o encarregado.

"'Aqui, exatamente aqui.'

"'Mas este não é o poço que foi cavado por vocês?'

"Os homens do governador deram voltas pelo povoado, examinaram algumas casas e não voltaram nunca mais. Então começou a loucura. Dizem que uma noite uma mulher ouviu ruídos em casa. Vinham do solo, como se uma ratazana ou uma toupeira escavasse debaixo do piso. O marido a encontrou arrastando os móveis, levantando os tapetes, gritando o nome do filho enquanto batia no chão com os punhos. Outros pais começaram a ouvir os mesmos ruídos. Encostaram contra as paredes todos os móveis. Arrancaram com as mãos as madeiras do piso. Alguns abriram a marteladas as paredes dos sótãos, cavaram em seus quintais, esvaziaram as cisternas. Encheram de buracos as ruas de terra. Jogavam coisas dentro deles, como comida, abrigos, brinquedos; então voltavam a tapá-los. Deixaram de enterrar o lixo. Retiraram do cemitério os poucos mortos que tinham. Dizem que alguns pais continuaram cavando noite e dia no descampado e que só pararam quando o cansaço ou a loucura destroçaram seus corpos."

O velho voltou a olhar seu copo já vazio, e eu imediatamente passei para ele outros cinco pesos. Mas havia terminado a história; recusou o dinheiro.

"Está saindo?", me perguntou. Percebi que era a primeira vez que falava comigo. Como se toda a história não tivesse sido mais do que isso, uma história paga que já terminara, e pela primeira vez os olhos cinzentos e cegos do velho olharam para mim.

Falei que sim. Com um gesto me despedi do gordo, que assentiu da torneira, e saímos. Do lado de fora, voltei a sentir frio. Perguntei-lhe se podia levá-lo a algum lugar.

"Não. Obrigado", falou.

"Quer um cigarro?"

Parou. Tirei um cigarro e passei para ele. Procurei um isqueiro em meu casaco. O fogo lhe iluminou as mãos. Eram escuras, grossas e rígidas como garras. Pensei que as unhas poderiam ter sido as de um humano pré-histórico. Devolveu-me o isqueiro e caminhou rumo ao campo. Acompanhei-o se distanciar sem entender direito.

"Mas aonde vai?", perguntei. "Certeza de que não quer que te leve?"

Parou.

"Vive aqui?"

"Trabalho", falou. "Mais para lá", apontou campo adentro.

"E o que faz?"

Hesitou alguns segundos, olhou o campo, e depois falou: "Somos mineiros."

De repente eu não sentia mais frio. Permaneci uns segundos vendo-o se distanciar. Forcei a vista desejando encontrar algum detalhe revelador. Somente quando sua figura se perdeu totalmente na noite, voltei para o carro, liguei o rádio e me afastei a toda velocidade.

Sete casas vazias

*Antes que sua filha de cinco anos
se perdesse entre a copa e a cozinha,
ele a avisou: "Esta casa não é grande nem pequena,
mas ao menor descuido os sinais do caminho se apagarão
e desta vida até o fim, você terá perdido toda a esperança".*

Juan Luis Martínez,
"A desaparição de uma família"

*A: Gosto deste apartamento.
B: Sim, é lindo, excelente para uma pessoa, ou então para duas pessoas que sejam realmente próximas.
A: Conhece duas pessoas que sejam realmente próximas?*

Andy Warhol, *A filosofia de Andy Warhol*

*Para Liliana e Pablo,
meus pais*

Nada disso tudo

"ESTAMOS PERDIDAS", diz minha mãe.

Ela freia e se inclina sobre o volante. Seus dedos finos e velhos se agarram ao plástico com força. Estamos a mais de meia hora de casa, num dos bairros residenciais de que mais gostamos. Há casas belas e amplas, mas as ruas são de terra e estão enlameadas porque choveu a noite toda.

"Precisava parar no meio do barro? Agora como a gente sai daqui?"

Abro a porta para ver até que ponto as rodas estão atoladas. Estão muito atoladas, atoladas o bastante. Fecho a porta com força.

"Mãe, o que você está fazendo?"

"Como, o que estou fazendo?", seu estupor parece sincero.

Sei exatamente o que estamos fazendo, mas acabo de me dar conta de como é estranho. Minha mãe parece não entender, mas responde, de modo que sabe a que estou me referindo.

"Olhamos as casas", ela diz.

Pisca umas duas vezes, passou muito rímel nos cílios.

"Olhamos as casas?"

"Olhamos as casas", ela aponta para as casas de um lado e de outro.

São imensas. Resplandecem sobre as colinas de grama fresca, brilhantes sob a luz forte do entardecer. Minha mãe suspira e, sem soltar o volante, se recosta no encosto. Não vai dizer muito mais. Talvez não saiba mais o que dizer. Contudo, é exatamente isso o que fazemos. Sair para olhar casas. Sair para olhar as casas dos outros. Tentar decifrar isso agora poderia ser a gota d'água, a confirmação de que minha mãe tem jogado meu tempo no lixo desde que tenho memória. Minha mãe engata a primeira, as rodas resvalam por um momento, mas para minha surpresa ela logo consegue pôr o carro em movimento. Olho para trás, para o cruzamento, para o desastre que desenhamos na terra arenosa da estrada, e rezo para que nenhum vigia se dê conta de que ontem fizemos a mesma coisa, duas esquinas abaixo, e outra vez quase à saída. Seguimos adiante. Minha mãe avança, sem parar diante de nenhuma casa. Não faz comentários sobre as trancas, as redes, os toldos. Não suspira nem cantarola nenhuma canção. Não anota os endereços. Não olha para mim. Algumas quadras à frente, as casas se tornam mais e mais residenciais, e as colinas gramadas já não são tão altas, mas, sem calçadas, meticulosamente delineadas por algum jardineiro, partem da mesmíssima rua de terra e cobrem o terreno, perfeitamente niveladas, como um espelho d'água verde ao rés do chão. Ela vira à esquerda e avança alguns metros. Diz em voz alta, para si mesma:

"Isso aqui não tem saída."

Ainda tem algumas casas mais adiante, depois um bosque fecha o caminho.

"Tem muita lama", digo, "dê a volta sem parar o carro."

Ela olha para mim com o cenho franzido. Sobe no gramado à direita e tenta retomar a estrada no sentido contrário. O resultado é péssimo: mal toma uma direção mais ou menos diagonal quando se depara com o gramado à esquerda, e freia.

"Merda", diz.

Acelera e as rodas patinam no barro. Olho para trás a fim de estudar a situação. Tem um garoto no jardim, quase no umbral de uma casa. Minha mãe volta a acelerar e consegue sair de ré. E isso é o que faz agora: com o carro em marcha a ré, cruza a rua, sobe no gramado da casa do garoto e desenha, de um lado a outro, sobre o carpete de grama recém-cortada, um semicírculo de barro em linha dupla. O carro para diante dos janelões da casa. O garoto está em pé com seu caminhão de plástico e nos olha, absorto. Levanto a mão, num gesto que tenta ser de desculpas, ou de alerta, mas ele larga o caminhão e entra correndo na casa. Minha mãe olha para mim.

"Arranque", digo.

As rodas patinam e o carro não se move.

"Rápido, mãe!"

Uma mulher aparece por trás das cortinas dos janelões e nos olha pelo vidro, olha seu jardim. O garoto está junto e aponta para nós. A cortina volta a se fechar e minha mãe afunda o carro mais e mais. A mulher sai da casa. Quer chegar até o carro mas não quer pisar no gramado. Dá os primeiros passos sobre o caminho de madeira envernizada e depois corrige a rota em nossa direção, pisando quase na ponta dos pés. Minha mãe diz merda outra vez, baixinho. Solta o acelerador e, enfim, solta também o volante.

A mulher chega e se inclina sobre a janela para falar com a gente. Quer saber o que estamos fazendo em seu jardim, e não pergunta isso com bons modos. O garoto espia abraçado a uma das colunas da entrada. Minha mãe diz que lamenta muito, que lamenta muitíssimo, e diz isso várias vezes. Mas a mulher não parece escutá-la. Só olha seu jardim, as rodas atoladas na grama, e insiste em perguntar o que fazemos ali, por que estamos atoladas em seu jardim, se nos damos conta do estrago que acabamos de fazer. Então tento explicar. Digo que minha mãe não sabe dirigir no barro. Que minha mãe não está bem. E então minha mãe bate a testa contra o volante e permanece assim, não se sabe se morta ou paralisada. Suas costas tremem e ela começa a chorar. A mulher olha para mim. Não sabe muito bem o que fazer. Sacudo minha mãe. Sua testa não desgruda do volante e os braços caem mortos para os lados. Saio do carro. Volto a me desculpar com a mulher. É alta e loura, grandalhona como o garoto, e seus olhos, seu nariz e sua boca ficam demasiado juntos para o tamanho de sua cabeça. Tem a idade da minha mãe.

"Quem vai pagar por isto?", ela diz.

Não tenho dinheiro, mas digo a ela que vamos pagar. Que sinto muito e que, é claro, vamos pagar. Isso parece acalmá-la. Por um momento volta a atenção para minha mãe, sem se esquecer de seu jardim.

"A senhora está se sentindo bem? Estava tentando fazer o quê?"

Minha mãe levanta a cabeça e olha para ela.

"Estou me sentindo muito mal. Chame uma ambulância, por favor."

A mulher parece não saber se minha mãe fala sério ou se está tirando sarro. É claro que ela fala sério, ainda que a ambulância não seja necessária. Aceno para a mulher com um gesto negativo, para ela esperar, não fazer nenhuma ligação. Ela dá alguns passos para trás, observa o carro velho e oxidado da minha mãe, e olha para seu filho atônito, um pouco mais atrás. Não quer que a gente esteja aqui, quer que a gente desapareça mas não sabe como fazer isso.

"Por favor", diz minha mãe, "a senhora poderia me trazer um copo d'água até a ambulância chegar?"

A mulher demora a sair do lugar, parece não querer nos deixar sozinhas no jardim.

"Sim", ela diz.

Afasta-se, agarra o garoto pela camiseta e o leva com ela. A porta de entrada se fecha com uma batida forte.

"Mãe, posso saber o que você está fazendo? Sai daí, vou tentar tirar o carro."

Minha mãe se reclina no encosto, mexe as pernas devagar, começa a sair. Procuro ao redor tocos médios ou algumas pedras para calçar sob as rodas e tentar desatolar o carro, mas tudo é muito bonito e arrumado. Nada além de grama e flores.

"Vou procurar alguns tocos", digo para minha mãe, indicando o bosque no final da rua. "Não se mexa."

Minha mãe, que estava a meio caminho de sair do carro, fica imóvel por um momento e depois se deixa cair outra vez no assento. A chegada da noite me preocupa, não sei se consigo tirar o carro no escuro. O bosque dista apenas duas casas. Caminho entre as árvores, demoro alguns minutos para encontrar exatamente aquilo de que preciso. Quando volto minha mãe não está no carro. Não tem ninguém do lado de fora. Me aproximo da porta da casa. O caminhão do garoto está jogado sobre o capacho. Toco a campainha e a mulher vem abrir.

"Chamei a ambulância", ela diz, "não sabia onde você estava e sua mãe disse que ia desmaiar outra vez."

Me pergunto quando foi a primeira vez. Entro com os tocos. São dois, do tamanho de dois tijolos. A mulher me acompanha até a cozinha. Atravessamos duas salas de estar amplas e atapetadas, e em seguida escuto a voz da minha mãe.

"Isso é mármore branco? Como conseguiram esse mármore branco? Seu pai trabalha com o quê, querido?"

Está sentada à mesa, uma xícara na mão e o açucareiro na outra. O garoto está sentado em frente, olhando para ela.

"Vamos", digo, mostrando os tocos.

"Viu o desenho deste açucareiro?", diz minha mãe, empurrando a peça na minha direção. Mas ao perceber que não me impressiona, acrescenta: "Eu me sinto muito mal, de verdade".

"Esse aí é de enfeite", diz o garoto, "o nosso açucareiro de verdade é este aqui."

Estende para minha mãe outro açucareiro, de madeira. Minha mãe o ignora, se levanta e, como se fosse vomitar, sai da cozinha. Eu a sigo com resignação. Ela se tranca num lavabo próximo ao corredor. A mulher e o filho olham para mim, mas não me seguem. Bato na porta. Pergunto se posso entrar e espero. A mulher sai da cozinha.

"Disseram que a ambulância chega em quinze minutos."

"Obrigada", digo.

A porta do banheiro se abre. Entro e a fecho. Deixo os tocos perto do espelho. Minha mãe chora sentada na tampa do vaso sanitário.

"O que está acontecendo, mãe?"

Antes de falar, ela enrola um pouco de papel higiênico e assoa o nariz.

"De onde as pessoas tiram essas coisas todas? Viu que tem uma escada de cada lado da sala de estar?" Ela apoia o rosto nas palmas das mãos. "Isso me deixa tão triste que me dá vontade de morrer."

Batem na porta e lembro que a ambulância está a caminho. A mulher pergunta se estamos bem. Preciso tirar minha mãe desta casa.

"Vou dar um jeito no carro", digo, voltando a pegar os tocos. "Você tem dois minutos pra sair daqui, mãe. Acho melhor ir me encontrar lá fora."

No corredor, a mulher fala ao celular, e quando me vê avisa.

"É meu marido, está vindo para cá."

Espero um gesto que indique se o homem virá para nos ajudar ou para ajudá-la a nos tirar da casa. Mas a mulher me olha fixo, com o cuidado de não fornecer nenhuma pista. Saio e sigo em direção ao carro. Escuto o garoto correr atrás de mim. Não digo nada, acomodo os tocos debaixo das rodas e procuro onde minha mãe pode ter deixado as chaves. Ligo o motor. Sou obrigada a tentar várias vezes, mas ao fim a estratégia dos tocos funciona. Fecho a porta e o garoto tem de correr para não ser pisado. Não paro, sigo as marcas do semicírculo até a rua. Não vai vir sozinha, digo a mim mesma. Por que me ouviria e sairia da casa como uma mãe normal? Desligo o motor e entro para buscá-la. O garoto corre atrás de mim, abraçando os tocos cheios de barro.

Entro sem tocar a campainha e vou direto ao banheiro.

"Não está mais no banheiro", diz a mulher. "Por favor, tire sua mãe da casa. Isto já passou dos limites."

Ela me acompanha até o primeiro andar. As escadas são amplas e claras, uma passadeira creme indica o caminho. A mulher vai na frente, alheia às marcas de barro que vou deixando em cada degrau. Aponta um quarto, a porta está entreaberta e entro sem abri-la de todo, para reservar certa intimidade. Minha mãe está deitada de barriga para baixo sobre o tapete, no meio do quarto de casal. O açucareiro jaz sobre a cômoda, junto a seu relógio e às pulseiras, que ela evidentemente tirou. Os braços e as pernas estão abertos e separados, e por um momento me pergunto se haverá alguma maneira de abraçar coisas tão descomunalmente grandes como uma casa, se será isso o que minha mãe tenta fazer. Ela suspira e depois senta no piso, arruma a blusa e o cabelo, olha para mim. Seu rosto já não está tão vermelho, mas as lágrimas causaram um desastre na maquiagem.

"Que foi agora?", ela diz.

"O carro está pronto. Vamos."

Espio a fim de verificar o que a mulher está fazendo lá fora, mas não a vejo.

"E o que vamos fazer com tudo isso?", diz minha mãe apontando ao redor. "Alguém precisa conversar com essas pessoas."

"Cadê sua bolsa?"

"Lá embaixo, na sala de estar. Na primeira sala, pois tem outra maior que dá para a piscina, e mais outra do lado da cozinha, em frente ao jardim dos fundos. Tem três salas", minha mãe tira um lenço do seu jeans, assoa o nariz e seca as lágrimas, "cada uma para uma coisa diferente."

Levanta-se, agarrando-se ao estrado da cama, e vai até o banheiro da suíte.

A cama está feita com uma dobra no lençol que só minha mãe fazia igual. Sob a cama, emboladas, uma colcha de estrelas fúcsia e amarelas e uma dezena de pequenas almofadas.

"Mãe, pelo amor de Deus, você arrumou a cama?"

"Nem me fale dessas almofadas", ela diz, e depois, aparecendo atrás da porta para se certificar de que a escuto: "E quero ver esse açucareiro quando sair do banheiro, não vá se fazer de besta".

"Que açucareiro?", pergunta a mulher do outro lado da porta. Bate na porta três vezes, mas não se anima a entrar. "O meu açucareiro? Por favor, ele era da minha mãe."

No banheiro, o som da torneira da banheira. Minha mãe se volta em direção à porta e por um segundo acredito que irá abri-la para a mulher, porém ela a fecha e gesticula para que eu fale mais baixo, ela abriu a torneira para que não nos escutem. Esta é minha mãe, digo a mim mesma, enquanto ela abre as gavetas da cômoda e revira o fundo entre as roupas, só para confirmar que a madeira do interior do móvel também é de cedro. Desde que tenho lembrança saímos para olhar casas, colhemos flores e ramalhetes desses jardins. Mudamos regadores de lugar, endireitamos caixas de correio, tiramos enfeites pesados demais para o gramado. E quando meus pés alcançaram os pedais, comecei a me responsabilizar pelo carro. Isso deu mais liberdade para minha mãe. Uma vez ela tirou sozinha um banco branco de madeira e o botou no jardim da casa em frente. Desarmou redes. Arrancou ervas daninhas. Três vezes arrancou o nome Marilú 2 de uma tabuleta grosseiramente cafona. Meu pai soube de um ou outro ocorrido, mas não creio que tenha deixado minha mãe por causa disso. Quando ele se foi, meu pai levou todas as suas coisas menos a chave do carro, que deixou sobre uma das pilhas de revistas de casas e decorações da minha mãe, e por alguns anos ela praticamente não desceu do carro em nenhum passeio. Do assento do passageiro, dizia: "a grama é do tipo *quicuio*", "aquela *bow-window* não é americana", "a *hera-inglesa* não pode ficar junto da *pimenteira*", "se alguma vez eu escolher aquele tipo de *rosa perolada* para a frente de casa, por favor, contrate alguém para me sacrificar". Mas demorou muito tempo a voltar a descer do carro. Nesta tarde, contudo, cruzou uma linha importante. Insistiu em dirigir. Planejou entrar nesta casa, no quarto de casal, e agora acaba de voltar ao banheiro, de jogar na banheira dois frascos de sais, e está começando a descartar na lixeira alguns produtos do aparador. Escuto o motor de um carro e me aproximo da janela que dá para o jardim dos fundos. Já é quase noite, mas os vejo. Ele desce do carro e a mulher caminha em sua direção. Com a mão esquerda ela segura o garoto, a direita se esmera duplamente em gestos e sinais. Ele assente alarmado, olha para o primeiro andar. Me vê e, quando me vê, compreendo que precisamos nos mexer depressa.

"Vamos embora, mãe."

Ela está tirando os ganchos da cortina do box, mas eu os arranco de sua mão, jogo tudo no chão e a agarro pelo pulso, empurrando-a para a escada. Uma coisa meio violenta, nunca tratei minha mãe assim. Uma fúria nova me empurra para a saída. Minha mãe me segue, meio que tropeçando nos degraus. Os tocos estão acomodados ao pé da escada e eu os chuto ao passar. Chegamos à sala de estar, pego a bolsa da minha mãe e saímos pela porta principal.

Já no carro, ao chegar à esquina, penso ver luzes de outro carro que saem da casa e viram em nossa direção. Chego ao primeiro cruzamento de barro a toda a velocidade e minha mãe diz:

"Que loucura foi essa?"

Me pergunto se ela se refere a mim ou a ela. Em um gesto de protesto, minha mãe afivela o cinto de segurança. Pôs a bolsa sobre as pernas e aperta o punho na alça do teto. Digo a mim mesma, agora se acalme, fique calma, fique calma. Procuro o outro carro pelo espelho retrovisor mas não vejo ninguém. Quero falar com minha mãe mas não posso deixar de gritar com ela.

"Tá procurando o quê, mãe? O que significa isso tudo?"

Ela nem se mexe. Olha séria para a frente, com o cenho terrivelmente fechado.

"Por favor, mãe, o que é isso? Que porra é essa que fazemos nas casas dos outros?"

Dá para escutar ao longe a sirene de uma ambulância.

"Quer uma daquelas salas? É isso que você quer? O mármore das bancadas? O bendito açucareiro? Esses filhos inúteis? É isso? Que merda você perdeu nessas casas?"

Bato no volante. Dá para escutar a sirene da ambulância mais perto e cravo as unhas no plástico. Certa vez, quando eu tinha cinco anos e minha mãe cortou todos os antúrios de um jardim, ela me esqueceu sentada no portão e não teve coragem de voltar para me buscar. Esperei muito tempo, até que escutei os gritos de uma alemã que saía da casa com uma vassoura e corri. Duas quadras à frente minha mãe dirigia em círculos, e demoramos a nos encontrar.

"Nada disso", disse minha mãe mantendo o olhar para a frente, e isso foi a última coisa que ela falou em todo o trajeto.

A ambulância faz a curva em nossa direção algumas quadras adiante e passa a toda a velocidade.

Chegamos em casa meia hora depois. Deixamos as coisas na mesa e descalçamos os sapatos enlameados. A casa está gelada, e da cozinha vejo minha mãe se desviar do sofá, entrar no quarto, sentar na cama e se esticar para ligar o aquecedor. Ponho água para preparar um chá. É disso que preciso agora, digo a mim mesma, um pouco de chá, e sento junto ao fogão para esperar a água aquecer. Quando ponho o saquinho na xícara, toca a campainha. É a mulher, a dona da casa com três salas. Abro e fico olhando para ela. Pergunto como sabe onde moramos.

"Segui vocês", ela diz, olhando seus sapatos.

Seu comportamento parece distinto, mais frágil e paciente, e a despeito de eu ter aberto o mosquiteiro para que entrasse, ela não se anima a dar o primeiro passo. Olho para os dois lados da rua e não vejo nenhum carro no qual uma mulher como ela poderia ter vindo.

"Não tenho dinheiro", digo.

"Não", diz ela, "não se preocupe, não vim por causa disso. Eu... Sua mãe está?"

Escuto a porta do quarto se fechar. É uma batida forte, mas talvez não possa ser escutada da rua.

Nego. Ela volta a olhar seus sapatos e espera.

"Posso entrar?"

Indico a ela uma cadeira perto da mesa. Sobre o piso de tijolos seus saltos fazem um ruído diferente dos nossos saltos, e eu a vejo se movimentar com cuidado: os espaços desta casa são mais apertados, e a mulher não parece se sentir à vontade. Deixa a bolsa sobre as pernas cruzadas.

"Aceita um chá?"

Diz que sim.

"Sua mãe...", diz.

Entrego a ela uma xícara quente e penso "sua mãe foi de novo na minha casa", "sua mãe quer saber como é que eu pago o revestimento de couro de todas as minhas poltronas".

"Sua mãe pegou meu açucareiro", diz a mulher.

Ela sorri quase pedindo desculpas, mexe o chá, olha para ele mas não o toma.

"Parece uma bobagem", diz, "mas, dentre todas as coisas da casa, é a única que tenho da minha mãe e...", faz um som estranho, quase como um soluço, e os olhos se enchem de lágrimas, "preciso desse açucareiro. Ela precisa me devolver ele."

Ficamos um momento em silêncio. Ela se esquiva do meu olhar. Olho um momento para o quintal dos fundos, vejo a minha mãe e em seguida distraio a mulher para que não olhe também.

"Quer seu açucareiro?", pergunto.

"Ele está aqui?", diz a mulher e se levanta de supetão, olha a bancada da cozinha, a sala de estar, o quarto um pouco adiante.

Mas não posso deixar de pensar no que acabo de ver: minha mãe ajoelhada na terra debaixo da roupa estendida, enfiando o açucareiro num novo buraco do quintal.

"Se é o que quer, procure você mesma", digo.

A mulher fica olhando para mim, leva alguns segundos para entender o que acabo de dizer. Depois deixa a bolsa na mesa e se afasta devagar. Parece ter dificuldade em avançar entre o sofá e a televisão, entre as torres de caixas empilháveis que se esparramam por todos os lados, como se nenhum canto fosse adequado para começar a procurar. Então percebo o que quero. Quero que ela revire. Quero que remexa em nossas coisas, quero que olhe, bagunce e desmonte. Que tire tudo de dentro das caixas, que pisoteie, que mude de lugar, que se atire no chão e também que chore. E quero que minha mãe entre. Porque se minha mãe entrar agora mesmo, se ela se recompuser logo do seu novo enterro e voltar para a cozinha, ficará aliviada em ver como é que faz uma mulher que não tem os seus anos de experiência, nem uma casa onde fazer bem esse tipo de coisa, do jeito como deve ser.

Meus pais e meus filhos

"E CADÊ AS ROUPAS DOS SEUS PAIS?", pergunta Marga.

Cruza os braços e espera minha resposta. Sabe que não sei, e que preciso que ela faça uma nova pergunta. Do outro lado da janela, meus pais correm pelados pelo jardim dos fundos.

"Eles chegam às seis, Javier", me diz Marga. "O que vai acontecer quando Charly chegar com as crianças do supermercado e eles virem os avós correndo um atrás do outro?"

"Quem é Charly?", pergunto.

Acho que sei quem é Charly, é o homão-novinho-em-folha da minha ex-mulher, só que eu gostaria que em algum momento ela me contasse isso.

"Vão morrer de vergonha dos avós, é isso o que vai acontecer."

"Eles estão doentes, Marga."

Ela suspira. Eu conto ovelhas para não me tornar amargo, para ter paciência, para dar à Marga o tempo de que necessita. Digo:

"Você queria que os garotos vissem os avós. Queria que eu trouxesse meus pais até aqui, porque pensou que aqui, a trezentos quilômetros da minha casa, seria mais legal passar as férias."

"Você falou que eles tinham melhorado."

Logo atrás de Marga, meu pai rega minha mãe com a mangueira. Quando rega as tetas dela, minha mãe levanta as tetas. Quando rega a bunda dela, minha mãe empina a bunda.

"Sabe como eles ficam quando saem do ambiente deles", digo, "e ao ar livre..."

É minha mãe que levanta o que o meu pai rega ou é meu pai que rega o que minha mãe empina?

"Arrã. Então, para te convidar para passar uns dias com seus filhos, a quem, além de tudo, não vê há três meses, tenho que adivinhar o nível de excitação dos seus pais."

Minha mãe pega o poodle de Marga e o levanta acima da cabeça, girando sobre si mesma. Tento não tirar os olhos de Marga para que ela não se vire para eles de jeito nenhum.

"Quero deixar toda essa loucura para trás, Javier."

"Essa loucura", penso.

"Se isso significa você ver menos as crianças... Não posso continuar a expô-los a isso."

"Eles só estão pelados, Marga."

Ela avança, eu a sigo. Atrás de mim, o poodle continua girando no ar. Antes de abrir, Marga ajeita o cabelo diante dos vidros da porta, arruma o vestido. Charly é alto, forte e tosco. Parece o sujeito do noticiário do meio-dia após bombar o corpo com exercícios. Minha filha de quatro e meu filho de seis pendem dos braços dele como duas boias de piscina infantis. Charly os depõe com delicadeza, aproximando da terra seu imenso torso de gorila e ficando livre para dar um beijo em Marga. Depois vem em minha direção e por um momento temo que não seja gentil. No entanto, estende a mão e sorri.

"Javier, este é o Charly", diz Marga.

Sinto as crianças batendo nas minhas pernas e me abraçando. Seguro com força a mão de Charly, que me sacode o corpo inteiro. As crianças se soltam e saem correndo.

"O que achou da casa, Javi?", diz Charly, levantando o olhar para as minhas costas, como se eles tivessem alugado um verdadeiro castelo.

"Javi", penso. "Esta loucura", penso.

Embaixo, o poodle aparece chorando com o rabo entre as pernas. Marga o pega no colo e, enquanto o cachorro a lambe, ela franze o nariz e lhe diz: "meu pequetititico-pequetititico". Charly olha para ela com a cabeça inclinada, talvez tentando entendê-la. Então de repente ela se volta para ele, alarmada, e diz:

"Onde estão as crianças?"

"Devem estar lá atrás", diz Charly, "no jardim."

"É que eu não quero que eles vejam os avós assim."

Os três giramos para um lado e para o outro, mas não os vemos.

"Tá vendo, Javier, isso é justamente o tipo de coisa que eu quero evitar", diz Marga se afastando alguns passos. "Crianças!"

Vai ladeando a casa no sentido do jardim dos fundos. Charly e eu a seguimos.

"Como foi na estrada?", pergunta Charly.

Faz o gesto de girar o volante com uma das mãos, finge mudar a marcha e acelerar com a outra. Cada movimento seu transparece estupidez e excitação.

"Eu não dirijo."

Agacha-se para pegar alguns brinquedos esparramados pelo chão e os joga de lado, agora está com o cenho franzido.

Temo chegar ao jardim e encontrar meus filhos e meus pais juntos. Não, o que temo é que Marga os encontre juntos, e a grande cena incriminatória que se avizinha. Marga, porém, está sozinha no meio do jardim, nos esperando com as mãos na cintura. Entramos na casa atrás dela. Somos seus mais humildes seguidores, e isso é ter algo em comum com Charly, algum tipo de relação. Ele realmente terá curtido a estrada em sua viagem?

"Crianças!", grita Marga nas escadas, está furiosa mas se segura, talvez porque Charly ainda não a conheça bem. Volta e se senta num banquinho da cozinha. "Precisamos tomar alguma coisa, né?"

Charly pega um refrigerante da geladeira e o divide em três copos. Marga dá uns goles e permanece um momento olhando o jardim.

"Isso não tá legal", fica outra vez de pé. "Isso não tá nada legal. Eles podem estar fazendo qualquer coisa", e agora sim ela olha para mim.

"Vamos procurar outra vez", digo, mas a essa altura ela já está enveredando pelo jardim dos fundos.

Retorna segundos depois.

"Não estão lá", diz, "minha nossa, Javier, não estão lá."

"Claro que estão, Marga, eles têm que estar em algum lugar."

Charly sai pela porta principal, cruza o jardim da frente e segue as marcas de carro que levam até a estradinha. Marga sobe as escadas e os chama do andar de cima. Saio e rodeio a casa. Passo pelas garagens abertas, cheias de brinquedos, baldinhos e pás de plástico. Entre os ramos das árvores, vejo que o golfinho inflável das crianças pende enforcado de um dos galhos. A corda foi feita com a roupa de *jogging* dos meus pais. Marga aparece numa das janelas e cruzamos os olhares por um segundo. Estará procurando meus pais também ou só as crianças? Entro na casa pela porta da cozinha. Charly está entrando nesse momento pela principal e me diz lá da sala de estar:

"Não estão na parte da frente."

Sua expressão não é mais gentil. Agora tem dois vincos entre as sobrancelhas e exagera os movimentos como se Marga o estivesse controlando: passa rapidamente da imobilidade à ação, agacha-se sob a mesa, aparece atrás do aparador, espia atrás da escada, como se só pudesse encontrar as crianças ao pegá-las de surpresa. Me sinto obrigado a acompanhar seus passos e não consigo me concentrar em minha própria busca.

"Não estão lá fora", diz Marga, "terão voltado para o carro? No carro, Charly, no carro."

Espero, entretanto não há nenhuma instrução para mim. Charly volta a sair e Marga sobe outra vez aos quartos. Acompanho-a, ela vai até o que aparentemente está sendo ocupado por Simón, então procuro no de Lina. Mudamos de quartos e voltamos a procurar. Enquanto olho sob a cama de Simón, escuto-a praguejar.

"Puta que os pariu", diz, e deduzo que não seja por ter encontrado as crianças. Terá encontrado meus pais?

Procuramos juntos no banheiro, no sótão e no quarto de casal. Marga abre os guarda-roupas, afasta algumas roupas que pendem dos cabides. Tem pouca coisa e tudo está bastante arrumado. É uma casa de verão, digo a mim mesmo, mas depois penso na verdadeira casa da minha mulher e dos meus filhos, a casa que antes também era minha casa, e me dou conta de que sempre foi assim nesta família, que tudo foi pouco e arrumado, que nunca adiantou nada afastar os cabides para encontrar algo mais. Escutamos Charly entrar outra vez na casa, nos encontramos na sala de estar.

"Não estão no carro", diz à minha mulher.

"Isso é culpa dos seus velhos", diz Marga.

Me empurra para trás, batendo no meu ombro.

"É culpa sua. Onde caralho estão os meus filhos?", grita e sai correndo de novo para o jardim.

Chama-os de um lado ao outro da casa.

"O que que tem atrás dos arbustos?", pergunto ao Charly.

Olha para mim e olha outra vez para minha mulher, que continua gritando.

"Simón! Lina!"

"Tem vizinhos do lado de lá dos arbustos?", pergunto.

"Acho que não. Não sei. Tem quintais. Lotes. As casas são muito grandes."

Talvez tenha razão em sua dúvida, mesmo assim me parece o homem mais estúpido que já vi na vida. Marga está de volta.

"Vou na frente", diz, e nos separa para passar no meio. "Simón!"

"Papai!", eu grito enquanto caminho atrás de Marga. "Mamãe!"

Marga segue alguns metros na minha frente quando se detém e recolhe alguma coisa do chão. É uma coisa azul, e ela a segura por uma ponta, como se fosse um animal morto. É a coruja de Lina. Dá meia-volta e olha para mim. Vai me dizer alguma coisa, vai me esculachar de cabo a rabo outra vez, só que mais adiante vê outro objeto e vai na direção dele. Sinto nas minhas costas a sombra descomunal de Charly. Marga levanta a blusa fúcsia de Lina, e adiante um pé do tênis dela, e adiante a camiseta de Simón.

Tem mais pelo caminho, mas Marga se detém secamente e se volta para nós.

"Chama a polícia, Charly. Chama a polícia *agora*."

"Bichim, não é para tanto...", diz Charly.

"Bichim", penso.

"Chama a polícia, Charly."

Charly dá meia-volta e caminha apressado para a casa. Marga junta mais roupa. Eu a sigo. Cata mais uma peça e para diante da última. É o shortinho de malha de Simón. É amarelo e está meio enrolado. Marga não faz nada. Talvez não consiga se abaixar para pegar a peça, talvez não tenha forças suficientes. Fica de costas e seu corpo parece tremer. Me aproximo devagarinho, tentando não assustá-la. Trata-se de uma malha bem pequenina. Caberia na minha mão, quatro dedos num buraco, o dedão no outro.

"Num minuto eles estão aqui", diz Charly vindo da casa, "vão mandar o policial da pracinha."

"Quanto a você e à sua família, vou...", diz Marga vindo na minha direção.

"Marga..."

Levanto os shorts e então Marga pula em cima de mim. Tento ficar em pé, mas perco o equilíbrio. Protejo o rosto dos seus tapas. Charly já chegou e tenta nos separar. O policial estaciona na porta e liga a sirene. Dois policiais descem rápido e se apressam para ajudar Charly.

"Meus filhos sumiram", diz Marga, "meus filhos sumiram", e aponta os shorts que pendem de minha mão.

"Quem é esse homem?", diz o policial. "Você é o marido?", perguntam ao Charly.

Tentamos explicar. Contrariamente à minha impressão inicial, nem Marga nem Charly parecem me culpar. Querem apenas as crianças.

"Meus filhos estão perdidos com dois loucos", diz Marga.

Mas os policiais só querem saber por que estávamos brigando. O peito de Charly começa a inflar e por um momento temo que se lance sobre os policiais. Deixo cair as mãos resignado, como Marga fez comigo há pouco, e consigo apenas que os olhos do segundo policial acompanhem o balanço dos shorts no ar.

"Está olhando o quê?", diz Charly.

"O quê?", diz o policial.

"Tá olhando esses shorts desde que desceu da viatura, poderia avisar alguém de uma vez por todas que duas crianças estão desaparecidas?"

"Meus filhos", insiste Marga. Ela se planta diante de um dos policiais e repete isso muitas vezes, deseja que o policial se concentre no que importa, "meus filhos, meus filhos, meus filhos".

"Quando os viram pela última vez?", diz o outro, enfim.

"Não estão em casa", diz Marga, "foram levados."

"Quem os levou, senhora?"

Aceno negativamente e tento intervir, mas eles se adiantam a mim.

"A senhora está falando de um sequestro?"

"Podem estar com os avós", digo.

"Estão com dois velhos pelados", diz Marga.

"E de quem é esta roupa, senhora?"

"Dos meus filhos."

"Está dizendo que tem criança e adulto pelados e juntos?"

"Por favor", diz a voz já alquebrada de Marga.

Pela primeira vez me pergunto qual seria o perigo de filhos andarem pelados com os pais.

"Podem estar escondidos", digo, "ainda não dá para descartar essa hipótese."

"E você, quem é?", diz o policial enquanto o outro já está chamando a central pelo rádio.

"Sou o marido dela", digo.

Agora o policial olha para Charly. Marga se volta para enfrentá-lo, temo que para negar o que acabo de dizer, mas acaba dizendo:

"Por favor: meus filhos, meus filhos."

O primeiro policial larga o rádio e se aproxima:

"Os pais seguem para a viatura, e o senhor", apontando para Charly, "fica aqui para o caso de as crianças voltarem para casa."

Ficamos olhando para ele.

"Para a viatura, vamos, precisamos ser rápidos."

"De jeito nenhum", diz Marga.

"Senhora, por favor, é preciso ter certeza de que não estão indo para a rodovia."

Charly empurra Marga para o policial e eu a sigo. Subimos e fecho minha porta com a viatura já em movimento. Charly está em pé, olhando para nós, e eu me pergunto se terá guiado aqueles trezentos quilômetros tão excitantes com meus filhos sentados atrás. O policial dá marcha a ré e saímos do terreno em sentido à rodovia, a toda velocidade. Nesse momento me viro para olhar a casa. Lá estão eles, os quatro: atrás de Charly, um pouco afastados do jardim da frente, meus pais e meus filhos, pelados e ensopados atrás do janelão da sala. Minha mãe esfrega suas tetas contra o vidro e Lina a imita, olhando-a fascinada. Gritam de alegria, mas não dá para escutá-los. Simón imita as duas com as polpas da bunda. Alguém arranca os shorts da minha mão e escuto Marga esculhambar o policial. O rádio faz barulho. Gritam para a central duas vezes as palavras "adultos e menores", uma vez "sequestro", três vezes "pelados", enquanto minha ex-mulher esmurra o encosto traseiro do condutor. Então digo a mim mesmo "não abra a boca", "não dê um pio", pois vejo meu pai olhar para cá: seu torso velho e dourado pelo sol, seu sexo molenga entre as pernas. Sorri triunfal e parece me reconhecer. Abraça minha mãe e meus filhos, vagarosamente, calorosamente, sem afastar ninguém do vidro.

Acontece sempre nesta casa

O SENHOR WEIMER ESTÁ BATENDO à porta de minha casa. Reconheço as batidas de seu punho pesado, seus golpes cautelosos e repetitivos. Então deixo os pratos na pia e olho o jardim: lá está outra vez, toda aquela roupa jogada na grama. Penso que as coisas acontecem sempre na mesma ordem, até as mais insólitas, e penso isso como se o fizesse em voz alta, de um modo tão ordenado que é preciso procurar cada palavra. Quando estou lavando prato gosto de fazer esse tipo de reflexão, basta abrir a torneira para que as ideias desconexas finalmente se organizem. É apenas um lapso de iluminação; se fecho a torneira para tomar nota, as palavras desaparecem. Os punhos do senhor Weimer chamam outra vez, suas batidas agora são mais fortes, porém não se trata de um homem violento, é um pobre vizinho atormentado por sua mulher, alguém que não sabe muito bem como seguir em frente com sua vida, só que nem por isso deixa de tentar. Alguém que, quando perdeu seu filho e passei pelo velório para cumprimentar, me deu um abraço duro e frio, e esperou alguns minutos conversando com outros convidados antes de voltar e me dizer quase ao ouvido "acabo de descobrir quem são as crianças que derrubam as latas de lixo. Não é preciso mais se preocupar com isso". Esse tipo de homem. Quando a mulher joga a roupa do filho morto em meu jardim, ele bate na porta para recolher tudo. Meu filho, que na prática seria o homem da casa, diz que isso é coisa de loucos, e se enfurece cada vez que os Weimer começam com essa confusão, digamos que quinzenal. Tem de abrir, ajudar a recolher a roupa, dar umas palmadinhas nas costas do homem, concordar quando ele diz que o assunto está praticamente resolvido, que nada disso é horrível demais, e depois, uns cinco minutos depois que ele foi embora, escutar os gritos dela. Meu filho acha que ela grita ao abrir o guarda-roupa e encontrar outra vez a roupa do garoto. "Estão querendo me ferrar?", diz meu filho a cada novo episódio, "na próxima queimo a roupa toda." Puxo o trinco e ali está Weimer com a palma direita apoiada na testa, quase tapando os olhos, esperando que eu apareça para baixar o braço com cansaço e se desculpar, "não quero importunar, mas". Abro e ele entra, já sabe como chegar ao jardim. Tem limonada recém-feita na geladeira e a sirvo em dois copos enquanto ele se afasta. Pela janela da cozinha, vejo-o fuçar o capim e circundar os gerânios, onde as coisas costumam cair. Ao sair, deixo bater a porta do mosquiteiro, pois nessa coleta tem algo íntimo que não gosto de invadir. Me aproximo devagar. Ele se levanta com um suéter na mão. Tem mais roupa empilhada no outro braço, isso parece ser tudo. "Quem podou os pinheiros?", ele pergunta. "Meu filho", digo. "Está muito bom", assente, olhando para eles. São três árvores anãs, e meu filho tentou uma forma cilíndrica, meio artificial mas original, é preciso reconhecer. "Tome uma limonada", digo. Ele junta a roupa num só braço e lhe passo o copo. O sol ainda não arde, pois é cedo. Olho de relance o banco que temos um pouco adiante, é de cimento e a esta hora fica morno, quase uma panaceia. "Weimer", digo, porque é mais afetuoso que "senhor Weimer". E penso: "me ouça, jogue fora essa roupa. É a única coisa que sua mulher quer". Mas talvez seja ele que atire a roupa e depois se arrependa, e ela seja a pobre que o marido atormenta a cada vez que o vê entrar com aquela roupa. Talvez já tenham tentado jogar tudo num grande saco de lixo, e o lixeiro tocou a campainha deles para devolvê-las, como aconteceu conosco com a roupa velha do meu filho. "Senhora, por que não doa tudo, se jogo no caminhão, isso não vai servir para ninguém", e lá está o saco na lavanderia, é preciso levá-lo com urgência nessa semana, não sei, para qualquer lugar. Weimer espera, está à minha espera. A luz ilumina seus parcos cabelos longos e brancos, a barba prateada tenuemente desenhada no queixo, os olhos claros mas opacos, muito pequenos para o tamanho de seu rosto. Não digo nada, penso que o senhor Weimer adivinha o que penso. Abaixa o olhar um momento. Bebe mais limonada, agora olhando para sua casa, atrás dos arbustos que dividem nossos jardins. Procuro alguma coisa útil para dizer, alguma coisa que confirme que reconheço seu esforço e sugira algum tipo de solução, otimista e imprecisa. Volta a olhar para mim. Parece intuir para onde vai esta conversa que ainda não começamos, parece se animar a entender. "Quando alguma coisa não encontra seu lugar...", digo, mantendo as últimas letras no ar. Weimer assente uma vez e espera. Deus Santo, penso, estamos em sincronia. Sincronizada com esse homem que dez anos atrás devolvia para meu filho as bolas furadas, que cortava as flores das minhas azaleias quando cruzavam a linha imaginária que dividia nossos terrenos. "Quando alguma coisa não encontra seu lugar", retomo, olhando a roupa dele. "Diga, por favor", diz Weimer. "Não sei, mas é preciso mover outras coisas." É preciso arranjar lugar, penso, por isso viria muito bem a calhar se alguém levasse o saco que tenho na lavanderia. "Sim", diz Weimer, querendo evidentemente dizer "Continue". Escuto a porta da entrada, um ruído que não diz nada a Weimer, mas que a mim indica que meu filho já está em casa, a salvo e com fome. Dou um passo grande em direção ao banco e sento. Penso que o cimento cálido do banco também será uma bênção para ele, e abro espaço para que se junte a mim. "Deixe a roupa", lhe digo. Ele não parece ter nenhum problema com isso, olha para os lados procurando onde deixá-la e penso: Weimer pode fazer isso, claro que sim. "Onde?", pergunta. "Deixe-a sobre os cilindros", digo, apontando os pinheirinhos. Weimer obedece. Deixa a roupa e sacode a grama das mãos. "Sente-se." Ele senta. O que faço agora com esse velho? Mas alguma coisa me anima a seguir adiante. Como ter as mãos sob a água da torneira, uma calma que me permite pensar nas palavras, ordenar os fatos, as coisas que sucedem sempre na mesma ordem. A expectativa de Weimer parece aumentar, quase dá para dizer que espera por uma instrução. É um poder e uma responsabilidade com os quais não sei o que fazer. Seus olhos claros se umedecem: a confirmação final dessa sincronia insólita. Olho descaradamente para ele, sem lhe deixar nenhum espaço de intimidade, pois não posso crer que isso esteja acontecendo nem suporto o peso que tem sobre mim. Fiz o senhor Weimer sentar e agora quero dizer algo que resolva este problema. Bebo o resto de limonada e penso em algum encantamento que nos beneficie a todos, do tipo "agora vê se compra para o meu filho todas aquelas bolas que você furou e tudo vai se resolver", "se chorar sem cuspir a limonada, ela vai parar de jogar a roupa" ou "deixa a roupa em cima dos pinheirinhos uma noite e se o dia amanhecer claro, o problema desaparecerá"; minha nossa, eu mesma poderia jogar tudo fora de madrugada, enquanto fumo meu último cigarro do dia. Deveria misturá-la com o lixo para que o homem do caminhão não a devolva, preciso fazer o mesmo com a do meu filho, sem falta, nesta semana. Dizer algo que resolva o problema, repito a mim mesma para não perder o fio. Falei coisas muitas vezes e, já pronunciadas, as palavras fizeram efeito. Seguraram meu filho, afastaram meu marido, se ordenaram divinamente na minha cabeça toda vez que lavei pratos. No meu jardim, Weimer bebe o resto do seu copo e os olhos terminam de se encher de lágrimas, como se se tratasse de algum efeito do limão, e penso que talvez esteja muito forte para ele, que talvez haja um momento em que o efeito já não dependa das palavras ou que o impossível seja pronunciá-las. "Sim", disse Weimer há alguns longos segundos, um sim que era um "prossiga", um "por favor", e agora estamos ancorados juntos, os dois copos vazios em cima do banco de cimento, e sobre o banco nossos corpos. Então tenho uma visão, um desejo: meu filho abre a porta mosquiteiro e caminha em nossa direção. Tem os pés descalços, pisam rapidamente, jovens e fortes sobre o gramado. Está indignado conosco, com a casa, com tudo o que acontece sempre nesta casa em uma mesma ordem. Seu corpo cresce para nós com uma energia poderosa que Weimer e eu esperamos sem medo, quase com ânsia. Seu corpo enorme que às vezes lembra o de meu marido e me obriga a fechar os olhos. Está apenas a alguns metros, agora quase em cima de nós. Mas não nos toca. Olho outra vez e meu filho se desvia em direção aos pinheiros anões. Agarra a roupa furioso, junta tudo num único bolo e regressa em silêncio por onde veio, seu corpo já distante e pequeno, à contraluz. "Sim", diz Weimer e suspira; e não é o primeiro "Sim" que se repete. É um sim mais aberto, quase sonhador.

A respiração cavernosa

A LISTA ERA PARTE DE UM PLANO: Lola suspeitava que sua vida havia sido demasiado longa, tão simples e leve que agora carecia de peso suficiente para desaparecer. Tinha concluído, ao analisar a experiência de alguns conhecidos, que até na velhice a morte precisava de um golpe final. Um empurrão emocional ou físico. E ela não podia dar a seu corpo nada disso. Queria morrer, porém todas as manhãs, inevitavelmente, voltava a despertar. O que ela podia, sim, fazer, era organizar tudo nessa direção, tornar mais lenta a própria vida, reduzir seu espaço até eliminá-lo por completo. Disso se tratava a lista, disso e de se manter focada no que importava. Recorria a ela quando se dispersava, quando alguma coisa a alterava ou a distraía e ela esquecia o que estava fazendo. Era uma lista breve:

Classificar tudo.
Doar o supérfluo.
Embalar o indispensável.
Concentrar-se na morte.
Caso ele se intrometa, ignorá-lo.

A lista a ajudava a lidar com sua cabeça, mas para o estado deplorável de seu corpo ela não havia encontrado nenhuma solução. Já não aguentava mais de cinco minutos em pé, e não lutava apenas com os problemas da coluna. Às vezes sua respiração se alterava e ela precisava tomar mais ar do que o normal. Então inalava tudo o que podia e exalava com um som áspero e grave, tão estranho que nunca assimilaria como seu. Se caminhava às escuras na noite, da cama ao banheiro e do banheiro até a cama, o som lhe parecia ser de uma criatura ancestral respirando em sua nuca. Nascia nas profundezas de seus pulmões e resultava de uma necessidade física inevitável. Para dissimulá-lo, Lola somava à exalação um silvo nostálgico, uma melodia entre amarga e resignada que pouco a pouco foi se assentando nela. O importante é o que está na lista, dizia a si mesma toda vez que o desânimo a imobilizava. Todo o resto pouco importava.

Tomavam o café da manhã em silêncio. Ele preparava tudo e de um jeito que agradava Lola. Torradas de pão integral, duas frutas cortadas em pedaços pequenos, misturados e depois divididos em uma porção para cada um. No centro da mesa o açúcar e o queijo branco; perto da xícara de café dela, o doce de laranja com poucas calorias; perto da xícara de café dele, o doce de batata e o iogurte. O jornal era dele, mas as seções de saúde e bem-estar eram dela e ficavam dobradas ao lado do guardanapo, para quando terminasse de comer. Se ela o olhasse com a faquinha da manteiga na mão, ele lhe passava o prato com torradas. Se ela olhasse fixamente alguma parte específica da toalha de mesa, ele a deixava ficar assim, porque sabia que algo estava acontecendo, algo em que ele não podia se meter. Ela o observava mastigar, sorver o café, virar as páginas do jornal. Olhava para suas mãos já tão pouco masculinas, brancas e finas, as unhas lixadas com asseio, o pouco cabelo que lhe restava na cabeça. Não chegava a grandes conclusões nem tomava decisões a respeito. Somente o olhava e recordava a si mesma dados concretos que nunca analisava: "há cinquenta e sete anos que estou casada com esse homem", "isto é minha vida agora". Quando terminavam o café da manhã, levavam as coisas até a pia. Ele lhe trazia o banquinho e ela lavava a louça sentada. Era um banquinho que lhe permitia apoiar os cotovelos sobre a bancada, de modo que quase não precisava se curvar. Ele teria se ocupado dos pratos sem problema, mas ela não queria lhe dever nada, e ele a deixava fazer isso. Lola os lavava devagar, pensando na programação da televisão nesse dia e em sua lista. Ela a trazia dobrada em dois no bolso do avental. Quando desdobrada, uma cruz branca se delineava no meio da folha. Sabia que logo começaria a rasgar. Às vezes, em dias como aquele, Lola precisava de mais tempo, terminava a louça e não se sentia preparada para continuar com o resto do dia, então por alguns momentos conferia a sujeira que se juntava entre o metal e o plástico das colherzinhas, as pedras de açúcar úmido na tampa do açucareiro, a base enferrujada da chaleira, a crosta ao redor da torneira.

Às vezes Lola também cozinhava. Ele levava o banquinho para ela até a cozinha e preparava tudo o que ela pedisse. Não é que ela não pudesse se deslocar, podia fazer isso se tivesse razão para tal, mas já que a coluna e sua agitação tornavam tudo tão difícil, economizava esforços para os momentos em que ele não pudesse ajudá-la. Ele se ocupava dos impostos, do jardim, das compras e de tudo o que acontecia porta afora. Ela fazia uma lista — outra lista, a das compras —, e ele se limitava a isso. Se faltasse algo, precisava sair de novo e, caso viesse alguma coisa a mais, ela perguntava o que era e quanto tinha custado.

Ele às vezes comprava achocolatado em pó para misturar com leite, como o filho deles tomava antes de adoecer. O filho que tiveram não chegara a ultrapassar a altura das prateleiras da despensa. Tinha morrido muito antes. Apesar de tudo o que pode se dar e perder por um filho, apesar do mundo e de tudo que existe no mundo, apesar de ela ter jogado no chão as taças de cristal e pisado descalça sobre elas, e sujado tudo até o banheiro, e do banheiro até a cozinha, e da cozinha até o banheiro, e assim até que ele chegou e conseguiu acalmá-la. Desde então ele comprava a menor caixa de achocolatado, a de duzentos e cinquenta gramas, a que vem numa embalagem de papelão, ainda que não seja a opção mais econômica. Não estava nas listas, mas era o único produto sobre o qual ela não fazia comentários. Guardava a caixa na prateleira de cima, atrás do sal e dos temperos. Era quando descobria que a caixa que tinha guardado um mês antes não estava mais lá. Nunca via ele pegar o achocolatado em pó, na verdade, não sabia como terminava acabando, porém era um assunto sobre o qual preferia não perguntar.

Comiam produtos saudáveis, escolhidos atentamente por Lola diante da televisão. Tudo o que tomavam de manhã no café, ou no almoço ou no jantar, tinha sido anunciado uma ou outra vez nas propagandas de vitaminas, produtos hipocalóricos ou desprovidos de ingredientes transgênicos. Nas poucas vezes que lhe pedia um produto novo, ela o procurava depois nas sacolas, e o estudava perto da janela, à luz natural. Estava a par do que um produto saudável devia ou não conter. Havia bons médicos e nutricionistas falando disso na tevê, como o doutor Petterson do programa das onze. Se Lola encontrasse alguma coisa suspeita ou discrepante nas propagandas, ligava para o número de atendimento ao cliente e pedia para falar com algum responsável. Uma vez, ainda que com suas queixas não tivesse conseguido que a empresa lhe devolvesse o dinheiro, recebeu no dia seguinte uma caixa com vinte e quatro iogurtes de creme e pêssego. Já tinham comprado iogurtes para aquela semana, e os prazos de validade lhe pareceram próximos demais. Abria a geladeira, via os iogurtes e ficava angustiada com o espaço que ocupavam. Não seriam comidos a tempo, seriam desperdiçados, e ela não sabia o que fazer com eles. Comentou isso várias vezes com ele. Explicou as complicações, esperando que ele entendesse que era preciso fazer alguma coisa a respeito, alguma coisa que já não estava ao alcance dela. Uma tarde o problema passou dos limites. Não aconteceu nada em particular, ela simplesmente entendeu que não conseguiria mais abrir a geladeira e ver que os iogurtes continuavam ali. Tomou café sozinha, e ainda que mais tarde tenha se sentido secretamente envergonhada pela raiva, ainda permanecia indignada por não ter nenhum tipo de solução, nenhum recurso próprio com que lutar. Quando ele por fim levou embora os iogurtes, ela não perguntou nada. Arrastou um banquinho até a geladeira, com o qual travou a porta aberta, e, sentada, assoviando apenas nos movimentos bruscos para dissimular os roncos de sua respiração, aproveitou para limpar as prateleiras e reorganizar um pouco as coisas que restavam.

Não era apenas pelos noticiários que ficava a par do que acontecia, ela podia saber muito do mundo a partir da janela da cozinha. O bairro tinha se tornado perigoso. Mais pobre, mais sujo. Em sua rua havia ao menos três casas desocupadas, com o gramado crescido e os jardins da frente cheios de correspondência esparramada. À noite só funcionavam as luzes das esquinas, que com a sombra das árvores pouco adiantavam, e havia um grupo de rapazes, jovens, certamente viciados, que se sentavam quase sempre no meio-fio, a alguns metros de sua casa, e ficavam ali até de madrugada. Às vezes gritavam ou jogavam garrafas, uns dias antes brincaram de correr de uma ponta a outra de seu portão, fazendo o ferro soar como um xilofone, e isto foi de noite, na hora em que ela tentava dormir. Da outra cama, ela lhe cochichou várias vezes para que fizesse algo. Ele despertou e sentou apoiado na cabeceira, mas não saiu para falar nada. Permaneceram em silêncio escutando.

"Vão riscar o portão", disse ela.

"São só garotos."

"Garotos riscando nosso portão."

Mas ele não saiu da cama.

Era evidente que o assunto do portão tinha a ver com a chegada dos novos vizinhos. Uma semana antes haviam ocupado a casa vizinha à deles. Encostaram diante da casa uma caminhonete esculhambada, que ficou com o motor ligado por quase quinze minutos até alguma coisa acontecer. Lola deixou de fazer o que estava fazendo e esperou todo aquele tempo perto da janela. Dizia a si mesma que devia agir com precaução: não dava para ter certeza, vendo as características da nova família, se teriam comprado ou alugado a casa. Por fim, uma das portas da caminhonete se abriu. Lola soltou um longo chiado e sentiu um desgosto amargo, como se diante da dúvida interminável entre arruinar ou não o dia, finalmente tivessem optado por arruiná-lo. Uma mulher magra desceu. Ao vê-la de costas, Lola pensou se não seria uma adolescente, pois tinha o cabelo comprido e solto e se vestia de maneira muito informal, mas quando a mulher fechou a porta descobriu que devia ter uns quarenta anos. O motor foi desligado, e a mesma porta voltou a se abrir. Desceu um garoto de uns doze, treze anos. E do outro lado, um homem robusto vestido com um macacão azul. Não tinham muitos pertences, talvez a casa já estivesse mobiliada. Conseguiu ver dois colchões de solteiro, uma mesa, cinco cadeiras — nenhuma do mesmo jogo — e uma dezena de sacos e malas. O garoto se encarregou das coisas soltas. A mulher e o homem levaram o resto, comentando às vezes como descarregar e transportar as coisas, até que a caminhonete ficou vazia e o homem se afastou sem se despedir, fazendo apenas um gesto com a mão antes de subir o vidro.

Naquela noite Lola tentou falar com ele, fazer com que entendesse o novo problema que aquela mudança significava. Discutiram.

"Por que você é tão preconceituosa?"

"Porque alguém precisa usar calças nesta casa."

O quintal da casa de Lola era um pouco mais alto nos fundos. Nos últimos metros do terreno, ele tinha plantado duas ameixeiras, duas laranjeiras, um limoeiro, e fizera uma pequena horta com ervas de temperos e tomates. Passava algumas horas da tarde ali. Ela apareceu na janela da cozinha para chamá-lo e o viu agachado junto à cerca de madeira que separava o terreno da propriedade dos vizinhos. Conversava com um garoto que o escutava do outro lado. Podia ser o novo vizinho, mas não tinha certeza, era difícil ver direito de onde ela estava. Naquela noite, durante o jantar, esperou que ele explicasse espontaneamente a situação. Era uma coisa nova, e tudo o que é novo deve ser discutido. Cabia a ele fazer isso, e o jantar era o momento adequado, por isso à noite a tevê estava desligada e Lola perguntou como tinha sido o dia dele. Então ela esperou. Escutou a velha história da amiga de pôquer que ele costumava encontrar no banco. Escutou um comentário sobre o supermercado, e olha que ele sabia que, desde o incidente que ela sofrera na última vez em que pisou naquele lugar, Lola já não queria ouvir nada relacionado àquele inferno. Escutou o problema do bloqueio de ruas no centro devido à questão dos esgotos e a opinião previsível que ele tinha sobre quase todas as coisas. Contudo, ele não lhe falou nada a respeito do garoto, e ela pensou na possibilidade de que aquele encontro nos fundos da casa não tivesse sido o primeiro, e isto a alarmou.

Ficou à espreita durante alguns dias e descobriu que era o garoto que corria até ele, mal ele saía para o quintal, e não vice-versa. Vê-los juntos a deixava incomodada, como se alguma coisa não estivesse bem, como os vinte e quatro iogurtes de creme e pêssego lotando sua geladeira.

Uma tarde o garoto passou do outro lado e sentou num banquinho enquanto ele continuava trabalhando na horta. Um banquinho deles. O garoto falou e os dois deram risada. Uma vez, quando estava ali perto da janela, atrás da cortina, ela se lembrou do achocolatado e se sobressaltou. Pensou que podia estar perdendo alguma coisa, alguma coisa em que não havia pensado até então. Foi até a cozinha, abriu a despensa, afastou o sal e os temperos. A caixa de achocolatado estava aberta, e não sobrava muito. Pensou em tirá-la, e se deu conta de que não era uma ação tão simples. A cozinha era seu território. Tudo na cozinha estava organizado sob suas diretrizes e era o lugar da casa sobre o qual tinha controle total. Mas o achocolatado era um produto diferente. Passou os dedos na ilustração da embalagem e olhou para o quintal. Foi o máximo que conseguiu, não entendia muito bem o sentido do que estava fazendo. Fechou a despensa e a porta da cozinha. Foi até a sala e sentou na poltrona. Tudo aconteceu devagarinho, mas tão rápido quanto seu corpo permitia a cada movimento. Com as mãos nos bolsos, acariciou a lista. Era bom saber que continuava ali.

Às vezes, se o clima estava suficientemente seco e temperado, ela ia até o jardim da frente verificar o estado das avencas, das flores-de-sino e das azaleias. Ele se incumbia de regar as plantas de modo geral, mas para quem estivesse na rua aqueles canteiros eram os mais visíveis e por isso necessitavam de atenção especial. Então ela fazia um esforço e cuidava das flores e da umidade da terra. Aquela manhã a mulher e o garoto passaram pela calçada. A mulher a cumprimentou com um gesto de cabeça, porém Lola não se animou a responder, permanecendo em pé enquanto os observava passar, carregados de casacos e mochilas. Precisava avaliar essa nova situação, o problema que seria a partir de agora sair para ver as plantas naquele horário, a possibilidade constante de intromissão. Precisou de mais ar, respirou profundamente e depois expirou, controlando o ritmo como o médico havia ensinado. Voltou para casa, passou o trinco e se deixou cair na sua poltrona. Sabia que era uma situação perigosa. Concentrou-se no ritmo de sua respiração, em espaçá-la, e um segundo depois tateou embaixo do corpo o controle remoto e ligou a tevê. Além de tudo, pensou, precisava seguir adiante com sua lista, continuar classificando e embalando, e não lhe restava muito tempo. Sabia que ia morrer, dera a entender isso à senhora da rotisseria, quando ligava para fazer um pedido nas noites em que não tinha energia para cozinhar. Também havia conversado sobre isso com o entregador de água, quando ele trouxe o galão de cinco litros de água mineral para o suporte da cozinha. Explicou a eles por que respirava daquele jeito, falou da oxigenação pulmonar e dos riscos e consequências que isso acarretava. Certa vez mostrou ao entregador de água sua lista, e o homem pareceu impressionado.

Só que alguma coisa não funcionava: tudo continuava igual. Porque, se suas intenções eram tão claras, seu corpo voltava a despertar a cada dia. Era algo insólito e cruel, e Lola começava a temer o pior: que a morte requeresse um esforço para o qual já não estava preparada.

Alguns anos antes, quando ainda era ela que se encarregava de ir ao supermercado, encontrara na gôndola de perfumaria um creme para as mãos que era praticamente absorvido de todo. Na verdade, tinha algo de babosa, ela sentia o cheiro sempre que o destampava. Gastara um tempo testando outras marcas, e dinheiro. Agora, para ele, pedia outro creme, um que custava menos da metade e que era bastante ruim. Podia ter pedido para comprar o outro, sem dar explicações, porém ele saberia que ela teria gastado aquele dinheiro num creme. Era desse tipo de coisa que ela sentia falta de vez em quando. Porque não voltaria nunca mais ao supermercado, por mais que ele no jantar, sabendo perfeitamente que ela detestava ouvir falar disso, insistisse em tocar no assunto. Não depois do incidente, não depois daquela tarde nefasta no supermercado. Era uma das poucas coisas de que lembrava com clareza, e a enchia de vergonha. Ele também se lembraria? Sabia apenas o que viu ao chegar? Ou com o tempo as testemunhas lhe teriam contado tudo?

Olhou o relógio e viu que eram três da manhã. Ele respirava na cama ao lado. Não roncava, mas sua respiração era profunda e a distraía, e Lola soube de imediato que não voltaria a dormir. Esperou um pouco até sentir a força necessária. Cobriu-se com a manta, foi até o banheiro e ficou sentada no vaso por um bom tempo. Pensou em algumas coisas que poderia fazer, como lavar o rosto e escovar os dentes, ou pentear o cabelo, mas entendeu que não se tratava de nada disso. Saiu do banheiro e foi até a cozinha, cruzando o corredor sem acender as luzes, adivinhando a estante com as *National Geographic* dele, e a cômoda das roupas de cama e toalhas. Foi até a porta de entrada e se perguntou para que teria ido até lá. Na cozinha procurou os fósforos e acendeu uma das bocas do fogão. Depois apagou. Acendeu a lâmpada fluorescente que havia debaixo dos armários superiores e abriu algumas portas para se assegurar de que os mantimentos estavam em dia. Afastou os temperos e lá estava a caixa de achocolatado nova, sem abrir. Sentiu a respiração se alterar e sentiu, mais do que nunca, que devia fazer alguma coisa, mas não conseguia entender exatamente o quê. Apoiou-se contra a bancada e respirou com calma. Lá fora o jardim da frente estava às escuras, um dos postes da rua havia queimado. Era possível ver o carro, e na calçada em frente as luzes dos vizinhos estavam apagadas. Uma sombra se moveu na rua, e alguns segundos depois no seu jardim, atrás da árvore em frente à cozinha. Lola prendeu a respiração. Deu um passo rápido para trás, esticou a mão até a parede e apagou a luz. Seu corpo respondeu a essa emergência com agilidade e sem dor, mas ela decidiu não reparar nisso. Permaneceu quieta no escuro, atenta à árvore. Esperou assim por um tempo, soltando a respiração aos poucos, até que voltou o chiado e ela se convenceu de que não havia ninguém lá fora. Então viu, atrás do tronco negro da árvore, à contraluz, alguém que procurava se manter escondido. Havia alguém ali, sem dúvida. E ela se encontrava sozinha na cozinha, com seu corpo e sua respiração custosa, enquanto ele dormia placidamente. Ficou pensando nisso por um momento, tão próxima do achocolatado que poderia alcançá-lo sem mover os pés. Então pensou que poderia ser o garoto da casa ao lado. Abriu um pouco a janela. O cão da frente latiu atrás do portão. O tronco negro ficou imóvel alguns segundos. Ela deu cinco passos para trás, até a porta da cozinha, de onde ainda via a árvore, levantou o interfone do portão eletrônico e acionou o botão. Seu zumbido rouco chegou, vindo do jardim, pela janela. Pendurou o fone e permaneceu com a mão tremendo sobre o aparelho até que, algum tempo depois, o cão parou de latir.

Fazia calor no dia do incidente no supermercado. De algumas coisas Lola não se lembra mais, mas disso ela se recorda perfeitamente. Desmaiou por causa do calor, não pelo que acontecera. O médico, a ambulância, tudo lhe pareceu um exagero e uma humilhação dispensáveis. Teria esperado que a caixa e a mulher da segurança, que a conheciam fazia anos e a quem cumprimentava ao menos duas vezes por semana, fossem mais solidárias, mas elas apenas observaram em silêncio, absortas e estúpidas como se nunca tivessem presenciado algo semelhante. Clientes que conhecia de vista e alguns vizinhos a viram no chão e depois na maca. Ela não era conversadeira, não tinha uma amizade de verdade com nenhuma daquelas pessoas nem nunca quis ter. Por isso tudo lhe pareceu tão vergonhoso, porque jamais teria oportunidade de se justificar. Angustiava-se ao pensar nisso e angustiava-se mais ainda ao lembrar dos detalhes, como quando fechou os olhos enquanto a metiam na ambulância para não ver como os dois homens do caminhão de reposição olhavam para ela. Obrigaram-na a permanecer dois dias internada para exames de rotina, ele e o médico. Submeteram-na a testes e exames, nunca pediram sua opinião. Aproximavam-se com suas planilhas e explicações, falsamente solícitos, abusando do seu tempo e de sua paciência, faturando com habilidade a maior quantidade possível de cuidados médicos. Ela sabia como funcionavam as coisas, mas então não tinha voz nem voto, e tudo dependia dele, de sua ingenuidade e subserviência. É verdade que existem coisas que Lola não lembra mais, no entanto disso ela lembra com perfeição.

Na noite anterior alguém esteve no jardim da frente. Ela lhe disse isso assim que ele a acordou: tinha adormecido diante da televisão muda, e agora duas mulheres preparavam frango numa cozinha ampla e iluminada. Sua poltrona costumava lhe parecer bastante cômoda, mas não dessa vez. O corpo doía e custava se movimentar. Ele não perguntou se tinha dormido ali, nem o que havia acontecido, mas quis saber se tomara seus comprimidos. Ela não respondeu. Ele foi até a caixinha de comprimidos e a estendeu junto com um copo d'água. Ficou olhando para ela até que ela os tomou. Depois do último gole, ela disse:

"Estou falando que alguém esteve de noite no nosso jardim, você deveria dar uma olhada para ver se está tudo bem."

Ele olhou em direção à rua.

"Tem certeza?"

"Eu vi, atrás da árvore."

Ele vestiu a jaqueta e saiu. Ela o acompanhou da janela, viu-o andar pelo caminho de troncos que vai até o portão, parar na altura da árvore e olhar de lá para a rua. Pareceu-lhe que não verificava adequadamente o que ela havia mencionado. Não fazia nada bem, e pensou que aquele homem fora assim sua vida inteira, e que ela agora dependia desse homem. Pegou o interfone, o da sala perto da porta, e escutou no portão eletrônico da rua a sua própria voz:

"Na árvore, na árvore."

Viu ele dar alguns passos em direção à árvore, mas não se aproximou o suficiente. Olhou ao redor e retornou.

"Deveria olhar de novo", ela disse quando ele entrou, "tenho certeza de que vi alguém."

"Não tem ninguém agora."

"Mas de noite tinha", ela disse, e deixou seus pulmões chiarem longamente, resignada.

Passara parte da manhã etiquetando os cinco lados visíveis das caixas que estavam tampadas. Ele apareceu no quarto de hóspedes, olhou a pilha de caixas e se ofereceu para levá-las até a garagem. Disse que assim o quarto continuaria disponível e, além disso, chegado o momento, seria muito mais fácil retirar as caixas de lá.

"Retirar?", disse ela. "Retirar de onde? Eu é que vou decidir quais caixas irão."

Podia levá-las para a garagem se isso o deixava tão feliz, mas só deixaria ele remover as caixas dispensáveis. O que fosse importante sempre permaneceria dentro da casa.

Nunca montava mais de uma caixa por dia, e nem todos os dias montava caixas. Às vezes apenas as classificava ou pensava no que deveria ser feito no dia seguinte. Contudo, desta vez se tratava de roupas velhas de inverno. As acabadas ela já guardara em sacos de lixo, num árduo trabalho de duas semanas, e ele as foi levando embora, pouco a pouco, quando ia ao centro ou ao supermercado com o carro. Naquele dia Lola trabalhava com os últimos pulôveres para doação. Eram de lã e ocupavam espaço demais, de modo que os acomodou em duas caixas e as fechou com fita adesiva. Fechar duas caixas lhe deu uma estranha sensação de vertigem com a qual não soube muito bem o que fazer. Olhou pela janela do quarto. Esqueceu o que estava fazendo, mas abriu a lista e se lembrou. Foi até ele pedir que levasse uma cadeira até o jardim da frente. Ele estava dobrando e guardando as toalhas penduradas no varal e permaneceu olhando para ela por um momento.

"Não tenho que explicar por que preciso de uma cadeira lá fora. Preciso e pronto."

Ele deixou as toalhas em cima da bancada e voltou a olhar para ela. Ela vestia pijama, uma blusa rosa e os chinelos de camurça gastos de tanto uso mas sempre higienizados, e segurava sua lista e uma caneta.

"Onde quer que eu bote a cadeira?", ele perguntou.

"Na varanda, de frente para a rua."

Seguiu-o para verificar se ele pegava a cadeira certa e se ao sair não bateria a porta de cedro. Esperou que se afastasse e posicionou a cadeira de frente para o sol. Deixou-se cair com um chiado forte quase ao final e uma ligeira expressão de dor que reteve alguns segundos antes de encostar no espaldar. Desdobrou sua lista, mas não a revisou. Era perto do meio-dia e a mulher e o garoto logo passariam na calçada. Concentrou-se na espera e depois, pouco a pouco, adormeceu.

Uma tarde em que ele tinha ido ao centro para tratar de algumas coisas, o garoto tocou a campainha. Ela olhou para fora da janela da cozinha e o reconheceu na hora. Estava com outro da mesma idade, atrás do portão da entrada. Falavam em voz baixa. Hesitou se atendia ou não. Olhou o relógio e viu que ele já estava chegando. Quando a campainha tocou de novo, decidiu-se e levantou o fone do portão eletrônico. Descansou um pouco antes de falar. Estava agitada. Como outras vezes, sua respiração foi pressentida no jardim antes de sua voz, e os garotos se entreolharam divertidos.

"Diga...", disse Lola.

"Tia, vim devolver uma coisa ao senhor."

"Devolver o quê?"

Os garotos se entreolharam. Lola viu que ele segurava alguma coisa, mas não dava para ver bem o que era.

"Uma ferramenta."

"Voltem mais tarde."

O outro garoto cochichou, com maus modos.

"Deixa a gente entrar, tia."

Também segurava alguma coisa, uma coisa grande e pesada.

"Voltem mais tarde."

Desligou o interfone e permaneceu onde estava. Podia vê-los da janela da cozinha, mas provavelmente eles não conseguiam enxergá-la.

"Ô, tia, não seja assim", disse o outro, e bateu três vezes no portão com o que quer que ele segurasse.

Lola reconheceu o barulho contra o portão da outra noite. Os garotos esperaram. Quando viram que ninguém voltava para atender, foram embora e ela ficou um tempo perto do interfone, escutando sua respiração se acalmar pouco a pouco. Disse a si mesma que estava tudo bem, que só tinha sido uma conversa pelo interfone, mas não gostava daqueles garotos. Aqueles garotos poderiam... Ficou pensando um momento, sabia que estava se aproximando de alguma coisa, alguma coisa que ainda não tinha forma, mas que, por sua intensidade — ela sabia muito bem como funcionava sua cabeça —, começava a ser uma premonição. Então de repente pôs a mão no coração e escutou o primeiro ruído, do outro lado da casa. Foi para o quarto observando os pés a cada passo, mantendo o ritmo, contendo os nervos para que a respiração não disparasse. Sabia que eram eles. Precisava controlar seu corpo. Tinha certeza e, mesmo assim, quando chegou ao quarto e os viu pela janela, já quase no quintal, assustou-se como se nunca tivesse pensado nisso. Estavam nos fundos, passando por debaixo do arame pelo qual o garoto entrava na horta. Lola se escondeu de um lado da janela. Viu os dois caminharem até a casa e pararem a apenas alguns metros, já bem próximos dela. Empurraram a porta da garagem e verificaram que estava aberta, a porta da garagem que era dele e que cabia a ele deixar fechada. O espanto a imobilizou. Escutou que abriam e fechavam as gavetas do armário de aço. Pareceram ruídos fortes e estridentes. Pensou como o convenceria de que a culpa era dele por terem entrado ali, que aquele garoto com quem perdia tempo na horta era um ladrão. Sua respiração ficou mais forte. Teve medo que eles a escutassem, mas não podia evitar. Chegaram mais ruídos da garagem, depois outra vez a porta. Viu os dois saírem pelo quintal e atravessarem o alambrado para a outra casa, porém não conseguiu ver direito se tinham levado alguma coisa. Deitou na cama, meteu os pés debaixo do cobertor e se enrodilhou em posição fetal. Levaria um tempo até normalizar seu ritmo cardíaco, ainda assim esperaria naquela posição para que ele compreendesse logo que ela não estava bem. Decidiu que, mesmo que ele perguntasse, ela não diria nada. Se soubesse esperar haveria um momento perfeito para botar isso para fora, que ela identificaria de cara. E também decidiu outra coisa. Que os dias andavam complicados e ela não devia se exaltar: daria um tempo na questão das caixas.

Lola se lembrava perfeitamente do médico do hospital. Embora não soubesse seu nome, poderia identificá-lo numa multidão, a metros de distância. Não era como o doutor Petterson, não à toa um trabalhava na televisão e o outro atendia por um plano de saúde de quinta, o plano de saúde que ele escolheu para ambos quando se aposentaram.

"Como a senhora se sente hoje?" Foi isso que o médico do hospital lhe perguntou nas três ou quatro vezes que foi vê-la em casa. Estava sempre afogueado, Lola podia sentir sua transpiração, coisa que ela não considerava higiênica, em se tratando de um médico. No entanto, era a pergunta o que mais a incomodava. Era claramente dirigida a ele, confiava apenas na opinião dele, quando a paciente era ela. Lola às vezes se imaginava levantando da poltrona com agilidade e dizendo algo como "resolvam isso entre vocês, tenho mais o que fazer", porém precisavam dela para o show, sempre dizia isso a si mesma, e se lembrava de que, com ele, a metade de sua vida consistiu em ter paciência sempre.

"Como a senhora se sente hoje?" Os pulmões doíam, sentia uma terrível dor nas costas, o baço a apunhalava cada vez que andava um pouco mais rápido do que devia, só que nada disso importava para aquele médico. A pergunta dele se dirigia a outra coisa. A algo que não tinha nada a ver com a saúde de Lola. Se ela tivesse enumerado para o doutor Petterson todos os seus problemas, ele teria ficado estupefato por suas calamidades desassistidas e teria buscado algum tipo de solução. Contudo, esses dois homens que a olhavam agora, esse médico do hospital e ele, sobretudo ele, só estavam interessados no incidente do supermercado e em tudo que se relacionasse a isso. Sintomas prévios ao incidente, os resultados dos exames do hospital, consequências do incidente. Incidente.

Uma vez a mulher da rotisseria lhe disse que não era bom se angustiar, que era preciso tentar ser mais otimista. As pessoas costumavam lhe dizer coisas assim, e Lola gostava de escutá-las. Sabia que nada disso iria ajudá-la, porque ela enfrentava uma coisa pior que a morte, complicado demais de explicar pelo telefone. Mas era um gesto bondoso da parte da mulher: embora não ajudasse em quase nada, sua paciência a fazia se sentir melhor.

Nos dias seguintes o garoto aparecia com o banquinho dobrado embaixo do braço, o banquinho que era deles. Ele o abria e sentava, acompanhando o trabalho dele, que às vezes parava para descansar um pouco e conversar. Uma vez ele fingiu cavar o estômago do garoto com sua pá de jardineiro, e o garoto deu risada. Naqueles dias, Lola prestou especial atenção se aumentava a quantidade de achocolatado quando ele fazia as compras, mas a quantidade seguia a mesma. Também prestou atenção aos silêncios nos jantares. No entanto, ele não dizia nada. Às vezes a omissão a tranquilizava, conduzia o assunto do garoto a um lugar menor, tinha dúvidas se por acaso não seria uma obsessão sua passageira. Até que voltava a vê-lo por ali na manhã seguinte, e outra vez sua respiração ressoava na sala de estar, como um alarme rouco contido entre os janelões.

Uma noite as coisas se encaminharam a seu favor. Houve um roubo na rotisseria. Ela soube por ele, que tinha ido pegar o jantar. Lola não telefonou para a mulher que a atendia quando fazia pedidos, achou que não seria oportuno, apesar da intimidade que as conversas sobre sua morte haviam proporcionado. De modo que estavam jantando frango outra vez e ele falava do roubo. Era um bom momento para perguntar pelo garoto, para alvejar o silêncio ao qual ele a vinha submetendo: quando ele se lembrasse da conversa, não conseguiria identificar a arapuca, só encontraria o assunto da rotisseria que ele mesmo tinha trazido à baila. Ela o esperou, paciente. Ele falou da arma que a mulher da rotisseria guardava debaixo do balcão, das feridas no braço e mencionou a ambulância. Disse que a mulher tinha sido muito valente, explicou por que ele acreditava que a filha não se comportara tão bem, falou do tempo que a polícia demorou para chegar e como interrogaram as testemunhas. Lola o escutou em silêncio, acostumada a esperá-lo. A cada três ou quatro frases dele, ela reescrevia tudo mentalmente, numa só linha clara e concisa, remendando em silêncio sua morosidade exasperante. Perdoava-o. Então houve um silêncio, bastante longo, e ela disse:

"E o garoto aí do lado? Acha que tem algo a ver?"

"Por que teria?"

"São eles que fazem barulho no portão. Ele e o outro garoto. Vieram aqui outro dia e me pediram para te devolver uma ferramenta", Lola queria ir mais devagar, esmiuçar a informação, mas agora o problema todo estava sobre seus ombros e ela não podia com tanto peso, tinha que deixá-lo cair, "não abri, mas eles entraram de qualquer modo, por trás. Entraram na garagem, remexeram as coisas. Você não fechou a porta com chave. Deveria ver se a furadeira e a máquina de solda estão lá."

"A furadeira e a máquina de solda?"

Ela assentiu, controlando a respiração. Até colocá-las em palavras, não havia pensado realmente na furadeira e na máquina de solda, mas os dois sabiam que eram as ferramentas mais caras. Ele olhou para a garagem e ela entendeu que conseguira alarmá-lo. Imaginou-o revolvendo as ferramentas, listando as que faltavam enquanto ela localizava na agenda o telefone da delegacia. No entanto, ele pegou os talheres de novo, levou mais um pedaço de frango à boca e disse:

"A chave fixa."

Precisava dizer algo mais, então Lola continuou olhando para ele.

"Para a pia da cozinha. A mãe pediu e eu emprestei."

"Você não me falou nada."

"Já faz uns dias. Quando se mudaram."

"No dia em que se mudaram."

"Sim", ele disse, "naquele dia."

Para procurar na garagem por conta própria, Lola esperou que ele estivesse no chuveiro, só que ela não lembrava que ferramentas havia, nem onde estavam guardadas. Tampouco sabia o que era exatamente uma chave fixa. E como a garagem era a única parte da casa sob responsabilidade dele, suspeitava de que estaria toda suja e bagunçada. Pensou se ele estaria protegendo o garoto por alguma razão e não lhe pareceu uma ideia que pudesse descartar. Tateou a lista no bolso do avental e pensou que de noite teria de lembrar e analisar os fatos com mais tranquilidade. Tomar algum tipo de decisão.

Na semana seguinte, montou mais uma caixa. Encheu-a de objetos de escritório velhos, canetas vazias, cadernos amarelados, caixinhas de elásticos em mau estado, as listas telefônicas dos últimos anos. Tinha certeza de que seriam úteis para os pobres, nem que fosse para saber que essas coisas existem, caso um dia precisassem delas. Foi até a pequena estante que ele montara sobre a prateleira do telefone para organizar os boletos e encaixotou outras coisas que encontrou por ali. Pensou em embalar também o pequeno busto grego de cerâmica que ele usava como peso de papéis na mesa da sala de estar, mas não o encontrou. Sabia que às vezes não lembrava de tudo o que encaixotava. Eram coisas demais, e tudo pesava sobre seus ombros, era lógico que às vezes os detalhes lhe escapavam. Na semana anterior haviam sido obrigados a abrir uma caixa com sapatos porque, num momento de distração, todos os sapatos dele foram encaixotados. Havia poucas toalhas e já não dava para ver tão bem o espelho grande do corredor com a prateleira vazia. Tampouco havia escovas ou pentes nas gavetas do banheiro. Isso era o pior, ver-se na obrigação de usar sempre o pente velho dele.

Ao meio-dia fechou a caixa com fita isolante, colou uma etiqueta e escreveu "utensílios de escritório". Foi à procura dele, para que levasse a caixa até a garagem, mas não o encontrou em nenhum cômodo. Também não estava na garagem nem na horta — isso deu para ver da janela do quarto. Tinham combinado que ele não sairia da casa sem avisar, porque era justamente esse tipo de sumiço que mais a deixava nervosa. Ela poderia precisar dele, precisava contar com ele o tempo todo. Atravessou a sala em direção à frente e abriu a porta da rua. Ele estava no chão e ela quase perdeu a respiração antes do chiado. Segurou-se no batente da porta. Estava sentado com as costas apoiadas na parede e a palma da mão cobrindo a testa. Lola tomou ar e muniu-se de forças para dizer:

"Meu Deus!"

E ele disse:

"Estou bem, não se assuste", olhou a palma ensanguentada, tinha um pequeno corte na testa. "Acho que minha pressão caiu, mas consegui me segurar."

"Vou chamar um médico."

"Depois. Agora preciso entrar e me deitar."

Ela arrumou a cama para ele. Levou-lhe um chá. Procurou na estante do corredor os dois últimos números da *National Geographic* e os deixou na mesinha de cabeceira. Concentrou-se em fazer tudo isso em um ritmo lógico: o mais rápido possível, mas sem que os movimentos chegassem a agitá-la. Estava consciente de que era um momento "dele", e que ela precisava fazer coisas para que ele relaxasse. No entanto, ele, assustado como devia estar, possivelmente pensaria apenas em si mesmo, e alguém tinha que continuar cuidando dela. Foi algo intenso, de certo modo. E Lola se comportou à altura. Depois ele adormeceu. Com um último esforço, ela caminhou até a sala e sentou na poltrona para descansar. Precisava recuperar forças, ainda tinha muita coisa para fazer.

Despertou com os ruídos dos canos batendo no portão. Ergueu o pescoço em seguida para olhar pela janela e uma cãibra a obrigou a retomar a posição anterior. Não conseguiu distinguir nada, mas sabia quem era. Olhou o relógio em cima da televisão: quatro e vinte da tarde. Escutou os ruídos dos saltos da vizinha passando pela calçada em direção à casa ao lado. Depois uma porta se fechando. Pensou na chave fixa. Cerrou os punhos e esticou os braços para os lados. Era um exercício de alongamento do programa do doutor Petterson que ela fazia para se espreguiçar. A cãibra se dissipou e ela sentiu que outra vez contava com seu corpo, ou ao menos com parte dele. Focalizou imaginariamente a forma duvidosa da chave fixa. Verificou se calçava os chinelos de camurça bordô e se seu casaco de meia-estação pendia do cabide na entrada, junto ao porteiro eletrônico. Animou-se ao ver que os objetos estavam ordenados a seu favor. Pôs-se em pé, se agasalhou e abriu a porta da rua. Assim terminou de entender quais eram suas intenções, e lhe pareceu que, evidentemente, se tratava de uma resolução muito sensata.

Foi até a casa ao lado e bateu na porta. Quando enfim a mulher abriu, grande parte das energias da sesta haviam se perdido na espera. Agora tudo seria mais complicado. A mulher logo a reconheceu e a convidou para entrar. Lola aceitou com um meio-sorriso. Deu alguns passos e ali ficou, sem conseguir decidir o que fazer ou dizer em seguida.

"Aceita um chá?", disse a mulher, indo para a cozinha. "Sente-se se quiser", disse do outro ambiente, "desculpe a bagunça."

As paredes estavam descascadas. Quase não havia móveis, a não ser uma mesa, três cadeiras meio capengas e duas poltronas cobertas por lençóis transparentes de tão puídos, amarrados aos braços para não sair do lugar. A mulher regressou com uma xícara de chá e a convidou a se sentar numa poltrona. Parecia desconfortável, e Lola pensou que seria difícil se levantar depois, mas aceitou por cordialidade. A mulher se moveu rapidamente: trouxe uma cadeira e a aproximou de Lola como uma mesinha. Então Lola viu as revistas e os papéis empilhados no chão, perto da janela. Ocupavam muito espaço e com certeza não tinham nenhuma utilidade.

"Tenho caixas, se precisar", disse Lola, "são caixas resistentes, eu as uso para embalar e organizar."

A mulher seguiu o olhar de Lola até suas pilhas de papéis.

"Não é preciso, obrigada. Mas, me diga, precisa de alguma coisa? É sobre o meu filho? Ontem à noite ele não veio dormir e estou muito preocupada."

Lola compreendeu de imediato o acerto de suas intuições, e se lembrou dos ruídos do portão daquela mesma tarde. A mulher esperava algum tipo de sinal. Sentou-se na outra poltrona, diante dela.

"Acho que está zangado comigo. A senhora teria alguma notícia dele?"

Lola estava no caminho correto, mas devia avançar com cuidado.

"Não. Não é sobre isso. Tenho que lhe perguntar uma coisa importante."

Lola olhou o chá e disse a si mesma que aquilo precisava dar certo.

"Preciso saber se você tem uma chave. Uma chave fixa."

A mulher franziu o cenho.

"Do tipo que a gente usa para consertar a pia", disse Lola.

Talvez a mulher não tivesse certeza se tinha ou não a chave, talvez não tivesse entendido a pergunta. Olhou para a cozinha e se voltou outra vez para ela.

"Já sei a que se refere, seu marido nos emprestou algo do tipo na semana passada. Meu filho devolveu anteontem. Não devolveu?"

"É esse o problema. Não tenho certeza."

A mulher ficou olhando para ela por um momento.

"É muito importante para mim saber onde está a chave." Lola remexeu o chá e retirou o sachê. "Não se trata da chave, você vai entender. Quer dizer, não é 'por causa' da chave que procuro a chave."

A mulher assentiu uma vez, parecia fazer um esforço para entender. Lola olhou para a cozinha e permaneceu alguns segundos em silêncio, até que escutou que falavam com ela.

"Está se sentindo bem?"

Havia esquecido por completo da dor e das cãibras. Sua respiração era quase silenciosa, e toda a sua energia era projetada para aquele espaço físico ainda desconhecido, a luz natural que vinha da cozinha e se abria para elas.

"Como você se chama?", disse Lola.

"Susana."

A mulher tinha olheiras muito escuras que lhe puxavam os olhos para baixo de um modo que parecia artificial.

"Susana, tudo bem se eu olhar a sua cozinha?"

"Acha que não lhe devolveria a chave? Por que tipo de pessoa me toma?"

"Oh, não, não, não. Não me entenda mal. É outra coisa. É... Como posso explicar? Um pressentimento, é isso."

A mulher parecia contrariada, mas se levantou, foi até a cozinha e a esperou junto ao batente da porta. Lola deixou a xícara na cadeira, se ergueu com o apoio do braço da poltrona, voltou a pegar a xícara e caminhou até ela.

Era um espaço amplo e iluminado, e apesar de os armários estarem desabastecidos, algumas frutas e caçarolas vermelhas davam à cozinha uma intimidade agradável. Lola pensou que era um lugar que, bem organizado e limpo, poderia se tornar até mais acolhedor do que sua própria cozinha. Sem querer, tomou mais ar do que o necessário e soltou a respiração com um assovio. Sabia que a mulher estava olhando e se sentiu envergonhada. Pensou nele, que poderia ter despertado e se assustaria se não a encontrasse em casa.

"Procura o quê, senhora?", a mulher não foi agressiva, na verdade sua voz demonstrava cansaço.

Lola se virou para olhá-la. Estavam muito perto uma da outra, cada uma apoiada a um lado do batente.

"Tem uma coisinha a mais que preciso perguntar."

"Diga."

"Pode parecer estranho, mas..."

A mulher cruzou os braços, se entreolharam, ela já não parecia tão receptiva.

"Você acha que alguém poderia estar dando achocolatado pro seu filho?"

"Como é?"

Lola olhou seu jardim através da janela. Sua respiração precisava de mais ar e começou a chiar agitada, o mais baixo que conseguia.

"Achocolatado", disse Lola, "em pó." Deu-se conta de que já não controlava sua respiração e sentiu o chiado se soltar na cozinha.

"Não estou entendendo", disse a mulher.

Aconteceu alguma coisa com sua visão, como se a brancura das paredes se intensificasse. Seu coração bateu forte contra o peito, e Lola voltou a chiar de um modo seco e horrendo. Quando tentou deixar o chá sobre a mesa, seu coração bateu uma vez mais e ela desmaiou.

Voltava a respirar. O alívio foi somente físico. Na escuridão de seus olhos fechados entendeu que continuava viva, quando teria sido um momento tão bom para morrer. Então também não havia acontecido naquele momento. Chamava a morte de muitas maneiras, mas nada funcionava. Era evidente que alguma coisa importante lhe escapava, e de fato não lhe ocorria mais o que fazer. Abriu os olhos. Estava no seu quarto, só que na cama dele. As revistas da *National Geographic* continuavam no mesmo lugar onde ela as havia deixado. Chamou por ele. Ouviram-se ruídos na cozinha, seus passos pesados, e ela o viu aparecer na porta do quarto.

"Desmaiei", ela disse.

"Mas você está bem", ele entrou e se sentou na cama dela.

"Não estou na minha cama."

"Pensamos que ficaria melhor longe da janela."

"Pensamos?"

"A vizinha te segurou quando caiu, me ajudou a te trazer."

"A mãe do garoto?"

Olhou para a palma da mão. Tinha um pequeno corte.

"Não lembra de nada? Você veio até aqui andando."

Lola não soube o que dizer. Lembrava-se, mas preferia ter ouvido o relato. Pelo menos agora não era ele que estava na cama, e as coisas voltavam à sua ordem natural. Olhou de novo o corte na mão e apertou um pouco a ferida para ver o quanto doía.

"E o garoto? Estava lá?"

"Não", ele disse.

Ela pensou na mulher, na conversa interrompida, na chave fixa e no achocolatado, e um alarme interior voltou a acender. Embora tenha tentado se erguer, percebeu que não tinha forças para fazê-lo. Ele a ajudou, acomodando outro almofadão para ela. Ela não compartilhou suas inquietações com ele, mas deixou que ele fizesse isso.

Havia coisas de que Lola não lembrava, embora o incidente do supermercado continuasse intacto em sua cabeça. O incidente e as visitas daquele médico inútil que sempre perguntava: "Como a senhora se sente hoje?". E o fazia olhando para ele, pois nenhum dos dois esperava que ela respondesse. Que tipo de dúvidas aquele idiota ainda tinha?

Às vezes, quando lhe faziam aquela pergunta, sentia pontadas no baço, apesar de não ter feito nenhum movimento brusco, e então sabia que logo sua respiração se agitaria e começaria a ser escutada no quarto.

"Seria bom que fizesse uma lista", disse-lhe uma vez o médico.

Que homem brilhante, pensou Lola. Caso suas mãos tremessem, cruzava-as sobre o colo, para que ele não pudesse vê-las.

"Uma lista para quê? Lembro perfeitamente de tudo", disse Lola, e viu que os dois homens trocavam olhares.

Falavam com ela como se fosse uma cretina, pois nenhum dos dois era suficientemente homem para lhe dizer que estava morrendo. Sabia que isso não era verdade — isso de que estava morrendo —, mas às vezes gostava de fantasiar com a ideia. Era uma coisa que ele merecia: com sua morte, ele vislumbraria como ela fora importante para ele, os anos em que estivera a seu serviço. Queria tanto morrer, já fazia tantos anos, e nada parecia se deteriorar mais que seu corpo. Uma deterioração que não levava a parte nenhuma. Por que não lhe diziam? Queria que dissessem. Queria tanto que fosse verdade.

Abriu os olhos. Eram três e quarenta no relógio dele e tinha certeza de que havia escutado algo. Pensou se não se trataria outra vez de um intruso, como naquela noite em que alguém se meteu no jardim da frente apesar de ele não conseguir encontrar nada na manhã seguinte. Levantou-se devagar para que ele não despertasse — aquilo era uma coisa que, claro, teria de resolver sozinha —, calçou os chinelos e o penhoar e saiu pelo corredor.

O ruído se repetiu, e agora ela conseguiu escutá-lo com toda clareza. Era uma batida na janela do banheiro. Lola pensou que poderiam ser pedras pequenas contra o vidro liso. Entrou sem acender as luzes, aproximando-se da janela pela parede, e esperou. Aconteceu mais duas vezes, e teve a certeza de que era o garoto. Voltou ao quarto e entreabriu a janela. Era um lugar estratégico, e com o quinto ruído acreditou adivinhar de onde vinham as pedras. Alguns metros além, mais para os fundos da casa, debaixo da cerca e do ligustro que separavam seu quintal do da mulher, existia uma pequena vala. E tinha alguém na vala, deitado. Era o garoto que jogava pedras, não podia vê-lo, mas sabia disso. As pedras seriam para chamar quem, ele? Lola mudou o peso do corpo para a outra perna, para que seus pés não sofressem. Por que tinha que suportar essas coisas na sua idade? E ele não sairia naquele horário, de maneira nenhuma, era perigoso e era estúpido. Ele não tinha nada a fazer com o garoto. Era preciso esquecer do problema do garoto, era isso, disse a si mesma várias vezes, lembrando também da lista, e com ela todas as coisas que ainda precisavam ser feitas.

Talvez porque não tivesse dormido bem, naquele dia as coisas ocorreram mais devagar do que o normal. Foi difícil se mexer de um lado a outro, levantar a voz para chamá-lo, preparar a lista do supermercado. Contudo, tocou as coisas do jeito que deu. Ele a ajudou. Não o suficiente, embora tenha feito alguma coisa. Preparou o café da manhã, ligou a televisão. Trouxe-lhe os chinelos. Ela assistiu ao programa do doutor Petterson. Abriu e fechou o papel com a lista várias vezes. Para a sesta preferiu voltar para a sua cama. Pediu-lhe que trocasse os lençóis, e ele soube onde deixar os que estavam sujos e quais dentre todos os lençóis limpos devia pôr, tudo sem que ela tivesse que explicar nada. Dormiram bem e se levantaram descansados. Ele trouxe mais caixas. As três que havia conseguido na semana anterior já estavam fechadas e etiquetadas na garagem. Percebeu que ele verificava as pilhas e franzia o cenho. Parecia estar se perguntando qual o sentido de montar tantas caixas, mas claro que isso é uma coisa que ele nunca poderia responder, como não poderia dizer por que é preciso jogar todos os produtos com prazo de validade vencidos, mesmo que ainda cheirem bem, nem esticar a roupa no varal já que depois terá de ser passada. São detalhes que ele não alcança, e dos quais ela tivera que tomar conta por completo. Seu cenho franzido diante das caixas podia ser apenas o gesto de uma reflexão sobre a horta ou o carro. Ela o esperou, de pé atrás dele. Lola estava tão acostumada a esperá-lo. E, mesmo assim, algo a preocupou: o modo como ele se inclinou para ler as etiquetas. Não pelo que estava escrito nas etiquetas ou nas caixas. O que a preocupou foi seu repentino interesse. Ele deu meia-volta e olhou para ela. Ela pensou em alguma coisa para dizer. Lembrou-se de que havia outra caixa embalada no banheiro e que podia lhe pedir que a levasse. Podia lhe pedir que fosse ao supermercado, a lista estava sobre a televisão, podia ter lhe pedido muitas coisas, porém não se decidiu por nenhuma. Então ele disse:

"Não encontram o garoto."

Compreendeu a estreita relação que isso tinha com seus próprios anseios, e por um momento se sentiu culpada.

"Tampouco voltou de noite para casa e já é quase meio-dia."

Ela pensou no roubo na rotisseria, nas batidas no portão, na chave fixa, no achocolatado e no banquinho no qual o menino se sentava na horta, o banquinho que era deles. Mas disse:

"Não tem nada seu que queira botar numa caixa?"

Ele se virou para as caixas e depois outra vez para ela.

"Tipo o quê?"

"Quando minha tia morreu, minha mãe passou um ano embalando suas coisas. Não se pode deixar tudo nas mãos dos outros."

Ele olhou para a horta e ela pensou que talvez ele não tivesse muito mais que aquilo e teve medo de tê-lo magoado. Era possível que um homem como ele não tivesse coisas suficientes para encher uma caixa.

"Você acha que aconteceu alguma coisa com ele?", ele disse sem tirar o olho da horta. "De vez em quando nessa hora ele cruza para este lado."

Ela cerrou os punhos e os soltou em seguida, escondendo o impulso. A ferida latejava na palma de sua mão. Estava feito: ele havia dito. Finalmente tinha nomeado o garoto, e de um modo tão distraído que ela não pôde reagir da maneira adequada. "Ele e o garoto." A notícia estava implícita no seu comentário, "não encontram o garoto". Ele tinha visto o garoto na horta todo aquele tempo. Tinha feito isso sabendo que ela sabia, e não havia sido capaz de mencioná-lo. Havia colocado tudo em cima da mesa, o corpo inteiro do garoto que só era dele e que tinha ocultado dela até então. Aspirou profundamente e deixou que a respiração os envolvesse. Pegou a fita adesiva que tinha ficado em cima das caixas e se afastou em direção à cozinha, reunindo as forças necessárias para o que viria.

Ele ficou fazendo coisas no quarto e no corredor. Ela se meteu no escritório e se ocupou da última caixa do armário. Mas os ruídos dele não eram os de sempre, ela podia escutá-los e supor que estava fazendo uma coisa fora do comum. Era preocupante e teria preferido aparecer e ver do que se tratava. Ele não se dava bem com as coisas da casa, com frequência precisava de algum tipo de orientação, no entanto tinha falado aquilo do garoto, e agora ela devia ficar longe. Ele devia entender que tinha agido mal. Então ela se conteve. Deixou-o fazer, não lhe disse nada quando o ouviu sair. Ele ficou na horta o resto da tarde e então caiu a noite. Ela o viu voltar com o banquinho e algumas ferramentas e, como já encomendara o jantar, foi até a sala para não cruzar com ele. Ligou a televisão e sentou na poltrona para ver o noticiário enquanto ele guardava as coisas na garagem. Cochilou um pouco, depois ele entrou. Escutou a porta da garagem e a da cozinha. Sentiu que parava nas suas costas, a dois metros dela, e esperou que ele dissesse algo, sem deixar de olhar a televisão. Ela tinha certeza de que ele ia querer dizer algo, imaginou-o procurando as palavras, pedindo desculpas. Deu-lhe seu tempo. Pensou em retirar do bolso a lista e dar uma olhada, porém um ruído novo a obrigou a prender a respiração. A batida foi no piso de madeira. Um golpe surdo produzido com várias batidas. Girou e viu o corpo dele no chão. Estava dobrado de um modo estranho, pouco natural, como se alguma coisa interna o tivesse desativado repentinamente, sem dar tempo ao corpo para cair. Um momento depois viu o fio fino de sangue avançando sobre a madeira do piso.

Lola ligou para a mulher da rotisseria. A mulher da rotisseria enviou uma ambulância e o motorista da ambulância, a pedido do médico, ligou para a polícia. Levaram o corpo envolto num saco cinzento. Ela pediu para ir com a ambulância, mas os dois policiais insistiram que ela ficasse, sentaram-na em sua poltrona e enquanto um deles lhe fazia perguntas e tomava notas, o outro foi à cozinha para lhe preparar um chá. Lola escutou o interrogatório em silêncio, intercalado pelos ruídos na cozinha, a chaleira no fogo, as portas dos armários se abrindo e fechando. Sentia-se cansada e, fechando às vezes os olhos, pensou em algumas coisas. O achocolatado estava atrás do sal e dos temperos. Havia a possibilidade de que ele ainda não tivesse voltado da horta, que as batidas de seus ossos fossem parte de alguma recordação da sesta da tarde e que ele ainda estivesse às suas costas, esperando. Diversas vezes esteve a ponto de adormecer, e não se importou com o policial que repetia seu nome, nem com o outro que estava na cozinha. Contudo, escutava outra vez os ossos contra o solo, às suas costas, e uma dor forte no peito a despertava, obrigando-a a respirar. Entendeu, com uma lucidez ressentida, que isso a manteria viva para sempre. Que ele tinha morrido diante do seu nariz, sem nenhum esforço, e a deixara sozinha com a casa e as caixas. Deixara-a para sempre, depois de tudo que ela havia feito por ele. Contou a ela sobre o garoto e foi para o túmulo com tudo dentro. Agora ela não tinha mais para quem morrer. Soltou sua respiração cavernosa, profunda e áspera na sala, e o policial parou de falar e a olhou preocupado. O outro estava ao lado, segurando a xícara de chá. Insistiram que não podia ficar sozinha, e Lola entendeu que devia pensar um momento, voltar à realidade para tirar de casa os dois homens. Respirou, procurando não fazer ruído, levando outra vez tudo para dentro. Inventou que havia uma senhora que cuidava deles, que apareceria na primeira hora do dia seguinte. Disse que precisava dormir. Os policiais saíram. Ela foi até a cozinha procurar o banco que ele costumava botar junto à pia, quando ela lavava louça. Era o único móvel que conseguia carregar por conta própria. Levou-o até a sala e o pôs contra a parede, perto de onde ele tinha caído. Sentou-se e esperou. A polícia tinha empurrado os móveis para um lado e limpado. Diante dela, o piso era uma zona úmida e vazia, brilhante como uma pista de gelo.

Quando começou a escurecer, as costas doíam e um formigamento forte lhe subia pelas pernas. Tirou as mãos dos bolsos e deparou com a lista. A lista dizia:

Classificar tudo.
Doar o supérfluo.
Embalar o indispensável.
Concentrar-se na morte.
Caso ele se intrometa, ignorá-lo.

Entendeu que certas coisas mudariam, e que não saberia que decisões tomar, mas, injustamente, sua respiração continuaria ali enchendo seus pulmões. Tentou endireitar o corpo, verificar se ainda funcionava. A lista tinha dezoito palavras, e ela prestou especial atenção a cada uma delas. Depois pegou seu lápis e riscou a última linha.

Em algum momento da noite foi até o quarto para se deitar. Estava quase adormecendo quando a campainha tocou. Sua cabeça funcionava lentamente, mas, no seu tempo, a alertou de que se tratava de algo importante e perigoso. Levantou-se, apoiando-se na beira da cama, e voltou para a sala sem acender as luzes. Escutou uma batida do lado de fora e pensou outra vez no ruído dos ossos. A fadiga a deixou grogue, aliviou o medo. Espiou pelo visor da porta principal. Atrás do portão, uma sombra escura esperava junto do interfone. Era o garoto. Segurava o braço direito com a mão esquerda, como se estivesse doendo ou estivesse machucado. Voltou a tocar a campainha. Lola levantou o fone do interfone e respirou.

"Abra, por favor", disse o garoto, "abra."

Olhava para a esquina à sua direita, parecia sinceramente assustado.

"Onde está a furadeira?", disse Lola, "acha que ele não percebeu que falta a furadeira?"

O garoto voltou a olhar para a esquina.

"Posso entrar na garagem?", deu um gemido de dor que a Lola pareceu fingido, "posso falar com ele?"

Lola desligou o interfone e foi até a garagem o mais rápido possível. Seu corpo, carregado de adrenalina, respondeu à altura das circunstâncias. Fechou com chave a porta que dava no jardim dos fundos, e travou as janelas. Depois foi até o quarto e travou também as janelas do quarto. A campainha voltou a tocar outra vez, e outra, e outra. E depois não tocou mais.

A polícia ligou para ela na manhã seguinte. Um rapaz do departamento administrativo estava encarregado de verificar se estava tudo bem. Pediu desculpas quando percebeu que a tinha despertado. Disse que o corpo dele estava no necrotério e que o entregariam naquela mesma tarde. Caso quisesse, podia contratar um serviço funerário para a manhã de sábado e eles levariam o corpo até lá. Lola desligou e foi até a cozinha. Abriu a geladeira e voltou a fechá-la. Viu que era a hora do programa do doutor Petterson, e foi até a sala e se sentou, mas não teve forças para ligar a televisão.

Ele havia deixado uma caixa. Lola a encontrou na garagem, no chão, diante da porta que dava na horta e de frente para as outras caixas. Era menor que as outras. Leve demais para conter a coleção da *National Geographic* e pesada demais para uma chave fixa ou uma caixa de chocolate em pó. Levou-a para a sala e a pôs sobre a mesa, junto à sua lista. Colada na tampa, com muito cuidado, tinha uma etiqueta do tipo que ela usava para catalogar as coisas. O nome dele estava escrito na primeira linha, e ela o leu em voz alta.

Quase tudo tinha se deteriorado. Na horta, era possível vê-la do quarto, só restavam os tomates e os limões. No jardim da frente, as avencas, as flores-de-sino e as azaleias não conseguiriam mais se recuperar. A correspondência estava na caixa de correio junto da entrada, mas ninguém a trazia mais para casa. Tinham acabado os iogurtes, os biscoitos, as latas de atum, os pacotes de macarrão. Havia um lembrete na primeira gaveta da escrivaninha que dizia *o dinheiro está aqui*. Havia outro idêntico na mesinha de cabeceira dele, *o dinheiro está aqui*, mas aquela gaveta vinha sendo aberta quase por uma semana seguida para o homem dos enterros — que se ocupara de tudo que havia para cuidar sem que ela tivesse que sair da casa — e para o rapaz da rotisseria, toda vez que trazia nacos de frango. Então agora o lembrete daquela gaveta estava riscado com o pincel atômico. Havia alguns sacos de lixo na porta da casa, porque os lixeiros não pulavam o portão para chegar até ali. O frio conservaria o lixo. Lola contava com isso. Tinha coisas urgentes para resolver e tinha sido custoso voltar a se concentrar, lembrar do que era verdadeiramente importante, tomar algumas decisões. Acrescentara um novo item à sua lista. *Ele está morto*. Perguntou-se se essa anotação não deveria constar de uma lista à parte. Mas o importante era o que devia ser lembrado e o que não, e, nesse sentido, todos os itens tinham um valor que os justificava. Ter sua morte presente lhe poupava desgostos referentes ao estado de certas coisas da casa. Caso se concentrasse em certas coisas, se passasse algumas horas de intensa catalogação e etiquetagem, ou mais que o aconselhável diante da televisão, levantava um segundo a cabeça para escutar seus ruídos, para localizá-lo pela casa, para adivinhar o que ele poderia estar fazendo.

Uma noite, sentada diante da televisão, captou ruídos no banheiro. Pareciam pedras contra o vidro da janela. Já não tinha escutado aquele ruído? Por alguma razão se lembrou do ligustro que separava seu jardim do da mulher. Lembrou-se da vala. Houve mais ruídos, se repetiram por alguns segundos com insistência, e Lola esteve a ponto de se deixar distrair outra vez, porém um novo pressentimento a lembrou do que importava. Sentiu isso no corpo, uma advertência física que a pôs em alerta. Baixou o volume da televisão. Com uma das mãos sobre os joelhos, e a outra contra o encosto da poltrona, ergueu seu peso se inclinando no sentido do centro da sala. Já estava de pé. Foi até a garagem e acendeu a luz. As duas lâmpadas grandes do teto iluminaram as caixas. O carro tinha ficado para fora, desde a última vez que ele o usou, e agora quase tudo estava encaixotado. Viu as caixas todas juntas, como se nunca antes tivesse adquirido consciência das dimensões de seu trabalho. Pensou nos móveis pelos quais acabou de passar e entendeu que estavam praticamente vazios. Entreolhou a bancada de trabalho que ficava a suas costas, antes cheia de vidros com pregos, de cordas, cabos e ferramentas, e descobriu que também já resolvera aquilo. Soube quando o fizera e como o fizera, mas por um momento a assustou pensar que alguém mais poderia estar se ocupando dos encaixotamentos. Então lembrou que em outras ocasiões tinha pensado em organizar as coisas da garagem, fora até ali e descobrira que já fizera isso. Que tinha aberto as portas do armário do banheiro e se assustara ao ver que estava vazio, e também ao encontrar o lixo na porta, e a horta desarrumada. Sua respiração ficou agitada, mas ela se concentrou em manter a calma. Sobre o restante das caixas viu uma um pouco menor, uma caixa claramente diferente das demais. Ela nunca cruzaria a fita adesiva daquele jeito, sem acompanhar os encaixes para que o papelão não abrisse caso o peso fosse excessivo. Aproximou-se. Uma etiqueta, daquelas que ela usava para catalogar, tinha o nome dele. E então se lembrou dele.

Lembrou-se de que ele estava morto e de que ele tinha enchido aquela caixa. Daí encontrou outro cartaz, mais abaixo, um com a letra dela que dizia "não abrir". Porém não se lembrou se já a abrira ou não, e se por acaso aquilo não seria uma advertência. Talvez houvesse muito mais coisas de que não se lembrava. Além da lista, precisava anotar outras coisas, coisas novas que não devia esquecer. Foi até a cozinha atrás de seu bloco de notas, estava onde esperava e achou isso bom. Quando ia voltar à garagem, parou. Havia um lembrete grudado na geladeira, uma folha de caderno que dizia: "Me chamo Lola, esta é minha casa". Era a sua letra. Escutou um ruído áspero e espectral, tremendo no seu corpo, e reconheceu que era sua própria respiração. Apoiou-se na bancada da cozinha e foi assim até o banco que usava para lavar pratos, diante da janela. Viu o carro estacionado lá fora e a árvore do jardim da frente. Pensou se o tronco não estaria se avolumando um segundo antes, se o garoto não estaria agachado atrás dele, pronto para entrar na casa quando ela se distraísse. Diante do perigo, percebeu que ela continuava ali, cuidando de todas as coisas, encarregada da casa, das compras, do lixo, encarregada de tudo o que existia sobre o mundo enquanto ele dormia no quarto ao lado.

O que era importante? Sentia fome, mas logo esqueceu disso. Foi até a garagem, voltou para a sala, sentou na poltrona dele. Alcançou no chão duas *National Geographic*, perguntou a si mesma o que fariam ali. Escutou batidas na porta: tinha alguém do outro lado, talvez já tivessem batido antes. Conservou as revistas para se lembrar do que estava fazendo e foi atender. Era a mulher do lado. Lola voltou a se impressionar com aquelas olheiras tão cinzentas. A mulher queria perguntar se ela estava bem. Lola necessitou de um momento para pensar no que responder, e depois foi como se todos aqueles dias anteriores voltassem. Lembrou-se do garoto. Lembrou-se de que ele passava a tarde inteira com o garoto. Aquilo que aconteceu na rotisseria, e que o garoto tinha desaparecido. Então também lembrou das caixas e de que queria morrer, fazia anos, e de que ainda estava viva, viva inclusive sem ele.

"Precisa de alguma coisa?", perguntou a mulher.

Lola tinha se encurvado um pouco, levando as mãos ao peito, mas levantou o olhar na mesma hora.

"Estou doente", disse, "vou morrer logo."

"Estou sabendo", disse a mulher.

Ficaram um momento em silêncio. Depois a mulher deu um passo para a rua e se voltou outra vez para Lola:

"Aquelas caixas que me ofereceu... Ainda tem elas?"

"As caixas..."

Lola pensou nas caixas, se estavam sobrando caixas — não estavam sobrando —, sobre o que seria conveniente fazer naquele momento. Pensou que se as caixas eram para que a mulher se mudasse — coisa que seria muito conveniente —, poderia esvaziar algumas das que já estavam prontas e pedir que as devolvesse mais adiante, porém a mulher parecia querê-las para outra coisa e, se fosse assim, preferia conservá-las, ou doá-las, ou até queimá-las, mas de nenhuma forma seriam caixas que ela voltaria a ver.

"Precisa das caixas para quê?", perguntou Lola.

"Quero guardar as coisas do meu filho que sobraram."

"Ele não mora mais com você?"

"Lola, meu filho está morto, já te falei isso não sei quantas vezes."

Alguma coisa se desatou e se expandiu. Lola pôde sentir isso por dentro, perto do esôfago, como uma pastilha atravessada na garganta que enfim se dissolve. Pensou no achocolatado, no banquinho que tinha ficado aberto na horta dele, sobre as folhas secas. Depois viu as *National Geographic* pendendo de sua mão direita e se perguntou se por acaso ele tinha voltado a bagunçar as revistas, se outra vez ela teria de resolver sua negligência e sua bagunça.

"Foi encontrado na vala", disse a mulher, e Lola se perguntou por que a mulher a olhava daquela forma. "Não escutou nada mesmo? Nem a polícia?"

Se ela desse um passo adiante, Lola teria que dar outro para trás e então ambas estariam dentro da casa. Era uma situação perigosa.

"Alguém chamou a polícia para avisar que meu filho ficou horas naquela vala, mas já era tarde demais."

Lola meteu a mão livre no bolso e acariciou o papel gasto de sua lista. Intuía claramente que fizera novas anotações, mas não lembrava quais eram e lhe pareceu pouco gentil verificar naquele momento.

"E eu acho que foi você", disse a mulher.

Lola esperou. Olhou com desconfiança para ela.

"Está se referindo a quê?"

"Você viu meu filho na vala."

"Quem é você?"

"Não sabe quem eu sou, mas sempre se lembra das caixas."

Lola acariciou o papel no seu bolso, precisava mesmo ler a lista.

"Não posso te emprestar as caixas, estão todas ocupadas." Lola se perguntou com o que as caixas estariam lotadas e se lembrou no mesmo instante. Então se lembrou dele: "Deus santo, ele está morto...".

"Isso mesmo, e acho que foi você quem avisou a polícia."

Isso tornou a deixar Lola confusa.

"Desculpe, não entendo o que está me dizendo."

Lola sacou a lista — não pôde evitar —, abriu-a e leu para si mesma. A lista dizia:

Jogar as coisas estragadas.
Embalar o indispensável.
Concentrar-se na morte.
Ele está morto.

A mulher deu um passo para frente, ela deu outro para trás, e então estavam dentro da casa. Lola a empurrou, foi um movimento instintivo, e a mulher recuou além do patamar, e quase tropeçou com o empurrão que a deixou na entrada, dois degraus abaixo. Lola fechou a porta e o trinco, e esperou. Esperou um minuto, atenta ao silêncio e à maçaneta da porta, e então esperou outro minuto. Não aconteceu nada. Dois minutos é muito tempo, os joelhos e os tornozelos começaram a doer, sentiu as costas, mesmo assim esperou. Reuniu forças, espiou pelo visor e a mulher já não estava. Procurou sua caneta e acrescentou ao final da lista:

A mulher ao lado é perigosa.

Depois leu a lista de novo. Havia muitas coisas importantes, e os dois primeiros itens não estavam mais à altura. Riscou ambos. Escreveu algo a mais no final. Agora a lista dizia:

Concentrar-se na morte.
Ele está morto.
A mulher ao lado é perigosa.
Caso não se lembre, aguarde.

Despertou com um ruído mas não abriu os olhos e disse a si mesma que tinha feito o certo. Porque não se tratava do intruso, nem do portão da frente. O ruído foi próximo e sutil, dentro do quarto. Se abrisse os olhos, falou a si mesma, poderia ter de enfrentar algo terrível. Concentrou-se em controlar as pálpebras. Estava pronta para a morte, que alívio seria se fosse só a morte, não queria sofrer, não queria que a machucassem, e outra vez aquele ruído sobre a madeira do piso, inconfundivelmente humano. Seria ele? Não, disse a si mesma em silêncio. Ele estava morto. Abriu os olhos. O garoto estava parado aos pés da cama. Não podia ver seu rosto, apenas seu contorno escuro. Queria lhe perguntar como tinha entrado, mas se deu conta de que não podia falar e se perguntou se seria porque estava assustada ou porque o garoto teria lhe feito alguma coisa, alguma coisa que a impedia de falar ou gritar. Devagarinho, apoiando o braço, o garoto sentou na beira da cama. Lola teve de mover os pés e encolher as pernas para não tocá-lo. Achou o garoto mais magro, mais pálido. Quando ele a olhou, o rosto estava escurecido por completo, e já não pôde adivinhar nenhum outro gesto. Onde ele estava sempre que o garoto tentava assustá-la? Lola não fez nada quando o garoto se levantou e foi para a cozinha. Seguiu seus ruídos. Escutou-o tropeçar ao caminhar, bater-se duas vezes contra os móveis. Abriu as portas da despensa, uma atrás da outra, até que, depois da última, tudo ficou em silêncio. Teria encontrado o achocolatado?

Podia ver as ranhuras da madeira. Fechou e abriu os olhos. Estava deitada no piso da sala. O que fazia no chão? Apalpou o bolso do avental para verificar se ainda tinha a lista, mas não a encontrou. O lado do corpo sobre o qual estava deitada doía. Levantou-se com vagar, atenta a que suas pernas funcionassem da maneira correta. As dores costumeiras continuavam ali. Foi até a cozinha. Havia sacos de lixo pelo corredor, nas prateleiras vazias. Cruzou a cozinha e entrou na garagem. Tinha mais caixas do que lembrava e pensou que talvez ele tivesse embalado coisas às escondidas. Levou as mãos até os bolsos e descobriu as gazes em seus dedos. Tirou as mãos e as examinou. As gazes envolviam o dedo indicador, o polegar da mão direita e o pulso inteiro da esquerda. Tudo estava manchado de um vermelho já ressequido. Tinha fome e voltou à cozinha. Sobre as torneiras, um lembrete dizia "Girar à direita para abrir, girar à esquerda para fechar", ao lado de outro, que dizia "esquerda", e na outra ponta outro lembrete dizia "direita". O leite estava fora, sobre a bancada, o lembrete do leite dizia "guardar na geladeira". Havia uma lista um pouco adiante, porém não era a sua lista, sua lista de coisas importantes. Essa lista dizia "é preciso botar o leite num recipiente para que ele não derrame". Não tinha certeza se ainda tinha algum leite, então não continuou lendo e o jogou na lixeira. Daí ouviu um som rouco às suas costas. Silencioso, mesmo assim perceptível para ela, que estava alerta e conhecia seu espaço. Voltou a ouvir, desta vez vindo do teto, e a ouvir de novo, muito mais perto, rodeando-a por completo. Ia e vinha, como uma rouquidão áspera e profunda, como a respiração de um grande animal dentro da casa. Olhou o teto e as paredes, assomou à janela. Depois falou consigo mesma, lembrou-se de que já havia escutado aquele ruído e que isso a atrasava ainda mais naquilo que devia fazer. Falou para si mesma que não podia se permitir mais distrações. O que era mesmo que tinha para fazer?

Os três espelhos da casa estavam partidos, os vidros estilhaçados esparramados pelo piso, mais vidros contra as paredes, varridos ao acaso. Tinha certeza de que tinha sido o garoto. Aquele garoto, que era o garoto dele, levara toda a comida da despensa e andava quebrando tudo. Tinha levado o achocolatado também? Levantou-se da cama. Alguma coisa cheirava muito mal, um cheiro ácido e velho. Calçou as meias e as sandálias. Então voltou a escutá-lo: estava outra vez na casa, roubando, quebrando, comendo. Levantou-se — estava furiosa, não o suportava mais — e saiu do quarto amarrando o penhoar. Foi até a porta. O cartaz da porta dizia "Não esquecer as chaves", então as pegou e saiu. A luz do entardecer a surpreendeu, tinha certeza de que era de manhã, mas falou para si mesma que agora devia se concentrar nesta nova ideia. Desviou da lixeira, atravessou as ervas daninhas até o portão, que estava aberto, e saiu para a calçada. Hesitou, olhou para os pés, as sandálias úmidas, depois retomou o caminho até a porta da casa da mulher e tocou a campainha. Tudo aconteceu muito rápido. Não houve dor, nem complicações respiratórias, e quando a mulher atendeu, Lola não soube muito bem se estava fazendo o certo.

"Bom dia", disse Lola.

A mulher permaneceu olhando para ela. Estava tão magra e tão pálida, era mais que evidente que era uma mulher doente, ou viciada, a ponto de Lola se preocupar com as consequências do que tinha para lhe dizer.

"Seu filho está me roubando."

E tinha aquelas terríveis olheiras.

"Esvaziou toda a despensa."

Algo brilhou no fundo dos olhos da mulher e suas feições endureceram ainda mais. Tomou ar, mais ar de que uma mulher tão miúda poderia necessitar, e fechou a porta atrás de si, como se Lola tivesse alguma intenção de entrar naquela casa.

"Senhora..."

"E não é a primeira vez que faz isso."

"Meu filho está morto."

A voz soou fria e metálica, como a de uma secretária eletrônica, e Lola se perguntou como as pessoas podiam dizer coisas assim, sem nenhum tipo de escrúpulo.

"Seu filho está vivendo nos fundos da minha casa, e está quebrando todos os meus espelhos", falou com voz firme e forte e não se arrependeu de fazê-lo.

A mulher deu um passo para trás e comprimiu as têmporas com os punhos cerrados.

"Não aguento mais você. Não aguento", disse a mulher.

Lola enfiou as mãos nos bolsos, sabia que havia algo importante a procurar, no entanto não conseguia lembrar o quê.

"Precisa ficar calma", disse Lola.

A mulher assentiu. Respirou e baixou os punhos.

"Lola", disse a mulher.

Como aquela mulher sabia o seu nome?

"Lola, meu filho está morto. E você está doente." Deu mais um passo para trás, e Lola pensou que era de pessoa bêbada, ou de alguém que não consegue mais controlar os nervos. "Você está doente, entende? E toca a campainha da minha casa...", os olhos dela se encheram de lágrimas, "o tempo todo."

A mulher tocou a campainha da própria casa duas vezes, o ruído era incômodo e foi ouvido acima de suas cabeças.

"Toca e toca o tempo todo", voltou a tocar tão forte que o dedo se dobrou sobre a campainha, e uma vez mais e outra, com violência, "para me dizer que meu filho está vivo no fundo de sua casa", seu tom de voz subiu abruptamente. "Meu filho, o filho que enterrei com minhas próprias mãos porque você é uma velha estúpida que não avisou a polícia a tempo."

Empurrou Lola para trás e fechou a porta com uma batida. Lola a escutou chorar atrás da porta. Gritar, enquanto se afastava. Outra batida forte mais ao fundo da casa. Ficou olhando as sandálias. Estavam tão úmidas que deixavam pegadas no cimento. Deu alguns passos para ter certeza, olhou o céu e se deu conta de que o programa do doutor Petterson devia estar prestes a começar, mas então lembrou por que tinha ido até ali, subiu os degraus até a porta e tocou a campainha. Esperou. Prestou atenção e chegou a escutar ruídos no fundo da casa. Voltou a olhar suas sandálias, que estavam molhadas, e então lembrou outra vez de que o programa do doutor Petterson devia estar para começar e desceu os degraus devagar, muito devagarinho, calculando a estratégia que lhe permitiria voltar para casa o mais rápido possível sem que a respiração se agitasse em seus pulmões.

No entanto, Lola recordava perfeitamente o incidente do supermercado. Procurava um produto novo no setor de enlatados. Fazia calor, porque os empregados daquele supermercado não regulavam direito o ar-condicionado. Lembra-se dos preços, dez pesos e noventa, por exemplo, custava a lata de atum que tinha na mão quando uma vontade louca de ir ao banheiro pressionou sua bexiga. Foi então que viu a mulher, um pouco mais alta, próxima dos laticínios, concentrada nos iogurtes. Tinha uns quarenta anos e era robusta demais, tanto que Lola não pôde deixar de pensar que tipo de marido conseguiria uma mulher como aquela e também que, se ela tivesse sido assim com aquela idade, teria encontrado um jeito de baixar um pouco de peso. Sua bexiga voltou a pressionar, desta vez um pouco mais forte que o normal, e Lola entendeu que já não era uma necessidade que pudesse controlar, e sim uma emergência. Uma nova pressão a assustou e ela soltou a lata de atum, que bateu contra o piso. Viu a mulher se voltar para ela. Temeu que um pouco de xixi tivesse escapado, ficou constrangida e engoliu em seco. Esse tipo de coisa não acontecia com ela, daí sentiu a umidade e disse a si mesma que deviam ser apenas algumas gotas, que não daria para perceber na saia que vestia. Foi nesse momento exato que o viu, estava sentado no carrinho da mulher, olhando para ela. Demorou a reconhecê-lo, por um segundo não passou de um garoto normal, um garoto de uns dois ou três anos sentado na cadeira do carrinho. Até que viu seus olhos escuros e brilhantes olhando para ela, as mãozinhas apertando a barra de metal, pequenas mas fortes, e teve certeza de que se tratava de seu filho. O molhado quente da urina revelava parte da forma de sua calcinha. Deu dois passos desajeitados para trás e viu a mulher se aproximar dela. Ainda aconteceu mais alguma coisa, algo que não pôde contar a ninguém, nem ao médico do hospital nem a ele. Algo de que se recorda porque daquele dia não se esqueceu de nada. Viu sua cara na cara da mulher, olhando para ela. Não era um jogo de espelhos. Aquela mulher era ela mesma, trinta e cinco anos atrás. Foi uma certeza aterrorizante. Gorda e desarrumada, se viu se aproximar de si mesma com idêntica repulsa.

O doutor Petterson continuava ali, olhando para ela da televisão e lhe mostrando uma lata de conserva. Ela estava de pé, apoiada na mesa com uma das mãos. Com a outra baixou o fecho da saia para deixá-la cair, mas estava colada ao corpo e teve que dar um puxão para baixo a fim de conseguir tirá-la. O garoto estava sentado na poltrona dele. Então o viu sozinho, e se entreolharam. Lola não soube o que o garoto pensava nem o que ela própria pensava a respeito do garoto. Só sabia que sentia muitíssima fome, e que seus vinte e quatro iogurtes de creme e pêssego não estavam mais na geladeira. Então se lembrou do achocolatado, e se viu comendo-o às escuras na cozinha, a colheradas. Tinha sido ela, todo aquele tempo? Seria possível? Ele saberia disso? Onde estava ele? Escutou um som grave, profundo. Tão grave que o solo tremeu debaixo de seu corpo. Soou outra vez, obscuro e pesado dentro dela. Era sua respiração cavernosa, um grande monstro pré-histórico no centro de seu corpo batendo dolorosamente nela. E no entanto era isso o que procurava, disse a si mesma, intuitivamente. Apoiada contra a parede, se deixou cair até o chão. Concentrou-se na dor. Porque, se aquilo era a morte, esse era o golpe final que precisava para morrer. Era tudo o que queria, o que havia desejado por tantos anos, mas que levou apenas ele. Terminar. Seu coração acelerou, bateu no peito e agitou o monstro, as vozes se apagaram, ela se deixou levar, afundar e perder, afastando-se do mal-estar. Viu uma imagem muda. A recordação de uma tarde de calor no sítio de seus avós, segurando a saia do vestido azul repleta de flores silvestres. E mais uma imagem, a primeira vez que ele cozinhou para ela, a mesa posta, o perfume adocicado da carne com ameixas. Então Lola voltou a seu corpo, e a dor voltou a seu corpo. Sentiu na carne o ar cortante subir e descer. Em seus pulmões, uma pontada aguda a atingiu com sua última revelação: não ia morrer nunca, porque para morrer tinha que se lembrar do nome dele, porque o nome dele também era o nome de seu filho, o nome que estava na caixa, a metros dela. Mas o abismo se abrira, e as palavras e as coisas se distanciavam agora a toda a velocidade, com a luz, já muito distante de seu corpo.

Quarenta centímetros quadrados

MINHA SOGRA ME PEDE para comprar aspirinas. Me dá duas notas de dez e explica como chegar à farmácia mais próxima.

"Certeza que não tem problema você ir?"

Faço que não e sigo em direção à porta. Procuro não pensar na história que ela acaba de me contar, mas o apartamento é pequeno e exige que eu desvie dos muitos móveis, das tantas estantes e cômodas repletas de enfeites, a ponto de ser difícil pensar em outra coisa. Saio do apartamento para o corredor escuro. Não acendo as luzes, prefiro que a luz chegue por si quando as portas do elevador se abrirem e me iluminarem.

Minha sogra montou uma árvore de Natal sobre a lareira a gás de pedras artificiais, que insiste em levar sempre que muda de casa. A árvore de Natal tem a altura de um anão, é delgada e de um verde-claro artificial. Tem bolas vermelhas, duas guirlandas douradas e seis bonequinhos do Papai Noel pendendo dos galhos como um clube de enforcados. Paro para vê-la várias vezes por dia ou penso nela enquanto faço outras coisas. Penso que minha mãe comprava guirlandas bem mais fofas e macias, e que os olhos dos papais-noéis não estão pintados exatamente em cima dos globos oculares, onde deveriam estar.

Quando chego à farmácia que ela me indicou, vejo que está fechada. São dez e quinze da noite e terei de procurar alguma de plantão. Não conheço o bairro e não quero ligar para Mariano, de modo que adivinho pelo trânsito qual a avenida mais próxima e caminho até lá. Preciso voltar a me acostumar a esta cidade.

Antes de viajar para a Espanha, devolvemos o apartamento que alugávamos e embalamos as coisas que não levaríamos conosco. Minha mãe trouxe caixas do trabalho dela, quarenta e sete caixas de vinhos de Mendoza que fomos montando à medida do necessário. Nas duas vezes em que Mariano nos deixou sozinhas, minha mãe voltou a perguntar qual o motivo real de nossa partida, mas não consegui responder nenhuma vez. Um caminhão de mudanças levou tudo para um guarda-volumes. Lembro disso porque tenho quase certeza de que na caixa que diz "banheiro" tem uma cartela de aspirinas. Mas agora, de volta a Buenos Aires, ainda não fomos resgatá-las. Antes precisamos encontrar um novo apartamento e, antes ainda, juntar ao menos parte do dinheiro que perdemos.

Minha sogra tinha acabado de me contar essa história horrível, só que contou com orgulho e disse que alguém deveria escrevê-la. É anterior a seu divórcio, anterior à venda da casa e à sua ajuda com o dinheiro para irmos à Espanha. Então a pressão dela caiu, ela sentiu uma dor de cabeça terrível e me pediu que comprasse aspirinas. Acredita que sinto saudade de minha mãe, e não entende por que não quero ligar para ela.

Vejo uma farmácia uma quadra mais adiante, na avenida, espero o semáforo abrir para atravessar. Também está fechada, mas tem uma lista de plantões. Se não me engano, tem uma do outro lado da Santa Fe, passando a entrada da estação Carranza. São cerca de quatro quadras dali e já estou meio longe. Penso que seria bom que Mariano chegasse, perguntasse à mãe por mim, e ela tivesse que se explicar dizendo que me mandou comprar aspirinas às dez e meia da noite num bairro que não conheço. Depois me pergunto por que isso seria bom.

Primeiro minha sogra contou que estava em pé no meio da sala de jantar de sua casa. O marido estava no trabalho, mas logo voltaria. Seus quatro filhos também estavam fora, um trabalhando com o pai, os outros estudando. Na noite anterior havia brigado outra vez com o marido, e tinha pedido o divórcio. A casa era grande, e ela já não a controlava. A empregada estava no comando agora, e ela já não sabia dizer o que havia nos armários nem o que faltava na despensa. Quando se sentavam à mesa, os filhos se divertiam vendo-a comer. Caso tivesse frango, roía os ossos com ansiedade, se houvesse sobremesa, servia-se de porção dupla, tomava água com a boca cheia. É que ando muito sozinha, pensava consigo mesma, e meus filhos só acreditam no pai deles.

Pego a primeira rua no sentido do cruzamento mas está fechada, é uma rua sem saída, e o mesmo acontece na quadra seguinte. Procuro alguém a quem possa perguntar. Encontro uma mulher que me olha desconfiada. Diz que duas quadras mais adiante dá para atravessar para o outro lado da Santa Fe pelas passagens subterrâneas do metrô.

De modo que naquele dia minha sogra estava em pé no meio da sala de jantar, olhou suas mãos e decidiu seu próximo passo. Pegou o casaco, a bolsa, saiu da casa e tomou um táxi até a rua Libertad. Caía um dilúvio, mesmo assim ela sentia que, se não fizesse o que tinha que fazer naquele exato momento, não faria nunca mais. Quando desceu, molhou as sandálias, a água lhe chegava até os tornozelos. Tocou a campainha de uma loja de compra e venda de ouro. Viu o vendedor se aproximar entre os balcões iluminados. Suponho que abriu e a olhou de cima a baixo, lamentando que alguém entrasse em sua loja tão ensopado. O ar-condicionado estava muito forte e a atingia bem na nuca.

"Quero vender este anel", ela disse. Pensou que seria difícil retirá-lo, pois havia engordado muito, no entanto estava ensopada, e o anel saiu sem esforço.
O homem o pôs sobre uma pequena balança eletrônica.
"Posso pagar trinta dólares."
Ela levou alguns segundos para responder. Depois disse:
"É a minha aliança de casamento."
E o homem disse:
"É o que vale."
Agora desço pela boca do metrô e pego a passagem para atravessar a avenida. Diante das placas do cruzamento reconheço o lugar e me lembro de que já estive aqui outras vezes. À direita, descendo mais duas escadas, fica a plataforma do metrô; à esquerda, a saída. Talvez porque esteja pensando que exista alguma farmácia no metrô, ou porque quero me lembrar um pouco mais da estação, desço rumo à direita. Dilato o tempo porque me ajuda a seguir adiante, faz um mês e meio que não tenho absolutamente nada para fazer. Então me dirijo à estação. Tenho comigo um tíquete que ainda serve, um trem está chegando. As rodas rangem um pouco, e as portas se abrem em uníssono. Na plataforma tem pouca gente porque o serviço termina às onze. Alguém aparece no primeiro vagão, talvez um segurança se perguntando se vou subir ou não. Quando o trem se afasta sento num dos bancos vazios. A estação fica em silêncio e então algo se move um pouco além do banco. É um homem velho sentado no chão. É um mendigo, suas pernas terminam em dois cotocos um pouco antes dos joelhos. Observa o anúncio de xampu que está do outro lado dos trilhos.
Minha sogra aceitou o dinheiro, contou que saiu acariciando o dedo anelar. Lá fora não chovia mais, porém a água ainda subia por todos os lugares e as sandálias molhadas lhe machucavam os pés. Alguns dias depois trocaria os dólares que levava

nos bolsos por um par de sandálias que nunca teria coragem de usar, e ainda assim continuaria casada por mais vinte e seis meses. Contou isso na sala de jantar enquanto pintava as unhas. Disse que não precisa do dinheiro da Espanha, e que podemos devolvê-lo quando quisermos. Disse que sente muita falta dos filhos, mas sabe que eles andam ocupados com suas coisas, e não quer parecer chata ligando sempre que gostaria de ligar. Pensei que precisava escutá-la, que era minha obrigação porque eu estava vivendo na sua casa, e porque sentia culpa por ela não ter mais seu anel de trinta dólares. Porque insistia em cozinhar para nós, em passar a roupa todas as vezes que a lavávamos, porque tinha sido tão boa comigo desde o princípio. Também disse que pediu à vizinha ao lado os classificados de domingo e procurou algum novo apartamento para se mudar, pois este tampouco lhe parecia iluminado o suficiente. Escutei-a porque não tinha mais nada para fazer, e a olhei porque estava sentada diante da árvore de Natal. E ao final disse que adorava conversar comigo, assim, como duas amigas. Que quando era garota, na cozinha de sua casa se falava de tudo, que gostaria que sua mãe ainda estivesse a seu lado. Ficou um tempo calada, de modo que tentei retomar minha revista, só que ela disse:

"Quando peço alguma coisa a Deus, peço assim: Deus, faça o melhor que puder", e deu um longo suspiro. "De verdade, não peço nada específico. De tanto escutar as pessoas aprendi que nem sempre elas pedem o que é melhor para elas."

E então disse que sua cabeça doía muito, que estava enjoada, e perguntou se eu me incomodaria em ir atrás de aspirinas.

Outro trem parte da estação. O mendigo me olha e diz:

"Você também não toma nenhum?"

"Preciso das minhas caixas", digo, pois lembro delas de supetão e assim descubro o que eu quero, por que ainda estou sentada neste banco.

Contudo, minha sogra disse mais uma coisa. Algo meio besta que não pude tirar da cabeça. Disse que, ao sair da loja com seus trinta dólares, não podia mais voltar para casa. Tinha dinheiro para um táxi, lembrava seu endereço, não tinha outra coisa para fazer, mas, simplesmente, não podia fazê-lo. Ela caminhou até a esquina, onde havia um ponto de ônibus, sentou no banco de metal e ali ficou. Observou as pessoas. Não queria nem podia pensar em nada, nem chegar a qualquer conclusão. Só podia olhar e respirar, porque seu corpo fazia isso automaticamente. Um tempo indefinido se cumpria de um modo cíclico, o ônibus chegava e partia, o ponto ficava vazio e voltava a encher. As pessoas que esperavam estavam sempre carregando algo. Levavam suas coisas em sacolas, em bolsas, debaixo do braço, pendendo das mãos, apoiadas no piso entre os pés. Estavam ali para cuidar de suas coisas, e em troca suas coisas as sustentavam.

O mendigo sobe no meu banco. Não entendo como fez, e me surpreende como possa se mover tão rápido. Fede a lixo, mas é gentil. Tira de sua sacola um guia de ruas.

"Você quer suas caixas", diz, e abre o guia para mim, "mas não sabe como chegar..."

Apesar de ser um guia velho, reconheço no mapa as estações de metrô da cidade. De Retiro até Constitución e do Centro até Chacarita.

Minha sogra diz que lembra de tudo, lembra tanto que pode descrever cada coisa que as pessoas carregavam. Mas ela não levava nada. E não ia para nenhum lugar. Disse que estava sentada em quarenta centímetros quadrados, disse isso. Demorei a entender. É difícil pensar na minha sogra dizendo algo assim, embora tenha sido isso o que ela disse: que estava sentada em quarenta centímetros quadrados, e que isso era tudo o que seu corpo ocupava no mundo.

O mendigo me espera. Abaixa por um segundo o olhar e descubro que tem um par de olhos desenhado nas pálpebras, como os papais-noéis da árvore de Natal. Penso que deveria me levantar, que uma vez no guarda-volumes reconhecerei a caixa de que preciso. Mas não consigo. Não posso nem me mexer. Se parar, não posso deixar de ver quanto meu corpo realmente ocupa. E se olhar o mapa — o mendigo o aproxima agora mais um pouco, talvez isso ajude —, descobrirei que, em toda a cidade, não existe nenhum lugar que eu possa lhe indicar.

Um homem sem sorte*

NO DIA EM QUE COMPLETEI OITO ANOS, minha irmã — que não suportava que a deixassem de olhar por um só segundo — tomou de um só gole uma xícara inteira de água sanitária. Abi tinha três anos. Primeiro ela sorriu, talvez por causa do nojo, depois fechou a cara num assustado gesto de dor. Quando mamãe viu a xícara vazia pendendo da mão de Abi, ficou tão branca quanto ela.

"Abi-valha-me-deus", isso foi tudo o que mamãe disse. "Abi--valha-me-deus", e ainda demorou mais alguns segundos para entrar em ação.

Sacudiu Abi pelos ombros, mas ela não respondeu. Gritou com ela, mas Abi tampouco respondeu. Correu até o telefone e ligou para papai, e quando voltou correndo Abi continuava em pé, com a xícara meio caída na mão. Mamãe arrancou a xícara dela e a jogou na pia. Abriu a geladeira, tirou o leite e verteu num copo. Ficou olhando o copo, depois Abi, depois o copo e finalmente jogou também o copo na pia. Papai, que trabalhava

---

* Em 2015, *Sete casas vazias* recebeu o IV Prêmio Internacional de Narrativa Breve Ribera del Duero. O conto "Um homem sem sorte", que obteve o Prêmio Internacional de Conto Juan Rulfo 2012, não integrava o manuscrito que participou do concurso.

pertinho de casa, chegou logo em seguida, e ainda deu para mamãe repetir todo o espetáculo do copo de leite outra vez, antes de ele começar a tocar a buzina e a gritar.

Mamãe passou feito um raio, apertando Abi contra o peito. A porta da saída, o portão e as portas do carro permaneceram abertas. As buzinas começaram a soar e mamãe, que já estava sentada no carro, desatou a chorar. Papai teve que dar dois berros até eu entender que cabia a mim fechar as portas.

Completamos as dez primeiras quadras em menos tempo do que levei para fechar a porta do carro e travar o cinto de segurança. Só que ao chegarmos à avenida, o trânsito estava praticamente parado. Papai buzinava e gritava: "Estou indo para o hospital! Estou indo para o hospital!". Os carros ao redor manobravam ligeiramente, por milagre conseguiam nos deixar passar e, dois carros depois, tudo recomeçava. Papai freou logo atrás de outro carro, parou de buzinar e bateu a cabeça contra o volante. Nunca tinha visto ele fazer uma coisa dessa. Houve um momento de silêncio e ele então se recompôs e olhou para mim pelo espelho retrovisor. Virou e me disse:

"Tire a calcinha."

Eu estava com meu uniforme escolar. Todas as minhas calcinhas eram brancas, apesar de não estar pensando nisso naquela hora e nem conseguir entender o pedido do papai. Apoiei as mãos no banco para me segurar melhor. Olhei para mamãe e ela gritou:

"Tira logo essa porra dessa calcinha!"

E eu tirei. Papai a arrancou de minhas mãos. Baixou a janela, voltou a buzinar e pôs minha calcinha para fora. Ergueu-a bem alto enquanto gritava e continuou a buzinar, e toda a avenida se virou para olhar para ela. A calcinha era pequena, mas também era muito branca. Uma quadra atrás uma ambulância ligou as sirenes, nos alcançando muito velozmente para nos escoltar. Papai continuou balançando a calcinha até que chegamos ao hospital.

Deixaram o carro ao lado das ambulâncias e desceram na mesma hora. Sem nos esperar, mamãe correu com Abi e entrou no hospital. Hesitei se devia ou não descer: eu estava sem calcinha e queria ver onde papai a tinha deixado, só que não a encontrei nem nos bancos dianteiros nem na mão dele, que já trancava a porta pelo lado de fora.

"Vamos, vamos", disse papai.

Ele abriu minha porta e me ajudou a descer. Fechou o carro. Me deu umas palmadinhas no ombro enquanto entrávamos no saguão central. Mamãe saiu de um quarto dos fundos e fez um sinal para a gente. Fiquei aliviada ao ver que ela tinha voltado a falar, dando explicações para as enfermeiras.

"Fique aqui", disse papai, e me apontou umas cadeiras alaranjadas do lado de lá do corredor.

Sentei. Papai entrou no consultório com mamãe e esperei um bom tempo. Não sei quanto, mas foi um bom tempo. Colei os joelhos bem juntinhos e pensei em tudo o que tinha acontecido em tão poucos minutos e na possibilidade de que algum dos garotos da escola tivesse visto aquele espetáculo com minha calcinha. Quando me ajeitei, a saia do uniforme esticou e minha bunda grudou no plástico da cadeira. Às vezes a enfermeira entrava ou saía do consultório e dava para escutar meus pais discutindo. Quando dei uma olhada, pude ver Abi se mexer incomodada numa das macas, e soube que, ao menos naquele dia, ela não iria morrer. E daí esperei mais um pouco. Então um homem veio e sentou ao meu lado. Não sei de onde saiu, não o tinha visto antes.

"Tudo bem?", perguntou.

Pensei em dizer tudo bem, que é o que mamãe costuma responder quando lhe perguntam isso, mesmo que tivesse acabado de dizer que a estávamos deixando louca.

"Sim", falei.

"Está esperando alguém?"

Pensei. Não estava esperando ninguém ou, pelo menos, não era o que gostaria de estar fazendo naquele momento. Então neguei e ele disse:

"E por que está sentada numa sala de espera?"

Entendi que era uma grande contradição. Ele abriu um saquinho que tinha sobre os joelhos. Remexeu um pouco, sem pressa. Depois retirou um papelzinho rosado de uma carteira.

"Aqui está, sabia que estava em algum lugar."

O papelzinho tinha o número 92.

"Vale um sorvete, te convido", disse.

Falei que não. Não se pode aceitar coisas de estranhos.

"Mas é grátis, ganhei isso."

"Não."

Olhei para a frente e ficamos em silêncio.

"Como quiser", ele disse, sem se chatear.

Tirou do saquinho uma revista e começou a preencher umas palavras cruzadas. A porta do consultório voltou a abrir e escutei papai dizer "não vou concordar com uma estupidez dessas".

Lembro disso porque esse é o ponto final do papai para quase qualquer discussão, mas o homem não pareceu escutá-lo.

"É meu aniversário", falei.

"É meu aniversário", repeti para mim mesma, "o que eu devia estar fazendo?" Ele deixou o lápis marcando um quadradinho e olhou com surpresa para mim. Concordei sem olhá-lo, consciente de ter outra vez a sua atenção.

"Ué...", ele disse e fechou a revista, "é que às vezes não entendo as mulheres. Se é seu aniversário, por que está numa sala de espera?"

Era um homem observador. Me estiquei outra vez na minha cadeira e vi que, mesmo assim, mal chegava aos ombros dele. Ele sorriu e arrumei meu cabelo. E então falei:

"Não estou usando calcinha."

Não sei por que falei isso. É que era meu aniversário e eu estava sem calcinha, e era algo em que não podia deixar de pensar. Ele ainda estava olhando para mim. Talvez tivesse se assustado, ou se ofendido, e entendi que, apesar de não ter sido minha intenção, era meio grosseiro aquilo que eu acabara de dizer.

"Mas é o teu aniversário", ele disse.

Concordei.

"Não é justo. Não dá para sair por aí sem calcinha no dia do aniversário."

"Eu sei", falei, e falei isso com muita segurança, porque acabava de descobrir a injustiça a que todo aquele espetáculo da Abi tinha me levado.

Ele permaneceu um momento sem dizer nada. Depois olhou para as janelas que davam para o estacionamento.

"Já sei onde conseguir uma calcinha", disse.

"Onde?"

"Problema resolvido." Guardou as coisas dele e se levantou.

Hesitei em levantar. Por não usar calcinha, mas também porque não sabia se estava dizendo a verdade. Ele olhou para o guichê da entrada e cumprimentou as atendentes com uma das mãos.

"Voltamos já, já", falou e apontou para mim. "É o aniversário dela." E pensei "pelo amor de Deus e da Virgem Maria, que não fale nada sobre a calcinha", mas ele não falou: abriu a porta, piscou um olho para mim, e soube na hora que podia confiar nele.

Saímos para o estacionamento. Em pé, eu mal ultrapassava a cintura dele. O carro do papai continuava ao lado das ambulâncias, um policial dava voltas ao redor dele, incomodado. Fiquei olhando para ele, que viu a gente se afastar. O ar envolveu minhas pernas e subiu, inflando minha saia; tive que caminhar segurando-a, com as pernas bem juntas.

Ele se virou para ver se eu o seguia e me viu lutando com o meu uniforme.

"Melhor irmos colados à parede."

"Quero saber aonde vamos."

"Não se faça de difícil, *darling*."

Atravessamos a avenida e entramos num shopping. Era um shopping meio caído, não acho que mamãe o conhecesse. Fomos até os fundos, na direção de uma grande loja de roupas, uma realmente gigante que tampouco acho que mamãe conhecesse. Antes de entrar, ele falou "não vá se perder" e me deu a mão, que era fria e muito suave. Cumprimentou as caixas com o mesmo gesto que tinha feito para as atendentes na saída do hospital, mas não vi ninguém lhe responder. Avançamos por entre os corredores de roupa. Além de vestidos, calças e camisetas, havia roupa de trabalho: capacetes, macacões alaranjados como os dos lixeiros, guarda-pós para faxineiras, botas de borracha, e até algumas ferramentas. Me perguntei se ele comprava sua roupa por ali e se usaria alguma daquelas coisas e então me perguntei também qual seria o nome dele.

"É aqui", falou.

Estávamos rodeados de gôndolas com roupas de baixo masculina e feminina. Se esticasse a mão poderia tocar uma cesta cheia de calcinhas gigantes, maiores que qualquer uma que já tinha visto, e a apenas três pesos cada uma. Com uma daquelas calcinhas daria para fazer três para alguém do meu tamanho.

"Essas daí não", ele falou, "aqui." E me levou um pouco mais além, a uma seção de calcinhas menores. "Olha quanta calcinha tem aqui... Qual será a escolhida, *my lady*?"

Dei uma olhada. Quase todas eram rosa ou brancas. Apontei uma branca, uma das poucas que não tinham lacinho.

"Esta", falei. "Mas não tenho como pagar."

Aproximou-se um pouco e me falou ao ouvido:

"Não é preciso."
"Você é o dono?"
"Não. É teu aniversário."
Sorri.
"Mas tem que procurar melhor. Para termos certeza."
"O.k., *darling*", falei.
"Não diga 'O.k., *darling*'", disse ele, "senão vou me fazer de difícil." E me imitou segurando a saia no estacionamento.

Ele me fez rir. E quando terminou de fazer sua graça, me estendeu os dois punhos fechados e ficou assim até que entendi e bati no direito. Abriu: estava vazio.

"Ainda dá para escolher o outro."

Bati no outro. Demorei a entender que era uma calcinha porque nunca tinha visto uma preta. E era para garotas, pois tinha corações brancos, tão pequenos que pareciam bolinhas, e a cara da Kitty bem na frente, onde em geral fica aquele lacinho de que nem mamãe nem eu gostamos.

"Tem de provar", ele falou.

Estendi a calcinha no meu peito. Ele me deu outra vez a mão e fomos até os provadores, que pareciam estar vazios. Demos uma espiada. Ele disse que não sabia se poderia entrar, porque aqueles eram só para mulheres. Eu teria de ir sozinha. Era lógico, pois, a não ser que seja alguém muito conhecido, não é legal te verem de calcinha. Mas fiquei com medo de entrar sozinha no provador, entrar sozinha ou algo pior: sair e não encontrar ninguém.

"Como você chama?", perguntei.
"Isso não posso dizer."
"Por quê?"

Ele se agachou. Desse jeito ficava quase da minha altura ou mais ou menos por aí, eu apenas alguns centímetros mais alta.

"Porque estou com mau-olhado."

"Mau-olhado? O que é isso, estar com mau-olhado?"

"Uma mulher que me odeia falou que a próxima vez que eu disser meu nome vou morrer."

Pensei que podia ser outra gracinha, mas ele disse isso de modo muito sério.

"Você podia escrever o nome para mim."

"Escrever?"

"Escrever não é o mesmo que dizer, seria só escrever. E se eu souber seu nome vou poder te chamar e não ficaria com tanto medo de entrar sozinha no provador."

"Não dá para ter certeza. E se para a tal mulher escrever for o mesmo que dizer? E se isso de dizer significar dar a entender, informar meu nome do jeito que for?"

"E como ela ia saber?"

"As pessoas não confiam em mim e sou o homem com menos sorte do mundo."

"Isso não é verdade, não tem como saber disso."

"Só sei o que estou te dizendo."

Olhamos juntos para a calcinha nas minhas mãos. Pensei que meus pais deviam estar quase liberados.

"Mas é meu aniversário", falei.

E talvez tenha feito isso de propósito, foi o que senti na hora: meus olhos se encheram de lágrimas. Então ele me abraçou, foi um movimento muito rápido, cruzou seus braços sobre minhas costas e me apertou tão forte que a minha cara afundou no peito dele. Depois me soltou, pegou sua revista e seu lápis, escreveu alguma coisa na margem direita da capa, a arrancou e dobrou três vezes antes de dar para mim.

"Não leia", falou, se levantando e me empurrando suavemente para os provadores.

Deixei passar quatro provadores desocupados, seguindo pelo corredor e, antes de criar coragem e entrar no quinto, guardei o papel no bolso do uniforme, virei para olhar para ele e sorrimos um para o outro.

Provei a calcinha. Era perfeita. Levantei a saia para ver se caía bem. Era tão, mas tão perfeita. Caía incrivelmente bem em mim, papai nunca ia me pedir para sacudi-la no encalço de ambulâncias e inclusive, se ele chegasse a fazer isso, não me daria tanta vergonha se meus colegas a vissem. Olha só a calcinha dessa menina, pensariam, que calcinha mais perfeita. Me dei conta de que não conseguiria mais tirá-la. E me dei conta de outra coisa, a peça não tinha nenhum alarme. Tinha uma marquinha minúscula no lugar onde costumam prender os alarmes, mas não tinha nenhum alarme. Permaneci um instante a mais me olhando no espelho, e depois não aguentei, peguei o papelzinho, abri e li.

Saí do provador e ele não estava onde a gente tinha se despedido, e sim um pouco mais adiante, perto das roupas de banho. Olhou para mim, e quando viu que a calcinha não estava mais à vista, piscou um olho e então fui eu que segurei na mão dele. Dessa vez ele a apertou com mais força, o que achei legal, e caminhamos em direção à saída. Confiava que ele devia saber o que estava fazendo. Que um homem com mau-olhado e com a pior sorte do mundo sabia como fazer esse tipo de coisa. Atravessamos a frente dos caixas pela entrada principal. Um dos vigias olhou para nós enquanto ajeitava o cinto. Para ele meu homem sem nome era o meu pai, e me senti orgulhosa. Passamos pelos sensores da saída, rumo ao shopping, e continuamos avançando em silêncio, por todo o corredor, até a avenida. Foi quando vi Abi, sozinha, no meio do estacionamento. E vi mamãe mais próxima, do lado de cá da avenida, olhando para as esquinas. Papai também vinha em nossa direção, vindo do estacionamento. Seguia com pressa o policial que antes olhava o carro dele e agora, ao contrário, apontava para nós.

Tudo aconteceu muito rápido. Papai nos viu, gritou meu nome e alguns segundos depois o policial e dois outros que saíram de não sei onde já estavam em cima da gente. Ele me soltou, mas deixei minha mão estendida para ele por alguns segundos. Foi rodeado e empurrado com rispidez. Perguntaram para ele o que estava fazendo, perguntaram seu nome, mas ele não respondeu. Mamãe me abraçou e apalpou de cima para baixo. Carregava minha calcinha branca na mão direita. Então, me tateando, percebeu que eu usava outra calcinha. Levantou minha saia com um só movimento: foi algo tão brusco e grosseiro, na frente de todos, que precisei dar uns passos para trás a fim de não cair. Ele olhou para mim, eu olhei para ele. Quando mamãe viu a calcinha preta gritou "filho da puta, filho da puta", e papai se jogou em cima dele e começou a bater nele. Os guardas tentaram separá-los. Procurei o papelzinho no meu uniforme, coloquei-o na boca e, enquanto o engolia, repeti em silêncio o nome dele, várias vezes, para nunca mais esquecê-lo.

Sair

TRÊS RELÂMPAGOS iluminam a noite e consigo ver alguns terraços sujos e as empenas dos edifícios. Ainda não chove. A porta de correr da sacada da frente se abre e uma senhora de pijama sai para recolher a roupa. Vejo tudo isso enquanto estou sentada na mesa da sala de jantar diante do meu marido, após um longo silêncio. Suas mãos abraçam o chá já frio, seus olhos vermelhos continuam a olhar para mim com firmeza. Espera que seja eu quem diga o que é preciso dizer. E porque sinto que ele sabe o que tenho a dizer, já não consigo dizê-lo. Sua manta está jogada aos pés da poltrona, e na mesa de centro tem duas xícaras vazias, um cinzeiro com bitucas e lenços de papel usados. *Tenho que dizer*, digo a mim mesma, pois é parte do castigo que ora me cabe. Ajeito a toalha que envolve meu cabelo molhado, aperto o nó do roupão de banho. *Tenho que dizer*, repito para mim mesma, porém é uma ordem impossível. E então acontece alguma coisa, alguma coisa nos músculos, complicado de explicar. Acontece aos poucos sem que eu consiga entender exatamente do que se trata: simplesmente empurro a cadeira para trás e me levanto. Retrocedo dois passos e me afasto. *Tenho que dizer algo*, penso, enquanto meu corpo dá outros dois passos e me apoio contra o guarda-louça, as mãos tateando a madeira, me segurando. Vejo a porta de entrada e, como sei que ele ainda olha para mim, me esforço para evitá-lo. Respiro, me concentro. Dou um passo para o lado, me afastando um pouco mais. Ele não diz nada e me encorajo a dar outro passo. Minhas pantufas estão perto e, sem tirar a mão da madeira do móvel, estico os pés, puxo-as para mim e as calço. Os movimentos são lentos, pausados. Solto as mãos, piso um pouco mais para lá, até o tapete, prendo o ar, e com apenas três grandes passos atravesso a sala, saio de casa e fecho a porta. Dá para escutar minha respiração agitada no corredor do prédio, às escuras. Permaneço um momento com a orelha contra a porta, tentando escutar ruídos, sua cadeira quando ele se levanta ou seus passos em minha direção, mas tudo está em completo silêncio. *Estou sem as chaves*, digo a mim mesma, e não tenho certeza se isso me preocupa. *Estou nua debaixo do roupão*. Estou consciente do problema, de todo o problema, mas de alguma maneira meu estado, este insólito estado de alerta, me libera de qualquer tipo de julgamento. As luzes das lâmpadas piscam e logo o corredor se torna ligeiramente verde. Vou até o elevador, aperto o botão e ele chega em seguida. As portas se abrem e um homem aparece sem retirar a mão dos botões. Me convida a entrar com um gesto cordial. Quando as portas se fecham, sinto um forte perfume de lavanda, como se tivessem acabado de fazer uma faxina, e a luz, agora quente e muito próxima de nossas cabeças, me alivia e reconforta.

"Sabe que horas são, senhorita?"

Sua voz grave me confunde e é difícil saber se o que falou é uma pergunta ou uma reprovação. É um homem muito baixo, chega aos meus ombros, mas é mais velho que eu. Parece um dos funcionários do prédio ou a pessoa contratada para reparar alguma coisa, embora eu conheça os dois funcionários e seja a primeira vez que vejo esse homem. Quase não tem cabelo. Usa um macacão aberto e gasto e debaixo uma camisa limpa e engomada que lhe dá um ar fresco ou profissional. Faz que não, talvez para si mesmo.

"Minha mulher vai me matar", diz.

Não pergunto, não me interessa saber. Me sinto à vontade em sua companhia, descendo, mas não sinto vontade de escutar. Meus braços caem ao lado do corpo, soltos e pesados, e percebo que estou relaxada, que sair do apartamento está me fazendo bem.

"Nem te digo", diz o homem, e volta a fazer sinais negativos.

"Agradeço por isso", falo. E sorrio, para que não me leve a mal.

"Nem digo."

Nos despedimos no saguão com um gesto de assentimento.

"Te desejo muitíssima sorte", diz.

"Obrigada."

O homem se afasta em direção ao estacionamento e eu saio pela porta principal. É de noite, embora não saiba dizer exatamente que horas. Caminho até a esquina para ver o movimento na avenida Corrientes, tudo parece adormecido. Junto ao semáforo tiro a toalha da cabeça e a deixo pendendo do braço, ajeitando um pouco o cabelo para trás. Os dias desta semana foram úmidos e quentes, mas agora uma brisa agradável chega de Chacarita, fresca e perfumada, e caminho naquela direção. Penso em minha irmã, no que minha irmã está fazendo, e sinto vontade de contar isso a alguém. As pessoas se interessam muito pelo que minha irmã está fazendo, e gosto, de vez em quando, de contar coisas que interessem às pessoas. Então acontece algo que, de alguma maneira, estou esperando. Talvez porque um segundo antes de escutar a buzina já tenha pensado nele, no homem do elevador, e por isso não me surpreende seu carro se aproximando, seu sorriso, e penso *poderia lhe contar da minha irmã*.

"Posso te levar para algum canto?"

"Sim, poderia", digo, "mas a noite está bonita demais para se enfiar num carro."

Ele concorda, minha observação parece mudar seus planos de alguma maneira. Para o carro e me aproximo.

"Vou para casa porque minha mulher vai me matar, e tenho que estar lá para que isso aconteça."

Concordo.

"É uma piada", diz.

"Claro que sim", digo e sorrio.

Ele também sorri e gosto do seu sorriso.

"Mas podíamos abrir as janelas, todas as janelas, e ir bem devagarinho de carro."

"Acha que incomodaríamos alguém indo tão devagar?"

Olha para frente e para trás na avenida, tem um pouco de cabelo na nuca, uma penugem ligeiramente avermelhada.

"Não, pois não tem quase ninguém na rua. Poderíamos seguir assim sem problemas."

"Está bem", digo.

Dou a volta e me acomodo no banco do passageiro. Ele abre as janelas e o vidro do teto. O carro é velho, mas cômodo e cheira a lavanda.

"Sua mulher vai te matar por quê?", pergunto, pois para falar da minha irmã primeiro costumo perguntar alguma coisa a respeito dos outros.

Ele engata a primeira e por um momento se concentra na embreagem e no acelerador, move o carro lentamente, até encontrar uma velocidade confortável, olha para mim e eu sinalizo em aprovação.

"Hoje é nosso aniversário e combinamos que eu passaria para pegá-la às oito para irmos jantar. Mas aconteceu um problema no teto do prédio. Está sabendo?"

O ar circula por meus braços e minha nuca, nem frio nem quente. *Perfeito*, penso, *isso é tudo o que precisava.*

"Você é o novo funcionário do prédio?"

"Bem, não sei se 'novo'... Faz seis meses que estou no prédio, senhorita."

"E também é carpinteiro?"

"Sou escapista, na verdade."

Vamos colados ao meio-fio, quase seguindo uma senhora que avança a passo rápido pela calçada com um saco de supermercado vazio e que nos olha de relance.

"Escapista?"

"Conserto escapamentos de carros."

"Tem certeza de que é isso que faz um escapista?"

"Com certeza."

A mulher da calçada nos olha incomodada, caminhando mais devagar para nos obrigar a ultrapassá-la.

"O problema é que agora é tarde demais para jantar, e ela deve ter me esperado por horas. Já está tão tarde que os restaurantes devem estar fechando."

"Ligou para avisar do atraso?"

Ele nega, consciente do erro.

"Não gostaria de telefonar para ela?"

"Não, realmente não me parece uma boa ideia."

"Bem, então não tem muito o que fazer. Não pode tomar nenhuma decisão até chegar e ver como ela está."

"É o que penso."

Olhamos para a frente. A noite é silenciosa, e estou sem sono.

"Eu vou para a casa da minha irmã."

"Pensei que sua irmã morasse lá no prédio."

"Trabalha no prédio, seu ateliê fica dois andares acima do meu. Mas vive em outro lugar. Conhece ela? Sabe o que minha irmã faz?"

"Desculpe, se incomoda se eu parar um momento? Fiquei com muita vontade de fumar."

Estaciona o carro diante de um mercadinho, desliga o motor e desce. *Que legal tudo isso até agora*, digo a mim mesma. *Como estou me sentindo bem*. Parece ter algo de especial em tudo isso que não estou entendendo, *mas o quê?*, me pergunto, preciso saber o que está ocorrendo para reter isso e repetir, para voltar a este estado quando necessitar.

"Senhorita!"

Do mercadinho o escapista faz sinais para que eu me aproxime. Deixo a toalha no banco traseiro e desço.

"Não temos troco, nenhum dos dois", diz o escapista apontando para o homem do mercadinho.

Estão me esperando. Procuro troco nos bolsos do roupão de banho.

"Está se sentindo bem?", diz o homem do mercadinho.

Ainda concentrada nos bolsos, demoro a entender que a pergunta é para mim.

"Está com o cabelo molhado. Assim", diz apontando e estranhando, "como se acabasse de sair do chuveiro." Também olha meu roupão, embora não fale nada a respeito. "Só diga se está bem e continuamos com o assunto do troco."

"Estou bem", digo, "mas também não tenho troco."

O homem concorda, desconfiado, e depois se agacha atrás do balcão. Escutamos quando fala para si mesmo, dizendo que em algum canto, entre as caixas, sempre guarda algumas moedas a mais. O escapista olha meu cabelo. Tem o cenho franzido e por um momento temo que algo se rompa irremediavelmente, algo deste bem-estar.

"Sabe", o homem do mercadinho volta a aparecer, "tenho um secador lá nos fundos. Se quiser..."

Olho para o escapista, alerta à sua reação. Não quero, não quero secá-lo, mas tampouco quero negar alguma coisa a alguém.

"Já estamos cuidando disso", diz o escapista apontando o carro, "está vendo? Seguimos com as janelas abertas, em primeira, e está muito calor. Logo o cabelo vai estar sequíssimo."

O homem olha para o carro. Tem umas moedas na mão, que aperta e solta algumas vezes antes de voltar a olhar para nós e entregá-las ao escapista.

"Obrigada", digo quando saímos.

O homem do mercadinho não parece convencido da minha atitude e, embora se afaste no sentido dos refrigeradores, ainda se vira umas duas vezes para nos observar. Lá fora o escapista me oferece um cigarro, mas lhe digo que não fumo mais e me encosto no carro disposta a esperar. Ele acende um e fuma, exalando ar para cima, como minha irmã costuma fazer. Penso que é um bom sinal, e que, ao retomarmos o caminho, recuperaremos sejá lá o que for que perdemos no mercadinho.

"Vamos comprar alguma coisa", digo de repente, "para sua mulher. Uma coisa de que ela goste e com que você possa demonstrar que seu atraso não foi mal intencionado."

"Mal intencionado?"

"Flores ou algo doce. Olhe, ali na outra esquina tem um posto de gasolina. Vamos?"

Ele concorda e fecha o carro. As janelas ficam abertas, tal como tínhamos combinado ao começar o passeio. *Isso é bom*, digo para mim mesma. E avançamos até a esquina. Os primeiros passos são desordenados. Ele caminha perto do meio-fio, sem ritmo, às vezes tropeça nos pés, surpreendido pela própria falta de jeito. *Não acerta o passo*, digo a mim mesma, *é preciso ser paciente*. Deixo de olhar para não incomodá-lo. Olho o céu, o semáforo, dou meia-volta para ver o quanto nos afastamos do carro. Chego um pouco mais perto, tentando recuperar uma distância de comunicação. Caminho um pouco mais devagar, para ver se isso ajuda, mas ele acaba me ultrapassando, até que se detém. Aborrecido, volta-se para mim e me espera. Quando voltamos a nos reunir, acertamos dois passos mas logo em seguida estamos outra vez dessincronizados. Daí eu paro.

"Está fechado", digo.

Ele dá mais alguns passos, me rodeando meio desconcertado, olhando para nossos pés.

"Vamos voltar", diz, "ainda podemos continuar com o carro."

O metrô passa mais abaixo, a calçada treme e uma lufada de ar quente sobe das saídas gradeadas do chão. Sinalizo negativamente. Alguns metros atrás, o homem do mercadinho aparece e olha para nós. *Não estamos mais no caminho certo*, penso, *tudo estava saindo tão bem*. Ele sorri, triste. Meu corpo se contrai, sinto as mãos e a nuca rígidas.

"Isto não é um jogo", digo.

"Como é?"

"Isto é muito sério."

Permanece quieto, seu sorriso desaparece. Diz:

"Desculpe, mas não sei se entendo bem o que está acontecendo."

Perdemos aquilo, penso, *foi embora*. Ele fica olhando para mim, mas tem um brilho nos seus olhos, um segundo no qual os olhos do escapista olham para mim e parecem entender.

"Quer me contar sobre sua irmã?"

Faço sinal negativo.

"Quer que a leve até o prédio?"

"São oito quadras, melhor eu voltar sozinha. Ligue para sua mulher. Talvez agora você queira ligar para ela." Colho umas flores, três flores que a alguns metros escapam pelas grades de um prédio. "Tome, dê para ela quando voltar."

Ele as pega sem deixar de olhar para mim.

"Te desejo muitíssima sorte", digo, recordando suas palavras no elevador, e começo a me afastar.

Passo perto do carro e pego minha toalha pela janela de trás. Troco de calçada, estou voltando. Espero no semáforo, levo a toalha pendurada no braço como um garçom a levaria. Olho meus pés, as pantufas, me concentro no ritmo, prendo bastante ar e o solto longamente, consciente de seu som e sua intensidade. *Este é meu jeito de caminhar*, penso. *Este é o meu prédio. Esta é a chave da porta principal. Este é o botão do elevador que vai me levar até meu andar.* As portas se fecham. Quando se abrem, as luzes do corredor voltam a piscar. Em frente ao meu apartamento, envolvo novamente o cabelo com a toalha. A porta não está trancada. Abro devagar e tudo, tudo na sala de estar e na cozinha está terrivelmente intacto. A manta continua jogada aos pés da poltrona, as bitucas e as xícaras em cima da mesa de centro. Os móveis estão, todos os móveis, em seu lugar, guardando e sustentando todos os objetos de que consigo me lembrar. E ele ainda está na mesa, esperando. Levanta a cabeça de seus braços cruzados e olha para mim. *Saí um instante*, penso. Sei que cabia a mim falar, mas se ele perguntar, isso é tudo o que vou dizer.

Pássaros na boca © 2009 Samanta Schweblin (exceto pelos contos "Olingiris" [ver abaixo], "Mujeres desesperadas", "Matar a un perro", "Hacia la alegre civilización" e "La pesada valija de Benavides", retirados de EL NÚCLEO DEL DISTÚRBIO © 2002)

"Mujeres desesperadas"
"Conservas"
"Mariposas"
"Pájaros en la boca"
"Santa Claus duerme en casa"
"El cavador"
"Irman"
"Matar a un perro"
"Hacia la alegre civilización"
"Olingiris" © 2017
"Mi hermano Walter"
"El hombre sirena"
"La furia de las pestes"
"Cabezas contra el asfalto"
"La medida de las cosas"
"Bajo tierra"
"Perdiendo velocidad"
"En la estepa"
"Un gran esfuerzo"
"La pesada valija de Benavides"

Sete casas vazias © 2015 Samanta Schweblin
Este trabalho ganhou o IV Prêmio
Internacional de Narrativa Breve
Ribera del Duero

Obra editada en el marco del Programa Sur de Apoyo a las Traducciones del Ministerio de Relaciones Exteriores, Comercio Internacional y Culto de la República Argentina
[Obra editada no âmbito do Programa Sur de Apoio à Tradução do Ministério dos Negócios Estrangeiros, Comércio Internacional e Culto da República Argentina]

Copyright da tradução © 2022 Editora Fósforo

Todos os direitos reservados. Nenhuma parte desta obra pode ser reproduzida, arquivada ou transmitida de nenhuma forma ou por nenhum meio sem a permissão expressa e por escrito da Editora Fósforo.

EDITORAS Rita Mattar e Maria Emilia Bender
COORDENADORA EDITORIAL Eloah Pina
ASSISTENTE EDITORIAL Mariana Correia Santos
PREPARAÇÃO Adriane Piscitelli
REVISÃO Geuid Dib Jardim e Vânia Bruno
DIREÇÃO DE ARTE Julia Monteiro
CAPA Alles Blau
IMAGEM DE CAPA "Transactions of the Illinois State Dental Society". Chicago: *The Dental Review*, 1865, p. 85.
PROJETO GRÁFICO Alles Blau
EDITORAÇÃO ELETRÔNICA Página Viva

Dados Internacionais de Catalogação na Publicação (CIP)
(Câmara Brasileira do Livro, SP, Brasil)

Schweblin, Samanta
  Pássaros na boca e Sete casas vazias : Contos reunidos / Samanta Schweblin ; tradução Joca Reiners Terron. — 1. ed. — São Paulo : Fósforo, 2022.

  Título original: Pájaros en la boca ; Siete casas vacías.
  ISBN: 978-65-89733-56-0

  1. Contos argentinos I. Título.

22-98913   CDD — Ar863

Índice para catálogo sistemático:
1. Contos : Literatura argentina   Ar863

Eliete Marques da Silva — Bibliotecária — CRB/8-9380

Editora Fósforo
Rua 24 de Maio, 270/276
10º andar, salas 1 e 2 — República
01041-001 — São Paulo, SP, Brasil
Tel: (11) 3224.2055
contato@fosforoeditora.com.br
www.fosforoeditora.com.br

Este livro foi composto em GT Alpina e GT Flexa e impresso pela Ipsis em papel Pólen Soft 80 g/m² da Suzano para a Editora Fósforo em março de 2022.

MISTO
Papel produzido a partir
de fontes responsáveis
FSC® C011095

A marca FSC® é a garantia de que a madeira utilizada na fabricação do papel deste livro provém de florestas que foram gerenciadas de maneira ambientalmente correta, socialmente justa e economicamente viável, além de outras fontes de origem controlada.